U0744143

教育部人文社会科学研究规划基金项目（14YJA752019）

*A Study of Literary Collaboration in the Romantic Period of Britain*

# 英国浪漫主义时期的文学合著研究

张　鑫著

浙江工商大学出版社
ZHEJIANG GONGSHANG UNIVERSITY PRESS

图书在版编目(CIP)数据

英国浪漫主义时期的文学合著研究 / 张鑫著. —杭
州：浙江工商大学出版社，2017.11
ISBN 978-7-5178-2412-1

Ⅰ. ①英… Ⅱ. ①张… Ⅲ. ①浪漫主义－文学研究－
英国 Ⅳ. ①I561.06

中国版本图书馆 CIP 数据核字(2017)第 260081 号

# 英国浪漫主义时期的文学合著研究

张　鑫著

| | | |
|---|---|---|
| 责任编辑 | 白小平 | |
| 封面设计 | 林朦朦 | |
| 责任印制 | 包建辉 | |
| 责任校对 | 何小玲 | |
| 出版发行 | 浙江工商大学出版社 | |
| | (杭州市教工路 198 号　邮政编码 310012) | |
| | (E-mail: zjgsupress@163.com) | |
| | (网址: http://www.zjgsupress.com) | |
| | 电话：0571－88904980,88831806(传真) | |
| 排　　版 | 杭州朝曦图文设计有限公司 | |
| 印　　刷 | 杭州五象印务有限公司 | |
| 开　　本 | 710mm×1000mm　1/16 | |
| 印　　张 | 14.5 | |
| 字　　数 | 253 千 | |
| 版 印 次 | 2017 年 11 月第 1 版　2017 年 11 月第 1 次印刷 | |
| 书　　号 | ISBN 978-7-5178-2412-1 | |
| 定　　价 | 48.00 元 | |

版权所有　翻印必究　　印装差错　　负责调换

浙江工商大学出版社营销部邮购电话　0571-88904970

# 序　言

　　"序以建言，首引情本"（《文心雕龙·诠赋》），似为序言之要旨。这是笔者第二次主持教育部人文社会科学研究规划基金项目，加上先后完成的国家社科基金和浙江省哲学社会科学等基金项目，迄今为止已经写了不下五篇序言。但谈及序言撰写之心得，笔者依然惴惴有余、自信不足。

　　幸得第一次出色完成教育部项目的经验，笔者希冀本书的序言更能尽其职、履其能。笔者首次主持教育部项目时便在国家一级出版社出版该项目专著一部，在权威及核心刊物上发表相关论文五篇，结题著作荣获浙江省哲学社会科学优秀奖。前期成就在构成"影响的焦虑"之时，也为笔者的后续研究奠定了坚实的理论基础，提供了经验借鉴，促进了笔者在浪漫主义研究的范围圈定、史料爬梳、课题遴选、论点提出和观点砥砺等重大程序上养成审慎而切思的科研习惯。这或许也是笔者能再获教育部人文社会科学研究规划基金资助的原因吧！

　　浪漫主义研究曾是国内学术研究界的最爱之一。近年来，随着文化研究和对"非经典""反经典"和"影子经典"等文学作品研究的崛起，浪漫主义研究看上去正渐失强势，在推出能与国际相关研究形成对话的成果方面显得乏力。面对如此不景气的研究时局，笔者坚持爬梳历史、钩沉脉络和品评文本的方法，试图找出史上被坚持运用了一个世纪的"内在化"研究模式的式微之因，希冀还原英国浪漫主义文学经典生成的文学社会学归因。本书的标题（也是基金项目的标题）便是在这种呕心沥血的情思下诞生的。

　　作为一项"基础理论研究"，本书的首要任务就是重估和重评积久成规的史论，以探索与求证为主要方法，以突破"孤独天才"神话和内向聚焦解析的传统模式为目标。至于是否能最终达成所愿，且在小心求证、客观结论中接受检验吧。

张　鑫

2017 年 8 月

# 目　　录

# 导　论

　　"天才"是一个如"英雄"一样使用频繁、语义含混的词汇。有论曰："在没有英雄的时代，只愿做一个普通人。"当熙攘的人群为才情所困时，何尝没有发自内心的对天才的呼唤？恰如出身贫寒、身怀绝技、特立独行的英雄人物，天才也是在"独孤"与"超绝"中若隐若现的"他者"。英雄难觅，天才亦难辨，文学天才更是如此。天才身份的确认，既不能靠选举，也不能靠制度化支撑，只能靠大众在心理上的认同。诗人——文学天才之独拔者——曾被托马斯·卡莱尔（Thomas Carlyle）视为高人一等的英雄人物，其在人们心目中穿越时空、无视代际更迭而羽化入典的品质，更是演绎了一幕幕文学史上的"孤独天才"神话。

　　早在 1840 年的系列演讲中，卡莱尔就声称莎士比亚与但丁一样，是一位孤独的天才。凡此二人卓然于世、自成一脉之达成，皆与他们身上的孤独天才气质有关。敢于无视前人规矩，敢于天马行空、放浪形骸而才华横溢，都是这类文学巨匠身上不可或缺的品质。在历代的记忆与传递过程中，文学天才的形成和树立，亲近精神而远离物质。如芹溪居士者，过着"日望西山餐暮霞"的日子，但凭借"传神文笔足千秋"之作而流芳百世。孤独天才犹如一粒散落在高山裸岩上的种子，生于贫瘠、极寒的环境，长在凌然绝顶的高端，在给予人类瞻仰的同时，又留下足够的想象和加工建构的空间。

　　在文学天才的神话建构过程中，昌盛于 19 世纪的孤独天才的英雄崇拜观，起到了推波助澜和定型强势的作用。在此基础上又催生了"个体男性作家及其作品"的文学史观。当华兹华斯提出的"强烈情感的自然流露"的好诗标准、济慈关于诗歌创作与树叶生长之间的类比、柯尔律治倡导的天才有机论等浪漫主义诗歌创作理念渐为人们所接受，并在文学创作中被奉为圭臬时，"孤独天才"的文学创作观便开始扶摇直上，成了审视和检验文学经典的不二法则。而合作著述无论在信仰空间还是在文学批评话语上，都只被视为独立创作的畸变和子集而已。在此背景下，独自笔耕、只手行文的作者观念也越来越滑向"神话"思维。本书作者将基于翔实史料和确定文本,本着重估文学史的精神,尝试在科学版本考辨和现代文学社会学路向的映照下,通过系统阅读、分类归纳和对比分析,总结19世纪英国浪漫主义时期合作著述的基本类别,辨析各类文学合著的异同,洞察背后的动机和对创作及作品经典化的影响,期冀还原英国浪漫主义文学经典的真正原因。

英国浪漫主义时期文学上的合作著述现象远远超出人们的想象。华兹华斯与柯尔律治之间并不平等的合著,华兹华斯兄妹合著中被隐匿的女性形象,兰姆姐弟形影不离的生活对他们的合著带来的无法估量的影响,济慈与出版商之间合著时被修改、打磨和抑制的事实,雪莱夫妇合著中丈夫的欲擒故纵和妻子的自我揶揄,拜伦与作曲家之间"奇迹般"的合著,柯尔律治父女间合著中女儿对父亲的声名和天才理念的建构与维护,凡此种种,都是隐显毕至、尚需探究的文史现象。

文本与史料结合,假设与求证共依。作者的深入研究表明,英国浪漫主义文学创作与后期的经典化是与合著史实密不可分的,是这种创作模式参与建构的结果之一。文学合著在英国的首次正式出现,适逢浪漫主义方兴未艾之时,它实际上反映了在浪漫主义作家们追求自我身份的时期,那种处于群体情感与个人天才之间的痛苦挣扎和公私领域之间的那种日渐绷紧的张力。当英国浪漫主义文学创作关于著述活动的"孤独天才"观念,正逐步在文学合作著述的共识面前做出让步时,关于著述身份和文学创作的真正图景转变的时代业已到来。当华兹华斯兄妹、兰姆姐弟、柯尔律治父女、葛德温夫妇、雪莱夫妇、华兹华斯与柯尔律治、济慈与出版商、拜伦与作曲家等之间进行文学合著的真相渐渐为人所知时,当手稿文化的衰退与印刷文化的崛起已成不可辩驳的事实时,英国浪漫主义文学合著模式便顺时代潮流而动,站在了文学创作模式的前沿。

文学合著是一种文学现象,更是一种文化现象。但是作者毫无以当下被热炒的文学研究为大旗,冒犯"手拿孤例、横扫天下"之大忌的心理。课题完成、著作付梓都是在合理的目标、清晰的思路、周密的计划和科学的进度的制定下稳步推进的。作者为本书制订的目标为:第一,以考辨的精神廓清作者身份确立与合作著述的历史发展,提供突破传统浪漫主义研究中的盲从和分割研究法,重新审视经典生成与历史文化背景间的客观联系;第二,以厚重的文本和史料为依据,归纳英国浪漫主义文学合著的向度、类别、影响,正本清源地复归经典文学背后"失语"和"隐身"的参与者;第三,以科学的理论分析英国浪漫主义时期文学合著现象被遮蔽下的文化崇拜成因,倡导在后理论时代祛神秘化和理性认知文学经典的研究精神；第四，以行动支持"文本回归"和"经典重读"，以凿凿文史和新颖结论为当下浪漫主义研究的重重"影响的焦虑"提供些许新视角和较为开阔的视野。

作为一部尝试性基础理论著作，本书的目标不唯大、不唯全，力图达到清晰可辨、力有所逮。作者首先对涉及的基本概念做清晰梳理，辨析内涵外延，廓清历史发展，明确研究范围。然后从英国浪漫主义时期"阅读之邦"形成的社会角度，合著现象明暗勃兴的文化角度，合著写作中自由共享、彼此参修与商业合作物质至上的创作心理角度出发，通过史料分析与文本研究结合，定性与定量结合的方法，着力研究英国浪漫主义时期文学合著现象产生的背景、类型、结果和对经典成因的影响。本书的主体章节将按照以下四个部分展开：第一，背景探讨和文史分析，解决本课题涉及的重要概念与理论；第二，分类别研究浪漫主义时期文学合著的具体表现形式和创作实例，基于朋友、家族和作者—出版商模式，主要以男性之间和男女之间的合著为主；第三，研究不同类别合著中的分工和角色差异以及对终极作品形成的影响；第四，联系当下呼唤个性、呼吁多元的阅读与研究语境，提出浪漫主义研究的国际化视野与跨领域模式，以及站在巨人肩膀亦需抬望眼、开心胸的需求。

基于此，本书的重点除了探讨上述全新现象的发轫之外，还将着意挖掘现象背后的生发原因及其影响，具体的重点包括："合作著述"现象的溯源、中性词源考辨与浪漫主义时期的勃兴；浪漫主义时期的阅读大势和出版机制对作家身份认知的倒逼与自我改变；男性合著与女性合著之间的异同，对文学创作和经典建构的影响。

# 第一编　历史与理论

# 第一章 天才有机论与浪漫主义诗歌创作论

## 第一节 著述身份概论

20 世纪 30 年代到 50 年代,当实用文学理论大行其道,"文本自身"(the text itself)成为唯一被关注的对象时,"忽视作者"(ignoring of author)之举便愈加从俗化和从众化。20 世纪六七十年代,关乎作者是否"消逝"(disappearance)、"缺席"(absence)、"移除"(removal)、"流放"(banishment),甚至是"已死"(died)的论争此起彼伏、不绝于耳。近年来,这股气势汹汹的对作者"围追堵截"之风出现了渐趋减弱的势头。在事关文学批评的关注里,作者论述重新回到了核心位置,"著述身份"(authorship)也成了愈发受关注的议题。

著述身份是作者对创作主体性(subjectivity)追求的标志之一。文本中的作者存在及社会认同常常影响作品今生后世的产出价值和接受流转。当文学创作的高度个性化、私人化和主体意识都极度加强的时代到来时,独立自主的天才渴求和建构模式便在文学史的激荡洪流中翻腾起来。自然而成的天才作家理念在文学创作的漫漫征程中虽有起伏,但从未消失。在文学合著现象渐渐受到人们的关注,并最终获得专业与民间认可之前,"一挥而就、七纸文章"的孤独天才仍是文学创作中被公认的主流角色。

孤独天才的有机创作论渊源久远、影响深刻。极富灵性的创作与文学成就的浑然天成,都是人世间独此无他的自然创造性笔触所独有。有机天才创作论常常与艺术活动的植物生长类比并行不悖。在强调个性化独立于意图、外界涉入和他人意志的同时,该理论认为,主观意图、方法规则和联手共谋的法则都是与此格格不入的。作者主体性的获得和身份的建立,可以直接来源于其自然而成的天性,在没有经过任何规则限制、艺术修正和他人染指的过程中,"作者"(单数)的自主性和独立性就愈发容易确立起来。直至 18 世纪末,在阅读大众尚未形成,文学合著备受冷落的时候,文学创作伦理中的孤独天才观一直受到包括浪漫主义诗人在内的众多作者的推崇。

# 第二节　诗歌创作有机论

在传统的文学审美理论中,诗歌是被认为具有绝对艺术特质的。凡涉猎或研习者必须严格遵守由外而内的各种规则,并以最终达到时代标准为己任。当人类以智力和理性为行动指南,视人的理智与系统思维为生活圭臬时,文学史上的"古典主义"便大行其道。理性在文学上的运用带来了文学艺术上集体崇拜古希腊罗马古典文学的风尚。英国文学史上的这股古典主义创作可以追溯到约翰·德莱顿(John Dryden)。从一定程度上来说,德莱顿的文学理论决定了18世纪英国的古典主义标准和文学创作方向。这是一种高度重视诗歌形式,严格锻造诗歌韵律,牺牲个人感受与创造性的模式。在这种诗歌创作模式的引领下,规矩多了,要求严了,标准紧了,形式的规范与格律的整齐也达到了前所未有的程度。但是拘谨的外表、刻板的规章和深思熟虑的言辞,使得诗歌中那些天真烂漫和热情洋溢的因素逐渐消失了。诗歌为情而发、为感而作的自然天性越发显得不合时宜了。有意识的雕镂,穷尽完美的形式,渐渐将一批清规戒律和各种禁忌套在了文学想象的头顶。

在奠定其"英国文学批评之父"地位的批评论文《论戏剧诗》(*of Dramatick Poesie, an Essay*)中,德莱顿不仅表明了自己维护由法国戏剧家和批评家提出的新古典主义原则的决心,而且捍卫了以他本人为代表的英国诗人所创立的悲喜剧和用押韵诗来写悲剧的行为。[①] 在这一点上,德莱顿之后的亚历山大·蒲伯(Alexander Pope)则走得更远。在使英国诗歌达到形式完美和格律无瑕方面,蒲伯进行了大胆尝试和不屈的抵牾。在《论批评》(*An Essay on Criticism*)中蒲伯用近乎完美的押韵和格律,对艺术和文学中的技巧性做了合乎规范的探讨。他说:"真正的流畅之作来自艺术而非际遇。"但是在艺术和规则之外,还有其他领域同样属于创作:

> 有些美的事物无法断绝清规戒律,
> 因为它们既有快乐又无法无忧无虑。

---

① John Dryden, *Essays of John Dryden*. Vol. 1. W. P. Ker. Ed. Oxford: Clarendon Press, 1900.

> 音乐相似于诗歌,其莫名的优美,
> 绝非来自各种方法的谆谆教诲,
> 只有大师的妙手才能尽善尽美。
> 在清规戒律尚未波及极致之地,
> (规则的制定也只为达到目的)
> 幸运的诗人依然能够奔放不羁,
> 意图既定,那奔放便是规律。
> 于是诗人的灵感将走上捷径,
> 愿他能大胆偏离寻常的路径。
> 大智时常公然触犯清规戒律,
> 批评家岂敢贸然来纠正教诲。①

　　蒲伯虽然将规则与韵致用到无以复加的地步,但是诗歌中某些无可名状的雅致和纯粹来自幻想的愉悦,却是新古典主义诗歌领域中被视为禁区而又若隐若现的未来之星。其中那些无法从理智和计算来推测的神秘感,已经超出了理性诗学的范畴,而所谓诗的灵感也不再被看作是严肃神意的指使。诗人的自然天才和有机创作论开始渐入人们的视野。

　　诗歌创作中的诸多神话传说和有机—无机论始终伴随诗歌创作史本身。诗歌并非全部来自或必须来自诗人的个人亲身经历。未曾执笔前诗人可能会有一个泛泛的念头在心中,但是要想付诸笔端尚需搜罗意象、添加轶事、雕镂修辞。同样是关于罪责与赎罪的诗作,弥尔顿与柯尔律治都经历了一番创作阵痛。前者在全心着力于《失乐园》(*Paradise Lost*)之前已经酝酿该主题很多时日了。在他前期创作的许多小诗里,有很多关于大洪水和人类堕落主题的印记。后者有意完成一首始于负罪终于赎罪的诗作,但在其写就这方面题材的经典诗歌《老水手行》(*The Rime of the Ancient Mariner*)前,就已经着手关于该隐的散文诗了。在诗歌创作上,“妙手偶得之”还是需要一定触发因素的。未定其形、先得其身,对诗人来说是必要的。当一个故事、一件轶事或一个情势被诗人读起或遇见以后,诗歌的创作才谈得上可能。有所感触或有所打动后方着手将感触的材料入诗,应该是说得通的经验,尽管此时诗人对为何会被打动尚不明了于胸。

---

　　①　Alexander Pope, *An Essay on Criticism*. Vol. 2. London: Bell Press, 1928, pp. 15—16.

诗歌创作的过程说似乎与诗人神秘的身份地位格格不入，尤其是与史上甚嚣尘上的关于诗人可以"一挥而就七纸文章"的传说相左。诚然，有些诗人精雕细琢、创作极慢，而有的则不假思索、瞬间完成。有些诗歌的横空出世只在须臾之间，有的则辗转数年。在《创作的哲学》(The Philosophy of Composition)中，埃德加·爱伦·坡(Edgar Allan Poe)就对《乌鸦》(The Raven)创作的时间性与表现力做了一番精彩的论述：

> 我意欲创作的下一首诗歌的合理长度为一百行，确切地说是一百〇八行。这样既不会流于庸俗也不会失去品味。接下来我所要考虑的就是诗歌所要传达的效果。我所坚持的准则就是通篇设计要能够达到雅俗共赏的目的。最强烈、最纯洁、最高尚的品位都来自对美的沉思，这也是诗歌欣赏的唯一乐趣。确切地讲，当人们谈论美的时候，他们所指的其实是一种效果而非一种品质。现在我将美定位为我诗歌的主要职责。下一个需要思考的问题就是诗歌的语气。无数经验显示，这是一种悲伤的调子，所以忧郁应是所有诗歌语气中最有说服力的。长度、职责、语气都确定后，我又致力于为获得艺术趣味而进行归纳推理，这有可能是诗歌建构中的关键环节。[①]

《乌鸦》于 1845 年问世后曾受到普遍好评，坡的诗才也从此得到了社会的认可。但是从这段创作心路来看，坡的经典诗歌也非心血来潮的偶得之物。其前瞻性、系统性和普适性的效果定位，反映了诗歌创作犹如几何定理出笼般的繁杂过程。

与坡不遗余力、规划精细不同的是倏忽速达、一梦而成式的灵异创作。坊间熟知的事例莫过于柯尔律治创作《忽必烈汗》(Kubla Khan)的传说。对于该诗，柯尔律治本人曾自注说，1797 年他身体欠佳正在博洛克(Porlock)和林顿(Linton)之间的一个农庄修养。一个夏日他服了一片医生开的鸦片酊之后，便昏昏入睡，入睡前他正在读《马可·波罗游记》(The Travels of Marco Polo)中的如下一段："忽必烈汗在上都建造了一座雄伟的宫殿，宫墙围起十英里的平地，有肥沃的草地、悦目的泉水、欢快的溪流，还有供追猎的各种野兽，其间是一座豪

---

① Edgar Allan Poe, *The Philosophy of Composition*. Graham's Magazine(April 1846).

华的逍遥宫。"①柯尔律治一觉睡了大概三个小时,他非常自信地估计自己在睡梦中应该写了不下二三百行的诗句。一觉醒来,他记忆犹新,于是拿起笔墨纸张,立刻追忆。谁料,突然有客人自博洛克前来找他商谈。在中断一个多小时后,柯尔律治即刻返回续写未完之诗。但令他沮丧的是,尽管竭力回顾,却只能在脑海里搜寻到只剩下 54 行的片段,其余的则像溪面上的映像,被投入溪中的一块石头打得无影无踪。

坡与柯尔律治的诗歌创作心路历程看上去虽给人以极其不可效仿之感,但也是诗歌创作的宏大悠远历程中的可信实例。坡筚路蓝缕,而柯尔律治则一梦方成。在诗歌创作上,呕心沥血、殚精竭虑者有之,妙手偶得、不费心力者有之。莎士比亚虽未梦得经典力作,但是他创作时的高速、流畅和一气呵成也是史上不争的事实。德莱顿写诗时亦是文思泉涌,常常奋笔疾书不能自已。法国诗人伯纳德(Pierre Bonnard)回忆自己在创作时,常有千种声音萦绕耳际,万般言辞奔流心头。但就某一首诗歌的创作而言,单一模式未免过于武断。诗歌的一部分属于一挥而就之作,而另一部分属于耗时费力的苦思冥想之作的情形也并非罕见。英国诗人霍斯曼(A. E. Housman)堪称此类创作的典范。他曾经谈到自己在创作《西罗普郡少年》(A Shropshire Lad)时,就有过冰火两重天般的经历。霍斯曼曾经谈到,在略饮啤酒的午饭后,他觉得非常放松,最宜浮想联翩。此时一边散步一边打腹稿已经成了他的一个创作习惯。在这种情形下,有时数节甚至整首诗歌都在瞬间诉诸笔端,而有时只是一些诗歌要点或思绪在头脑汇集。在创作《西洛普郡少年》第 88 首的时候,就有类似的情况产生。该诗的前两节如下:

> I hoed and trenched and weeded,
> And took the flowers to fair：
> I brought them home unheeded;
> The hue was not the wear.
> So up and down I sow them
> For lads like me to find,
> When I shall lie below them,

---

① Marc Polo, *The Travels of Marco Polo*. Vol. 1. London：The Project of Gudenberg EBook，2004，p. 101.

A dead man out of mind. ①

这两个诗节融内容与形式于一体,达到了意象与意境的完美统一。后来霍夫曼告诉别人,这两节是他在午后散步时创作出来的,可以说是不费吹灰之力!该诗的后两节如下:

Some seed the birds devour,
And some the season mars,
But here and there will flower
The solitary stars,
And fields will yearly bear them
As light-leaved spring comes on,
And luckless lads will wear them
When I am dead and gone. ②

与前两节相比,第三节基本上也是瞬间灵感迸发的产物,是诗人在午后茶点时间完成的。但是第四节的创作却颇费周折,不但在时间上经历了一年之久,而且被反复修改了13次之多。

自然而发和厚积薄发在诗歌的创作之中并不相悖。但是天赋灵犀与瞬息迸发之能在伟大诗人身上的体现却是亘古不变的。执着而勤奋的弗罗斯特(Robert Frost)曾说,他的诸多经典诗作都是情感自然流露的产物:

我从不否认,对自己的一部分诗歌能否继续存在抱有一定的焦虑。
……,我创作时从不仅仅视为练习而已,总是期望最终能结成佳作。
……,一些诗歌自然而成无须寻章摘句,我可以信手拈来,雅乐至极!
它们是那些我日后频频回顾的经验总成!……在写完《雪夜林边驻足》
(*Stopping by Woods in a Snowy Evening*)最后一节的第三行时,我觉

---

① A. E. Housman, *The Collected Poems of A. E. Housman*. New York: Holt, Rinehart and Winston, 1965, p. 215.

② A. E. Housman, *The Collected Poems of A. E. Housman*. New York: Holt, Rinehart and Winston, 1965, p. 216.

得有很强的意愿召唤原本并未打算的第四节,于是我迅即写下与第三行重复的最后一行以做收尾。[①]

　　霍斯曼在同一首诗歌的创作中融合了两个完全不同的创作方法,弗罗斯特甚至需要压制喷涌的缪斯之泉,柯尔律治饮鸦片酊而一梦成名,坡精心规划、系统布局。所谓天才诗人和经典诗歌的诞生并非千篇一律。克莱恩(Hart Crane)每每动笔之前都会听丝竹、饮美酒,席勒(Friedrich Schiller)的桌子上总是放着一个熟透的苹果,据说苹果的气味可以刺激他的灵感。这些创作癖好或习性常常与传世名篇的诞生之间有着令后世津津乐道的美好联系。与这些习惯和癖好绝缘的诗人占大多数,而且他们的创作似乎更加快捷、自然和卓有成效一些。自然迅捷的过程对整体存在的人和自然并无太多干涉,而意志力和外界的纷扰也会绕道而去。时间流逝于无形之中,想象的翅膀轻盈无比!这才是一直为灵启诗人所追逐和推崇的自然而发的创作过程。拥有如此能力的诗人便是自然天才,他们创作的诗歌才称得上是有机产物!

　　诗人是自然天才的论调由来已久。它强调的是妙手偶得和自然之力,而非强赋新词、归依理据。至于划归这个序列的诗人的标准,却是史无定论的。普遍遵从的信仰是自然诗人在创作时只凭自然才华之力,他们创作时的情势为既无前例可以援引,又无通行既定法则可以依附。"自然的天才人物包括荷马、品达、写作《旧约》的那些诗人和莎士比亚,他们'是人中奇才,只凭借自然才华,不须求助于任何技艺和学识,就创造出荣耀当时、流芳后世的作品'。"[②]对于自然而成的诗人和"自然才华"的存在这一观念,古往今来都是为人所接受的。但是,何谓"自然才华"?任何意欲定下亘古标准的人都会招来无休止的挑战。

　　除了不借助任何外界技艺和学识外,自然天才还被赋予一些关键的创作特征。自然天才们应具有高度的自然激情和冲动,这类诗人通常都能在迸发出激越想象火花的时候创作出豪放而不失高雅,崇高而兼具秀丽,别具一格而不可模仿的诗作。爱迪生(Joseph Addison)曾将自然天才和与之相对的后天练就之才比喻为自然成长植物和人工修饰培植植物,进行了一番比照:

---

①　Robert Frost, *The Letters of Robert Frost*, 1886—1921. Vol. 1. Donald Sheehy, Mark Richardson, and Robert Faggen, Eds. Harvard: Harvard University Press, 2014, p. 210.

②　M. H. Abrams, *The Mirror and the Lamp*: *Romantic Theory and the Critical Tradition*. Oxford: Oxford University Press, 1971, p. 187.

（自然而成的天才）犹如适宜气候下肥沃的土壤，从中会生长出遍地的优良植物。这些植物千姿百态地展示着美景，绝无任何秩序或规则可言。另一种天才也有着同样的肥沃土壤，同样适宜的气候，但却是被园艺师们用其技艺而布置成植物园和花圃，修剪得整齐漂亮的。①

如此差异对比也并不能消除人们对诗人的先天性和后天性争议的持续。灵感与天赋的结合而造就自然天才诗人的理念自文艺复兴以降便深入人心。斯宾塞（Edmund Spenser）在其《牧羊人日历》（*The Shepheades Calender*）的第十首《十月之歌》里就曾表达了这个观点："诗歌不是艺术，而是神圣的能力、天赋的本能；诗不能产生于劳作和学问，却以劳作和学习作为文饰；诗通过一种热情和神圣的灵感输送到才智中。"②早在17到18世纪之时，"天生之才"或"自然之才"已经开始被用来喻指诗人整体，而他们创作的前提则是固有的天赋和与生俱来的能力。

高耸于英诗之巅的莎士比亚向来都是歌颂天才诗人的首选。莎士比亚的朋友、剧坛竞争对手琼生（Ben Jonson）认为，莎氏创作时虽有"裁剪"与"缝织"，但是凭借其在最高意义上对"自然之才"的占有，莎士比亚亘古无敌：

当诗坛的才俊全在鼎盛时期，
他诞生犹如阿波罗仙乐动听，
犹如墨丘利使人们颠倒神魂！
自然女神以他的巧裁而得意，
穿起他的诗句之衫好不欢喜！
它们缝织得如此合身而华丽，
从此她不再请他人量体裁衣。
诙谐尖刻的希腊人阿里斯托芬，
干练的泰伦斯、机智的普鲁图斯，

---

① Quoted in Richard Ryan, *Poetry and Poets: A Collection of the Choicest Anecdotes Relative to the Poets of Every Age and Nation*. New York: Nabu Press, 2010, p. 152.

② Quoted in Lynn Johnson, *The Shepheardes Calender: An Introduction*. Pennsylvania: The Pennsylvania State University Press, 1990, p. 143.

> 如今已经陈旧乏味，全被弃之一边，
> 就因为他们不是自然的嫡传。①

莎氏高于他人之处就在于他是"自然的嫡传"，这表明琼生本人也对竞争对手的自然天赋徒呼奈何。美国著名的浪漫主义诗人朗费罗（Henry Wadsworth Longfellow）也认为莎士比亚是得到了缪斯女神所赠弦琴和桂枝，方才脑洞大开而成为至高无上的诗人：

> 最高诗人！我展读他的典籍，
> 眼前就出现光怪陆离的幻想；
> 缪斯个个都爱他，不止一个：
> 她们把黄金七弦琴递他手里，
> 把泉边仙桂绿枝缠在他头上，
> 让他就座于她们首领的宝座。②

就连一向品评苛刻的阿诺德（Matthew Arnold）也对具有非凡才能的莎士比亚赞叹不已，并发出对普通造化之才和后天成就的质疑不适用莎士比亚的惊叹：

> 让凡人去徒劳地探索不已；
> 而你，你熟悉群星，你了解阳光，
> 你自修，自审，自信，自己建树光荣。③

莎士比亚代表了诗界最高意义上的自然和灵感，他的创作体现了感悟与灵启的结合，并在抒怀达意上高于自然本身。蒲伯就在诸种莎士比亚天才论后，再加"巧妙"和"真诚"观念：

---

① Quoted in Rosalind Miles, *Ben Jonson*: *His Life and Work*. New York: Routledge & Kegan Paul, 1986, p. 251.

② 转引自刘新民选编：《诗篇中的诗人》，人民文学出版社 2004 年版，第 90 页。

③ 转引自刘新民选编：《诗篇中的诗人》，人民文学出版社 2004 年版，第 91 页。

> 如果有哪些作者担得起"独创者"称号的话,那便是莎士比亚。就
> 连荷马也不能像他一样可以直接从自然之源泉中获得艺术;……莎士
> 比亚的诗是真诚的灵感:他不像自然工具一样的模仿者;而且说他根据
> 自然创作是不公平的,应该说,自然借他的口而说话。①

　　蒲伯认为莎士比亚所表现出的才能,是一种介乎精辟和巧妙之间的本领,他的伟大的天才是与自然可以同等对待的资质。

　　在浪漫主义前期,对于诗歌灵感和诗人天才架构的认知,基本上有以下几个特征可以涵盖:首先,诗的生产应该是不期而遇的,无须丝毫苦思冥想。一首诗应该是连贯思绪和瞬间灵启的产物,无须计划和安排。其次,诗歌创作的冲动是自发的,个人意志和外界强力对它无能为力。再次,作诗的过程受激情和冲动的驱使,狂喜、沉静、痛苦或欢欣等心绪都会出现。最后,诗人对于自己在强烈情感下自然而作的诗歌了无印象,有时甚至颇为陌生,大有恍然他人所为的感觉。诗人作为特殊创作群体的理念久存于西方文化传统之中。特殊天赋和神秘创作过程,常常是好诗诞生的不二法门。坊间曾传,柯尔律治就谈及一位毛发倒竖、双眼闪光的诗人形象。当他灵感迸发、激情四溢时,一种超然于身外的力量完全控制了他的心灵,于是他便进入了一种无法克制的着魔状态,诗歌创作也变得不由自主起来。一阵疯癫之后,他的诗歌便宣告完成。

　　在灵启和欢欣的赋得上,"求之不得"与"瞬息即逝"当为主要特征。对此,赫里克(Robert Herrick)就曾赋诗言明:

> 并非每一天我
> 都适于作预言:
> 不,但当灵魂充满了
> 奇异的狂热,
> 充满了激情,然后我就写作,
> 就像上帝一样来作诗文。
>
> 我因此发怒,我的诗行

---

①　Alexander Pope, *The Works of Alexander Pope*. Vol. 3. New York: Kessinger Publishing House, 2010, p. 245.

> 像西贝尔一样穿过世间，
>
> 看看那纷至沓来的神圣的火花
>
> 如何瓦解或消退；
>
> 幻想因此淡漠，直到
>
> 勇敢的灵魂再次出现。①

与天才有机论相对的则是诗歌创作的机械论之说。当自然哲学家们在各种物理学领域内取得巨大胜利后，影响了文学批评和文学创作观，从而将自然科学哲思解释论引入人文科学，进而扩展到心灵领域的风尚也开始流行起来。自1738 年大卫·休谟（David Hume）发表《人性论》（*A Treatise of Human Nature*）以来，用精致确切的实验方法来提高人文科学——尤其是精神道德研究的准确率的尝试便风行起来。其实休谟作品的副标题"把论证的实验法引进道德话题的尝试"（"Being an Attempt to Introduce the Experimental Method of Reasoning into Moral Subjects"）已经透露出他的著述用意。这种将实验目标定位为从自然科学向人文科学延伸的方法，犹如一个新的支点，撬动了人们对创作要素和心灵构成的固有认知。

在机械理论或非天才有机论的创作原理中，自然科学与人文科学都受制于"部分—整体"或"整体—部分"的构成元素组合意念。如同周围世界的运动，心灵和意识各部分的运动和组合才是作家创作过程中所必需的，能够产生诸如"记忆""想象"或"幻想"等机制的要因。无源之水式的凭空想象和无本之木式的灵感触发，在机械论看来都是靠不住的。"荷马在形成吐火女怪凯米拉（Chimera）的观念时，只是在把不同动物身上的几个部位合并到一个动物身上而已，这些部位包括狮头、羊身和蛇尾。"②这可能就是机械创作论中较为典型的观点了。据此，无论多么奇特和大胆的想象与创造，也不过是把感觉之内的整体分割成无数个部分，然后再将部分按需求排列组合成新的对象而已。

从长期的发展和共性的认知上来看，史上诸多诗歌创作机械论从不否认系统性和整体性的原则，并在理论与实践的演绎中慢慢转向了心灵触发和灵启感

---

① Robert Herrick, *A Selection from the Lyrical Poems of Robert Herrick*. New York： Kessinger Publishing House，2010，p. 62.

② Alexander Gerard, *An Essay on Genius*. London：Hardpress Publishing，2012，p. 98.

动思维。具有代表性的就是杰拉德（Alexander Gerard）关于作品部分与整体的言说：

> 每一部天才作品都是一个整体，都是由不同部分组成的常规组合，而这些部分的安排则完全从属于一个共同的目的……但是无论这些联想原则多么完美地履行了它们的职责，人们也无法确信这种排列的得体性，一切只有等待判断的认可。①

杰拉德的类比已经开始将机械主义的排列组合引向了心灵归属的设计和联想，这为18世纪末期到19世纪初期的创作有机论提供了可资借鉴的历史依据。就在杰拉德的《论天才》（*An Essay on Genius*）出版40年后，英国文学批评史的有机审美理论开始得到全面的发展，并在浪漫主义诗学理论中占据首要地位。

## 第三节　浪漫主义有机论

在浪漫主义的诸家诗学理论中，与天才有机论或机械创作论最紧密相关的是华兹华斯的"自然"价值标准、柯尔律治的有机想象说、哈兹里特的"生气勃勃"标准和济慈的"情趣深度"理论。

浪漫主义时期的诗学理论基于诗人的高度"自觉性"和"自主性"。批评家们在谈论诗歌的本质和核心时，大多逃不出以诗人为中心的原则。在林林总总的浪漫主义诗学理论之中有一套标准命题，"这套命题被华兹华斯的同时代人所采用"，而这套命题都建立在一个相同的基本论断之上：

> （1）诗歌是情感的表现或流露，或是情感起关键作用的想象过程的产物；
> （2）诗歌是情感心境的传载工具，它的对立面不是散文，而是非情感性的事实断想，或称"科学"；
> （3）诗歌能够主要地通过修辞手法和韵律来表现情感，语词也因此能自然地体现并传达作者的情感；

---

① Alexander Gerard, *An Essay on Genius*. London：Hardpress Publishing，2012，p. 85.

（4）诗歌的根本就在于，它的语言必须是诗人心境的自然真挚的表现，绝不允许造作和虚伪；

（5）生就的诗人与一般人的不同之处，尤其在于他具有与生俱来的强烈情感，极易动情。①

这些关于浪漫主义诗论的论述中，"诗人""情感"和"原发"是最终的关键词和起主导作用的要素。这些要素在不同诗人的诗学体系和论述语词上，也有不同的体现。但是他们所共同具备的关于以诗人为主导、以自然的原初性为目标的观念依然是异曲同工的。

作为首位最伟大的浪漫主义诗人和英国浪漫主义诗学原则的肇始人，华兹华斯所提出的"自然"诗学价值标准无疑会对浪漫主义诸家理论的形成产生重大影响。华兹华斯权威诗歌价值的终极标准就是"自然"。在他的诗学视域里，自然的含义和界定不唯一、不亘古，而是具有三重原始意味。首先，自然距离人性最近，是人性的最小公分母。其次，人是最严谨地按照自然状态生活的体现，因为只有最自然的人才会以最原始的文化环境和乡野环境为生活处所。再次，这种自然状态的诗学必须包括最质朴的思想情感，以及用语言表达情感时的最质朴的方式。这三层概括华兹华斯诗歌价值标注的自然诗学，不但在《抒情歌谣集》(Lyrical Ballads)序言中有散文模式的解析，还有正文里的韵文形式的运用，是华兹华斯终生坚持的诗歌价值观的核心诉求。

天性使然和使人快乐的诗歌创作出发点，首先构成了华兹华斯诗歌价值观第一层的中心要义。他在回答诗歌能使什么样的人快乐时曾说：

> 我的答案是人性。过去和将来的人性。但是我们从哪里才能找到最佳人性呢？我的回答是从心中。袒露出我们的心，超越自身去观察那些过着最简朴的、最适于自然生活的人。这些人身上没有沾染丝毫虚伪的文雅、任性的做作和欲望、违心的批评、女人气的思想感情，他们早已摆脱了这些东西。②

---

① M. H. 艾布拉姆斯：《镜与灯：浪漫主义文论及批评传统》，郦稚牛等译，北京大学出版社 2004 年版，第 121—123 页。

② William Wordsworth, *Preface to Lyrical Ballads*. George Sampson, Ed. *Lyrical Ballads*, 1798—1805. London: Routledge & Co., 1923, p. 346.

华兹华斯认为,最至真至纯的人性才能做到收放自如、不无病呻吟,这种人性与自然靠得最近,是诗歌必须歌颂和为之带来快乐的主体。他的这种诗歌价值的人性论标准直接导致了他关于"一切好诗都是强烈情感的自然流露"定论的得出,也是后面两个自然层次的基础。

为了实现诗歌服务于最质朴、最适合自然的人性,华兹华斯选择的诗歌题材是"卑微的乡村的生活",语言是"乡下人的语言"。① 在天然、淳朴和广泛的基础上,华兹华斯的自然标准诗学价值更强调有机统一和相互联系。人性的淳朴必须是建立在"过去、现在和将来"的基础上,乡村生活之所以是首要题材,因为"在那种生活的情况下,我们的各种基本情感都是以更纯真的状态一起并存,……人们的激情往往与大自然的美丽而恒久的形式结合在一起"②。

所以只要选定这样的题材,一个具有超乎异常的感官能力的诗人,经过强烈情感的反复酝酿,就会水到渠成式地妙手偶得。

相对于华兹华斯较为隐晦的诗歌价值和诗人创作的自然标准而言,柯尔律治所提出的诗歌创作的有机想象说则更加具体而直接,是一种非常浪漫主义诗学化的诗歌创作有机论的体现。他所提出和实践的浪漫主义有机整体创作诗学,是英国文学史上论述最早、阐述最系统和想象类比最丰富的学说。

柯尔律治的有机想象的诗学理论并不是全面具体地在某一部作品中被提出或被阐释的,而是分散在诸如《文学生涯》(*Biographia Literaria*)、《莎士比亚戏剧演讲集》(*Lectures on Shakespeare's Dramas*)和《生命的理论》(*Theory of Life*)等多部著作的相关章节之中。而他的有机想象诗学的起点依然是关于幻想和想象的简洁明了的区别,这种区别阐述的主要目的就是针对当时甚嚣尘上的文学创作的心灵机械论而发的。在《文学生涯》中,柯尔律治指出,幻想与想象是截然不同的,因为幻想——

> 只与固定的和有限的东西打交道。幻想实际上只是摆脱了时间和空间秩序的拘束而变成的一种回忆,与我们称之为"抉择"的那种意志的实践混在一起,并且被它修改。但是,幻想与平常的记忆一样,必须

---

① William Wordsworth, *Preface to Lyrical Ballads*. George Sampson, Ed. *Lyrical Ballads*, 1798—1805. London: Routledge. &. CO, 1923, p. 345.

② William Wordsworth, *Preface to Lyrical Ballads*. George Sampson, Ed. *Lyrical Ballads*, 1798—1805. London: Routledge. &. CO, 1923, p. 345.

从联想规律产生的现成材料中获取素材。而想象溶化、分解、分散，是为了再创造；而在这一程序变得不可能进行下去时，它还是会竭尽全力去理想化和统一化。它本质上是充满活力的，纵使所有的对象（作为事物而言）本质上是固定和僵死的。①

柯尔律治对幻想与想象进行繁复冗长的对比的初衷，是想明确地将联想主义创作理论的基本类型进行挑选，然后对机械主义的心灵论进行理据齐全的贬抑，从而达到在出发点和基本理论阐发的首轮就树立起诗学创作的有机想象理论之目的。只有幻想与想象的区分还不算是其诗学理论的确立，接下来柯尔律治又对具有整体性的想象进行了细分：

第一位的想象是人类知觉的活力和原动力，是无限的"我存在"中的永恒的创造活动在有限的心灵中的重演。第二位的想象，我认为是第一位想象的回声，它与自觉的意志共存。②

在柯尔律治看来，那些被普通人视为创作之重要能力的记忆，其实只是一种"机械性"的简单能力。而幻想本身则是被动的，是一种映射活动，或是一种简单的重复而已。与此相比，想象则是对已有成分的"再创作"。

综合柯尔律治关于想象和幻想的区别论述可以看出，他视想象为诗人创作的首要必备素质，这种素质可以使诗人圆熟地运用综合、弥散、混合和融化等各种能力，并最终使该素质的拥有者掌握同化力和合成能力。在柯尔律治的想象问题讨论中，想象本身是有机的和有生命力的，"它生长和创作出自身的形式"，而想象的"规则正是成长和创作的能力"。③ 柯尔律治关于想象的论述与他讨论心灵活动的论述如出一辙，而从修辞和细节把握的机制出发进行这些方面的论述时，柯尔律治的有机论便在以植物的生长、吸收和呼吸的隐喻艺术中凸显出来。应该说，柯尔律治的有机想象论是完全建立在对想象能力的高度溢美和对

---

① Samuel Taylor Coleridge, *Biographia Literaia*. Engell James, W. Jackson Bate, Eds. Princeton：Princeton University Press，1983，p. 73.

② Samuel Taylor Coleridge, *Biographia Literaia*. Engell James, W. Jackson Bate, Eds. Princeton：Princeton University Press，1983，p. 74.

③ Samuel Taylor Coleridge, *Biographia Literaia*. Engell James, W. Jackson Bate, Eds. Princeton：Princeton University Press，1983，p. 75.

有机整体观的隐喻式媒介物的巧妙创作为基础的。

柯尔律治有机论中的隐喻式媒介物,主要指他在批评著述中频繁使用的植物与植物生长。作为对机械论的反拨,柯尔律治的有机论发起了对机械论之重要组成部分的原子论和元素论的批驳和解构。他的全面发展的有机论,从根本上是要在"哲学中用生命和智力代替机械主义的哲学"[①],并且将建立有机想象的整体文学批评观视为其终生孜孜以求的目标。他的建立在植物或者是生命有机体上的诗学观点"是原子论和有机论之间、机械的和有生命的之间的——最终是机器和生长的植物这两个根本比喻之间的截然不同的区别"[②]。那么,柯尔律治的植物隐喻式有机论到底是怎样的一种诗学理论呢?对这个问题的回答首先需要一个柯尔律治的植物隐喻内容与特征勾勒。

柯尔律治的植物隐喻式的有机论起源于种子本体论。柯尔律治认为,植物源于种子,整体先于部分,有机论优于机械论。他的详论是:

> 在世界上,整体的迹象到处可见,这是组成部分远远不能解释的,它们之所以能作为那些部分而存在,甚至它们之所以能存在,都必然以整体作为致因和条件……[报春花的]叶、根、茎、花都依附于一株植物之上,这是因为种子的前提力量和原则所致。在构成报春花的大小和形状的任何一颗物质微粒从其周围的泥土、空气和水分中出现以前,这种前提的力量和原则就早已存在了。[③]

柯尔律治在此所陈述的即是一个他认为在诗学理论上颠扑不破的真理:决定植物成为生命整体的关键因素是种子而不是泥土、空气和水分。这两组对立的因素因为分属于有机和无机范畴而在生命整体的孕育中扮演不同的角色。作为有机整体的种子具有生命特性,其内外部分和成分是密切联系、自给自足和无法拆解的。而作为外部非有机性因素的泥土、空气和水分,不具备生命特征,可以发生物理变化而形成其他物形。所以基于部分观念和机械理论的分析,是无

---

① Samuel Taylor Coleridge, *Collected Letters of Samuel Taylor Coleridge*. vol. 2. E. L. Griggs, Ed. Oxford: Oxford University Press, 1956, p. 649.

② M. H. 艾布拉姆斯:《镜与灯:浪漫主义文论及批评传统》,郦稚牛等译,北京大学出版社 2004 年版,第 203 页。

③ Samuel Taylor Coleridge, *Aids to Reflection*. John Beer, Ed. Princeton: Princeton University Press, 1993, pp. 40—41.

法从植物的身上看到生命的意义和价值的,这种分析本身也是毫无意义的。在包含文学生产在内的有机生命领域里,机械论是应该被驱逐的对象。

有了核心因素种子做前提,植物的有机生命性就得到了保障。但是仅有核心因素的保障还不足以使细小的植物成为完整的有机整体。所以,植物的生长和同化也就显得尤为必要。正如柯尔律治所言,"生产和成长是一切生命有机体的第一力量,其本身就表现为植物的进化和延续"①。植物在生长中能与相异的多种成分(如水、阳光、泥土和空气)同化为一个新的有机整体。如果说一粒种子在适宜的条件下必然会长成一株植物的话,那么它与周遭水、空气、泥土和光等因素之间所进行的同化作用是必不可少的。与相异成分的同化是生命有机体获得成长和壮大的必要条件。对他的这个命题的提出,柯尔律治自己都惊呼道:

> 看啊!——太阳升起来了,它也开始了它的外在生命,进入了与自然环境的开放交流,即使万物与自己同化,又同时彼此相互同化……在阳光的抚慰下,它释放出与光相近的气体,然而它同样可以在一种意向下完成自己的悄然生长,把那些外来的增加之物进行提炼,然后再加以浓缩后固定下来。②

在柯尔律治的有机想象论中,这种植物的进化过程同样适用于诗人心灵的成长和诗歌创作的过程。作家心灵的种子在成长过程中必然要同化外部的诸如阳光、空气和水分等感知意象和事件,然后才能成长为一株完美的植物。在这些经过自我同化过程后的结果中,原先的种子、空气、水等最初面貌已经不复存在了。但是在秉持机械论的作者的作品中,原来意象和事件的断壁残垣依然清晰可见。在柯尔律治有机想象论的理念中,同化过程就是在保持自我特性前提下为新的完整共同体所做的合作共述行为。

柯尔律治还认为,与外在因素的同化并不会削弱植物自身的自然生长。因为"只有完成它自身的悄然生长,这些植物才能自行组织成适当的形式"③,实现

---

① Samuel Taylor Coleridge, *Monologue on Life*. *Frasers Magazine for Town and Country*, XII (*Nov. 1835*): 495.

② Samuel Taylor Coleridge, *Lay Sermons*. New York: Kessinger Publishing Company, p. 77.

③ Samuel Taylor Coleridge, *Lay Sermons*. New York: Kessinger Publishing Company, p. 79.

形式的改变和内容的蜕变。这就是他所宣称的有机想象论中的整体从内部产生的核心理念。所以在作家创作的指导思想上,内在性或内在化远远优于外在性或外在化,原创性优于模仿论,保持自我个性的合作著述也是值得提倡的。

作为浪漫主义时期最优秀的艺术评论家之一,哈兹里特的主要成就是随笔和文学评论。哈兹里特顺应浪漫主义文学发展的历史潮流,在他的演讲和作品中鼓吹个性解放,鼓吹个性释放和个人主义,是浪漫主义文学运动中一面鲜明的旗帜。在与机械论、有机论和原创性等方面相关的论述中,哈兹里特提出了一个给济慈等伟大诗人带来巨大影响的诗学标准:生气勃勃(gusto)。该诗学标准曾被历代评论家们视为哈兹里特的首要文学批评原则。艾布拉姆斯就说:"威廉·哈兹里特最喜欢使用的标准是生气勃勃。"[①]贝特(W. J. Bate)也提出:"哈兹里特对生气勃勃尤为看重。"[②]韦勒克(Rene Wellek)认为:"哈兹里特的所有评论主要就是建立在生气勃勃之上的文学评论。"[③]还有评论指出:"哈兹里特在文学中所追求的,犹如他在绘画中所追求的一样,那就是生气勃勃的品质。"[④]帕克(Roy Park)则认为,生气勃勃在哈兹里特的整个文学批评理论中,占据着十分重要的位置。[⑤] 由此可见,生气勃勃的理念在哈兹里特的文学批评和创作主张中的地位有多重要!

哈兹里特首次提出"生气勃勃"这一术语是在 1816 年一篇名为《论生气勃勃》(On Gusto)的文论中,随后这个带有强烈个人标签的术语便开始在文学领域流行起来。在这篇文论中,哈兹里特提出,生气勃勃有三个相互交织、彼此呼应的类型:主题的生气、艺术家的生气和艺术作品的生气。"艺术中的生气是一种可以用来定义任何物体的力量或激情",而事物中未经表明的生气,那种"只是以

---

① M. H. 艾布拉姆斯:《镜与灯:浪漫主义文论及批评传统》,郦稚牛等译,北京大学出版社 2004 年版,第 160 页。

② W. J. Bate, *Criticism: The Major Texts*. New York: Harcourt Brace Jovanovich, 1952, p. 285.

③ Rene Wellek, *A History of Modern Criticism*, 1750—1950. Vol. 2. Yale: Yale University Press, 1955, p. 197.

④ Harold Bloom, Lionel Trilling, Eds. *The Oxford Anthology of English Literature*. New York: Penguin, 1973, p. 691.

⑤ Roy Park, *Hazlitt and the Spirit of the Age: Abstraction and Critical Theory*. London: Macmillan, 1971, p. 185.

形体或颜色而出现在自然物体中的生气",是比较难以解释的。<sup>①</sup> 在哈兹里特看来，大多数事物都是可以解析评判的，都与快乐或痛苦有着紧密的联系。站在一幅能够引起生气勃勃之感的画作面前，哈兹里特就会试图将自己对画中人物的真情实感和盘托出，以达到对人物的真实性格进行表述的目的。这种情感的由外及里的表达需要欣赏者本身具备生气勃勃的个性和真情实感。哈兹里特的成功评论无不贯彻了他个人的生气勃勃的情感理论，就像艺术家本着这种生气而创作杰出作品一样。

哈兹里特在评论不同画家的作品时，就以生气为标准而评判他们的高下：

> 卢本(Peter Paul Rubens)笔下的人物肌肤色泽犹如鲜花般娇艳，阿尔巴农(Francesco Albano)笔下的人物肌肤如象牙般光滑。范迪克(Sir Anthony Vandyke)作为一位艺术家缺少了对生气的把握。他笔下人物的眼睛缺乏韵味或激情。总之，绘画中的生气就是人们观瞻它时的感受。[②]

在哈兹里特的审美标准里，艺术作品的高下主要取决于它们当中生气的有无和呈现方式。这是一种由画作本身而非画家所引起的艺术效果。哈兹里特认为，米开朗琪罗(Michael Angelo)的人物画就充满了生气：

> 它们处处惹人注目，人物的四肢透露出肌肉的力量，道德的光辉，甚至还有一种智者的高贵气质：它们威武有力，威风凛凛，粗犷壮健，凝重厚实，能够轻而易举地完成意志赋予的使命。[③]

哈兹里特的生气勃勃的理念虽然起源于他对绘画艺术的评论，却在其文学评论中大放异彩。从评论弥尔顿开始，哈兹里特便将生气勃勃的诗歌创作理念和诗学批评标准加诸对莎士比亚、蒲伯、德莱顿、拉伯雷(François Rabelais)和薄

---

① William Hazlitt, *Complete Works of William Hazlitt*. vol. 4. P. P. Howe, Ed. London：Dent，1934，p. 77.

② William Hazlitt, *Complete Works of William Hazlitt*. vol. 4. P. P. Howe, Ed. London：Dent，1934，p. 78.

③ William Hazlitt, *Complete Works of William Hazlitt*. vol. 4. P. P. Howe，Ed. London：Dent，1934，p. 77.

伽丘（Giovanni Boccaccio）等人的创作讨论中。在哈兹里特看来，"莎士比亚在戏剧上无限的创造力就来自他的生气。……弥尔顿的诗也是生气无穷的。……蒲伯的馈赠诗、德莱顿的讽刺诗和普赖尔（Matthew Prior）的故事诗也是各有其生气的"①。

济慈作为第二代浪漫主义诗人的典型代表，在论及诗学原则和诗歌创作理念时，"毫不含糊地以哈兹里特为向导"②。对于朗吉努斯文学批评遗产中的意象—强度的借鉴和倚重，济慈恐怕是他那时代的最佳典范了。在他的诗歌理论和创作实践经验之谈的集大成之作——个人书信中，济慈提出了诗人需遵从的诗歌创作的首要原则——强度（intensity），以及伟大诗人所必须具备的能力——延疑力（negative capability）。

在听完哈兹里特的讲座后，济慈曾经以生气勃勃为标准讨论起当时饰演莎士比亚的御用演员基恩（Edmund Kean）的表演来：

> 他的嗓音里有一种难以名状的生气和激情，他在讲述当下的时候，我们完全被这股生气给带到了从前和未来。当他在《奥赛罗》中说出那句"收起你们明晃晃的剑，它们沾了露水会生锈的"③时，我们即刻感觉到他那发号施令的声音和犹如芦苇叶般锋利的刀剑。④

与哈兹里特惯用的"生气勃勃"相比，济慈更青睐"强度"一词。在一封写给弟弟的信中，济慈专门提到了艺术的强度标注：

> 星期五晚上我在威尔斯家度过，第二天早晨去看《灰马上的死神》那张画。考虑到作者威尔斯年龄尚轻，这幅画还是相当不错的。但是画上缺乏那种动人的强度；没有使人发狂到要与之亲吻的女人，没有一张浮现得栩栩如生的脸庞。任何一门艺术的卓越之处就在于那种动人

---

① William Hazlitt, *Complete Works of William Hazlitt*. vol. 4. P. P. Howe, Ed. London: Dent, 1934, p. 80.

② M. H. 艾布拉姆斯：《镜与灯：浪漫主义文论及批评传统》，郦稚牛等译，北京大学出版社 2004 年版，第 162 页。

③ 出自《奥斯罗》第一幕第二场。

④ John Keats, *John Keats: The Complete Poems*. London: Harmondsworth, 1973, p. 528.

的强度——它能让一切不如意的东西因为与美和真的接近而消失殆尽——细读一遍《李尔王》，你就会发现其中处处都有对此的明证。①

济慈的艺术"强度"标准非常接近哈兹里特的生气标准，只是他们二人在措辞上略有不同而已。济慈并不是简单地提出了一些看似枯燥无味的诗学准则或创作标准，其实他在实际诗歌研读和创作中严格实践了这些标准。在读弥尔顿的《失乐园》和莎士比亚的剧作时，他就会被其中强劲和优美的词句吸引，视它们为自己的情人。在读到斯宾塞的《结婚曲》（Epithalamion）时，他就会被其中"热情洋溢的段落所感动，狂喜之情溢于言表"②。在个人诗歌创作的初始阶段，济慈就在强度标准的基础上进行了检验自己诗歌理论的创作尝试。在他的发轫长诗《安地米恩》（Endymion）出版后不久，济慈就大胆地提出了作诗的三个信条，从这些信条中可以看出济慈对诗歌创作的基本理念和诗人必须秉持的基本原则：

> 首先，我认为诗歌之所以能打动人，在于美妙的充盈，而不在于标新立异——读者之所以被打动了，因为他自己最崇高的思想被说明白了，有一种似曾相识的感觉。其次，诗的妙处要到最高点，切忌止于中途，要让读者心满意足而不至于屏息瞠目。这就到了我的第三条信念：如果诗歌来得不如树上的叶子那么自然，那它还不如不写出来为妙。③

这里济慈所提出的作诗信条，涵盖了"充盈"（excess）、"满足"（content）和"自然"（natural）等必备要素，而且在时间发展和理论逻辑顺序上又与他所提出的"延疑力"高度一致。

在1817年12月写给弟弟的一封信中，济慈提出了自己最主要的诗学理论

---

① John Keats, *Selected Letters of John Keats*. Grant F. Scott, Ed. Harvard：Harvard University Press, 2002, p. 60.

② John Keats, *The Letters of John Keats*. H. Buxton Forman, Ed. Cambridge：Cambridge University Press, 2011, p. 60.

③ John Keats, *Selected Letters of John Keats*. Grant F. Scott, Ed. Harvard：Harvard universty Press, 2002, p. 97.

"延疑力"①：

> 我和戴尔克细致讨论了各种各样的问题，没有争辩。一些事情开始在我思想中对号入座，使我立刻思索是哪种品质使人有所成就，特别是在文学上，像莎士比亚就大大拥有这种品质——我的答案是延疑力，这也就是说，一个人有能力停留在不确定的、神秘的与疑惑的境地，而不急于去弄清事实与原委。譬如说吧，柯尔律治由于不能满足于处在一知半解之中，他会坐失从神秘堂奥中攫取的美妙绝伦的真相。②

济慈的诗论主要反映在其平日书简之中，大多数是乘兴而发、率性道来的，给人以零散而不系统的感觉。但是"延疑力"的提出和在其诗歌理论中的地位，却是有别于他的其他零星诗歌散论的。该诗论的独特性首先在于它的复杂层次，其次在于它的实践性本色。从"延疑力"的层次角度出发可以归纳出其三个不同维度的含义。其一，"延疑力"是造就莎士比亚之类伟大诗人成功的特质。其二，"延疑力"之所以能造就伟大诗人的成功，在于它是以美感压倒一切的伟大诗人才拥有的秉性。其三，"延疑力"成败的关键，在于对"停留在不确定的、神秘的与疑惑的境地"状态的理解和执行。在济慈的诗歌理论中，增强心智和成就伟大唯有靠"延疑力"，而诗人的心智和创作能力则直指浪漫主义诗人所独尊的艺术直觉性和想象力。这与有机天才论调在内涵和外延上达到了一致。

---

① 对 Negative Capability 的主要译法有："天然接受力"（周珏良）、"反面感受力"（周珏良）、"反面感受力"（王佐良）、"否定的能力"（梁实秋）、"消极的才能"（袁可嘉）、"消极认识力"（张思齐）、"客体感受力"（章燕）、"消极的能力"（傅修延）、"延疑力"（李偶）等。

② John Keats，*Selected Letters of John Keats*. Grant F. Scott，Ed. Harvard：Harvard universty Press. 2002，p. 60.

# 第二章 合作著述研究考辨

## 第一节 作者与文本

1967 年罗兰·巴特（Roland Barthes）发表了《作者已死》（*La mort de l'auteur*）一文。巴特在该文中提出了一个关于作者和文本的全新而大胆的理论。他的这套理论的核心涵盖了四个要点：首先，作者只是意识形态下的产物，是一种被历史建构和塑造出来的形象，其本身不具任何权威性。作者所书写完成的产品是"作品"（work），是一种定型的东西；这个作品具有开放的特性，其本身的意义可以不断被创造衍生，巴特称之为"文本"（text），它只有延伸意义，而无直接意义。其次，巴特将"文本"分为两类：读者性文本（readerly text）和作家性文本（writerly text）。读者性文本的读者，是被动接受者、消费者，而作家性文本本身具有多重空间、多重管道，会要求读者积极参与联想与延伸意义，并纳入多重文体，以创造出写作的立体空间，所以文本是多源且多元的。再次，作者既不是创造者也无法掌握自身作品的意义。任何作者的声音，一经书写成文后便会销声匿迹。只有读者在阅读行为中，才能彰显其在语言结构中的原有诠释权。在作家性文本的阅读中，读者才是创造者。最后，作者之死意味着读者之生：在读者完全取代作者的地位之后，传统的作者神话就此彻底被解开。[①]

对于巴特的作者已死的宣告，有无数健在的学者则指出，巴特的断言为时尚早。"理论家们指出，巴特的'作者已死'中的那个作者，并非指的是具有历时性的作者，而是读者在阅读时所建构出来的作者。"[②]而历时性的作者的存在是不容置疑的，巴特的文本建构指出了意义生产的模式开始有所变化，从前那种独立

---

① Roland Barthes，*Image-Music-Text*．Richard Howard，Trans. New York：Hill & Wang，1977.

② Paul Eggert，*Making Sense of Multiple Authorship*"．Text，8（1995），p. 305.

个体作家的意义开始向在社会伦理中建构于权利与身份之中的意义。所有由作者们所创作的文本,再也不是一个个独立的作者所完成的。于是所有的话语都成了社会建构的结果。

在漫长的文本生产的社会经济和描述环境里,作者身份问题曾勾起学者们的无限思量,批评家们也始终没能摆脱对作者身份的持续焦虑。当然,在文学著述的历史上,视作者为圭臬的惯例总是受到挑战甚至被无情抛弃,从新批评的意图谬误开始,这种否定就从未间断过。18世纪末到19世纪初的浪漫主义孤独天才和作者自足论所受到的最严峻的质疑和颠覆,莫过于巴特和福柯(Michel Foucault)的解构理论和谱系方法。在众多关注作者身份和著述活动的论述中,文学合著无疑成了一个最引人注目的话题。在既成文学的创作与出版中,多人的合力贡献会对文学生产和经典形成产生何种影响,无论文学批评界还是文献编纂界都对此探究不深。文学合著现象长期以来只是新文献研究的一个从属性视域范围。发轫于20世纪初的新文献研究的焦点在于考辨文本的出处、厘清版本的由来。这种方法所秉持的观点视文学活动与著述行为为一个独立自足自治的尝试而已。

## 第二节　合作著述流变

当解构主义、历史主义和新历史主义的方法与理论更加重视文学产品的社会维度时,新文献学便受到了严重的挑战。一大批与文学合著相关的论述渐趋汇集成了一股令人无法忽视的潮流,在世纪之交涌现出了数量不菲、具有国际影响力的关于著述活动研究的力作。在这些跨学科、兼顾共时性与历时性的研究著作中,对合作著述的高度关注成了一个共同特色。伦敦(Bette London)认为"研究合著作品有助于使作者身份的概念更加明了,更能揭示著述活动运作的方式"[1]。马斯顿(Jeffrey Masten)的研究专注于文艺复兴剧作家之间的协作关系。[2] 斯蒂林格(Jack Stillinger)与科斯滕鲍姆(Wayne Koestenbaun)的研究聚焦于浪漫主义和现代诗人与小说家之间的合作著述,对该领域的研究起到了积

---

① Bette London, *Writing Double*: *Women's Literary Partnerships*. Ithaca and London: Cornell University Press, 1999, p. 7.

② Jeffery Masten, *Textual Intercourse*: *Collaboration*, *Authorship*, *and Sexualities in Renaissance Drama*. Cambridge: Cambridge University Press, 1997.

极的推动作用。① 斯丕杰尔曼(Candace Spigelman)则视文学合著为广阔文化话语下的一项具有编辑和教化内涵的商业行为。②

研究"合作文本"或合著创作的视域并未仅仅局限于文学生产和出版的某些准确无误的形式,而是聚焦于文学生产与消费的广阔视野。今天的"合作"或"合作著述"指的是两个或两个以上的作者、出版商、赞助者以及读者在某一文本的意义和重要性生产过程中所形成的系列互动。对于现代作者概念的肇始和认知,"建构说"有着非常丰饶的土壤和累累硕果。格林(Thomas Greene)就历数从皮特拉克(Petrarch)到琼生等重要古典作家,并指出他们的作品都是古典文学遗产的结晶。与布鲁姆的"影响的焦虑"论不同的是,格林的研究最终将文艺复兴时期的作家在优质多产的古典作家榜样的激励下心甘情愿地雕镂耕耘之心展露无遗。③ 新历史主义大师格林布拉特(Stephen Greenblatt)的研究表明,像莫尔(Thomas More)和廷代尔(William Tyndale)这样的作家也是在对其他作家——尤其是宗教作家——进行参照和砥砺的过程中"建构"自我的。④ 桂罗瑞(John Guillory)发现新教作家基于对发明和想象的不满,而在自己的创作中进行了作者具象的另类建构。⑤ 海尔格森(Richard Helgerson)的经典作家建构研究直指诗人和剧作家在民族诗人模式下的自我创作意识形成。⑥ 卡斯顿(David Scott Kastan)用起承转合的方式简明扼要地指出,当今莎士比亚神话的形成过程就是"莎士比亚"被"建构"的过程。⑦

与以上影响和感知类的合著研究不同的,是现代早期出现的选择性编年史

---

① Jack Stillinger, *Multiple Authorship and the Myth of Solitary Genius*. New York: Oxford University Press, 1991; Wayne Koestenbaum, *Double Talk: The Erotics of Male Literary Collaboration*. New York: Routledge, 1990.

② Candace Spigelman, *Across Property Lines: Textual Ownership in Writings Couples*. Carbondale: Southern Illinois University Press, 2000.

③ Thomas Greene, *The Light in Troy: Imitation and Discovery in Renaissance Poetry*. New Haven: Yale University Press, 1982.

④ Stephen Greenblatt, *Renaissance Self-Fashioning from More to Shakespeare*. Berkeley: University of California Press, 1980.

⑤ John Guillory, *Poetic Authority: Spenser, Milton, and Literary History*. New York: Columbia University Press, 1983.

⑥ Richard Helgerson, *Self-Crowned Laureates: Spenser, Jonson, Milton, and the Literary System*. Berkeley: University of California Press, 1983.

⑦ David Scott Kastan, *Shakespeare and the Book*. Cambridge: Cambridge University Press, 2001.

的创作中所展现的合著观念。这类创作者将影响本身放在实践的层面考察,文化环境对他们来说并非仅仅是意识形态和机制框架的类属,他们眼中的机构或群体都是在一个集体层面上存在的。在建构现代著述活动的时候,编年史家们对各种与时代发展格格不入的作者身份观念进行了深刻剖析。这种对著述活动新的觉醒和洞察引发了对合作著述的广泛关注。在超文学文本(extraliterary text)勃兴的时代,合作著述是一个至关重要的文化活动。在科学、历史和宗教作品的关键组成部分里,都不乏群体协作的痕迹。夏斌(Steven Shapin)关于 17世纪科学与礼仪的研究揭示了当时贵族之间的协作与话语共享的事实。[①] 佩特森(Annabel Patterson)对《牛津霍林舍得编年史手册》(*The Oxford Handbook of Holinshed's Chronicles*)的解读也专门提到了该丛书编撰过程中作为宏伟蓝图之战略构想一部分的群体写作。她指出,合著作者们在展示以编年史家们各自的观点和信仰为特点的开放社会的理想时,所运用的依然是典型的"合作议程"(collaborative agenda)模式。[②] 这种建立在作者们的传记和目录史基础上的合作观,从另一个侧面也强化了独立与自我启发式作者的理念,即使这种理念将作者本人的地位和目的置入了更大的协作意图之下。卢卡斯(Scott Lucas)在追溯《行政官员之镜》(*The Mirror for Magistrates*)的众多编撰者的政治动机时也采用了上述方法。布莱克(Joseph Black)研究马丁·马普勒莱特(Martin Marprelate)的小册子写作时,特别提到其中多种参与模式与影响。他指出:"多重合著话语,从某种真实的含义上来讲,都是彼此参悟的产物。"[③]这些对专门编年史著述身份的思辨和对创作群体身份建构研究之间存在诸多相似性。而可归于此类的还有《圣经》的翻译、出版、挽歌集成和游历选编等。

以抄写形式出现的诗歌作品在历久弥新的手稿文化语境下重申了"著述"的文学内涵。玛洛迪(Arthur Marotti)的《约翰·邓恩:圈子诗人》(*John Donne,Coterie Poet*)是关于贵族创作的文学环境方面的开创性著作,对所论作品如何被塑造的事实进行了概念上的重新界定。玛洛迪认为,在"作者已死"的理论背

---

① Steven Shapin, *A Social History of Truth: Civility and Science in Seventeenth-Century England*. Chicago: University of Chicago Press, 1994.

② Annabel Paterson, *Reading Holinshed's Chronicles*. Chicago: University of Chicago Press, 1994, 15.

③ Joseph Black, *The Rhetoric of Reaction: The Martin Marprelate Tracts* (1588—89). Sixteenth-Century Journal, 28 (1997), p. 718.

景下,对手稿创作的审美和合著实践需要进行反思。[①] 此类关于手稿文化的研究常常与印刷文化相对应,因为"与印刷出版类作者以出产大规模可复制文本为义务不同的是,手抄类出版为主的作家更易于自主地打磨和个性化自己的作品,以专供特殊群体的接受者"[②]。与印刷文化的商业化进程相对,手稿传播具有随机性与习俗性的语域。"在手稿传播的体系里,抒情诗歌的修复、校正、增删和回应等是再正常不过的事了,它们都是正在进行的话语。在这种环境里,文本具有天然的可塑性,轻而易举地进入了一个摆脱作者控制,可由接受者有意无意修改的领域。和印刷文化相比,手稿文化体系的作者中心性能更差,对文本的稳固和完美化的兴趣更少。"[③]17 世纪手抄作品的传播是文学文化的重要形式之一。英国王政复辟前后的手抄著述有着许多鲜明的时代特色。"古老的手抄文本流传并不是一种墨守成规的对过往岁月的无限怅惘,而是一种出于特殊目的的选择,是一个特殊环境下的著述选择。手稿文化对群体作家的共同参与起到了激励作用。"[④]在这些研究手稿文化与合作著述的言辞中闪烁着相同的视作者为系列物质实践的共同参与者的洞见。

书籍贸易在分类与细化的过程中曾产生了广义上的关于"合作"的定义,并将作者之于出版商、印刷商和书籍销售者之关系也纳入了合作著述的范围。弥尔顿与出版商和印刷商之间的合作就带有广义"著述"的味道。"弥尔顿的复杂创作的肇始就是一种'共同努力'或'一起工作'的典范。在作品构思和付梓阶段,来自亲友的建议和帮助都使他受益匪浅。"[⑤]广义的合作概念拓展了作者功能的一些其他领域。除了常规的著述活动外,作者的范畴里又多了诸如评论诗人(commentary poet)、译者和庇护人等角色。而多种角色的参与对品评早期的现代女作家来说十分重要。在一个女性被视为淡泊、静寂和顺从的时代里,女作家与私人化的手稿文化和公共性的印刷文化之间的复杂关系是学者们用以考量

① Arthur Marotti, *John Donne*, *Coterie Poet*. Madison: University of Wisconsin Press, 1986, p. 13.

② Harold Love, *Scribal Publication in Seventeenth-Century England*. Oxford: Clarenden, 1993, p. 53.

③ Arthur Marotti, *Manuscript*, *Print*, *and the English Renaissance Lyric*. Ithaca: Cornell University Press, 1995, p. 108.

④ Margaret Ezell, *Social Authorship and the Advent of Print*. Baltimore: Johns Hopkins University Press, 1999, p. 11—12.

⑤ Stephen Dobranski, *Milton*, *Authorship*, *and the Book Trade*. Cambridge: Cambridge University Press, 1999, p. 9.

女性创作的关键要素。

　　在不同视角、不同区域和范围的文学合著研究浪潮中,各具特色的论著开始纷纷推出,在影响世纪之交文学研究走向的同时,又强化和加深了对文学生产和经典形成领域的多维研究。在该领域具有绝对影响力的理论家马斯顿将关于早期现代喜剧创作中合作现象的关注重心放在同性写作关系上,其研究结果直接改变了人们关于文学生产和合作著述的概念。① 克斯腾鲍姆具有开创性的、研究文学合著现象的力作《双重谈话:男性文学合著的情色学》(Double Talk:The Erotics of Male Literary Collaboration)则在创作理论和修辞领域开辟了一片新天地,并使批评界的注意力开始转移到男性文学合著现象上来。② 艾德与兰斯福德(Lisa Ede and Andrea Lunsford)合编的《单独文本/复合作者:合作写作视角》(Singular Texts/Plural Authors:Perspectives on Collaborative Writing)通过研究出现在商业、科技甚至是课堂上多种形式的实际合著写作现象,来从根本上改变人们对合作著述的诸多陈固观念。③ 融文学理论与合著现象于一身的《作者性与文本性:合作著述的新观点》(Authority and Textuality:Current Views of Collaborative Writing)更是将文学合著现象研究向前推进了一大步。④

　　若从历时性的研究视角出发来考察文学合著现象的话,那么多数该类研究都始于 20 世纪八九十年代。这些研究不但对重构文学领域的著述活动起到了抛砖引玉的作用,而且都不约而同地向传统文学史上的孤独天才论发起了挑战,借采纳文学史家的策略,运用印刷术、书籍史和性别研究学者的方法,而对神秘天才论调进行了反驳。浪漫主义时期并不存在对文学合作著述的详论著作,作为孤独与原创天才作家的概念得以延续,所有这个时期对合作著述的研究都无一例外地专注于互不关联的一些作家群体上。华兹华斯与柯尔律治——浪漫主义时期最有名的诗坛双杰——成了历代学者关注的焦点。合作著述与兴起于

　　①　See Jeffrey Masten, *Textual Intercourse:Collaboration, Authorship, and Sexualities in Renaissance Drama*. Cambridge, Mass:Harvard University Press, 1997.

　　②　See Wayne Koestenbaum, *Double Talk:The Erotics of Male Literary Collaboration*. London:Chapman and Hall, Inc. 1989.

　　③　Lisa Ede, Andrea Lunsford, *Singular Texts/Plural Authors:Perspectives on Collaborative Writing*. Cabondale:Southern Illinois University Press, 1990.

　　④　James Leonard, Christine Wharton, *Author-ity and Textuality:Current Views of Collaborative Writing*. West Cornwall:Locust Hill Press, 1994

18 世纪的写作职业化也有紧密联系,西丝金(Cliford Siskin)曾说:"艺术家成为英雄的时刻也正是职业化行为到来的历史时刻",著述活动蒸蒸日上的历史在某种程度上"通过将写作定性为一种生产性、物质性的行为而使作品职业化"。①

针对文学合著现象,早在 20 世纪末马斯顿就明确指出,自 18 世纪以来一直被视为绝对独立著述的孤独天才的莎士比亚,其实应该准确地视为与一个团体共同合作的剧作家。正因为有了他们的合作著述的存在,众多人类戏剧史上杰作的诞生才最终成为可能。② 而马斯顿的观点并不是孤立的,还有很多莎学研究专家也提出了同样的看法。③ 如许研究也正提醒着人们,当浪漫主义关于著述活动所谓的"孤独天才"观念逐步在文学合作著述的共识面前让步时,关于合作著述真正图景转变的时代正在到来。

马斯顿等文学巨匠的关于合作著述的系列研究在更加广阔的性别话语下,用谱系研究方法驳斥了对文学合著所持的庸俗观念。而未来文学合著研究的宽阔视野应该更加敏锐地关注到一些尚未探究到的新情况,对以下几个方面问题的把握将会直接影响到未来文学合著研究的走向和实效:是否对文学合著的精确模式和构成有一个更加准确的规范和定位,是否坚持了个人参与与合作的整体性和有机性原则,是否廓清了合作群体的个人与机制层面,是否能够针对不同的合著现象给出相应的归纳术语。

## 第三节　合作著述的形式

文学价值与作品的联系愈加紧密,合著身份就愈发受到隐匿与贬低。长期以来,男性作家之间的合作著述只是作为一个内部自足的话题,仅限于文献记录式的研究而存在。但是在男性作者引以为豪的孤独天才创作论中,合作著述常常有着非同凡响的作用。所有的著述都是联袂而作,现在讲起亦不过是老话重提。任何一部意欲追根溯源的文学合著研究,都不免挂一漏万,在不同方面呈现

① Cliford Siskin, *The Work of Writing*. Baltimore: Johns Hopkins University Press, 1998, p. 124.

② Jeffrey Masten, *Textual Intercourse: Collaboration, Authorship, and Sexualities in Renaissance Drama*. Cambridge: Harvard University Press, 1997, p. 10.

③ 著名莎学家、耶鲁大学教授戴维·斯科特·卡斯顿就曾提出莎士比亚被"建构"的观点,并指出莎士比亚之所以成为莎士比亚的过程,就是"莎士比亚"被"建构"的过程。参见:戴维·斯科特·卡斯顿:《莎士比亚与书》,郝田虎、冯伟译,商务印书馆 2012 年版。

力有未逮之处。不过始于柏拉图那暗含与苏格拉底合作的"对话论"的合著研究,已然成为该现象的学术起点。随后,在日本盛行于 13 到 19 世纪的"连歌/连句"(linked verse/Renku)创作也是文学合著行为的典型东方体现。文艺复兴时期的戏剧更是超过半数由两个以上的作家操刀,鲍蒙特(Francis Beaumont)和弗莱彻(John Fletcher)同榻而卧的事实又为合著行为平添了些许佳话。爱迪生(Joseph Addison)常念斯梯尔(Richard Steel)的文学佳话已是坊间不争的事实。他们在 1709—1712 年间所办的《闲话报》(*Tatler*)和《旁观者报》(*Spectator*)给英国文学的发展带来了不可估量的贡献。二人的联系如此之密以至于使人对他们的性取向都产生了怀疑。① 坊间虽有"老约大名垂寰宇,小鲍妙手偶得之"的戏传,但鲍斯威尔(James Boswell)却将自己的《约翰生传》(*Life of Samuel Johnson*)归咎于写作对象的不吝恩赐与合作。丁尼生(Alfred Tennyson)也曾不止一次向人暗示《悼念集》(*In Memoriam* A. H. H.)是与已逝挚友哈雷姆冥冥中"合著"的结果。龚古尔兄弟(the Goncourt brothers)自其母离世后的 1848年起就开始了共同写作的生涯。而史上有名的 19 世纪法国象征主义诗歌的领衔代表作者魏尔伦(Paul Verlaine)与兰波(Arthur Rimbaud)也曾共创佳作。现代已降,尝试过合作著述的法国作家还包括布雷东(Andre Breton)、艾吕雅(Paul Eluard)、佩雷特(Benjamin Peret)、夏尔(Rene Char)等。在法国和东方的影响下,近乎一代美国人也参与了绝非偶然的超现实主义式的合作著述。这里包括 20 世纪中期那些在坊间耳熟能详的同性恋艺术家:康宁汉(Merce Cunningham)、凯奇(John Cage)、奥哈拉(Frank O'Hara)、劳森伯格(Robert Rauschenberg)、阿什贝利(John Ashbery),以及斯凯勒(James Schuyler)等。阿什贝利与斯凯勒共同创作的达达派小说《群愚之巢》(*A Nest of Ninnies*)更是被誉为具有现代性合著精神的典范。② 这种传统还包括阿兰(Marcel Allain)与苏维德(Pierre Souvestre)始于 1911年合著的方托玛斯系列小说(Fantomas Novels),英国年轻剧作家奥登(Joe Orton)

① See G. S. Rousseau, *The Pursuit of Homosexuality in the Eighteenth Century*. In Robert Purks Maccubbin Eds, *Mothering the Mind*: *Twelve Studies of Writers and Their Silent Partners*. New York: Holmes and Meier, 1984, p. 121.
② See Calvin Tomkins, *The Bride and Bachelors*: *Five Masters of the Avant Garde*. Harmondsworth: Penguin Books, 1976.

与他的同性情人海利维尔（Kenneth Halliwell）合著的戏剧《男童理发师》（*The Boy Hairdresser*）。① 男性间的合著行为不能不提奥登。他与同性伴侣卡尔曼（Chester Kallman）、朋友艾什伍德（Christopher Isherwood）和麦克尼斯（Louis MacNiece）都曾进行过共同创作活动。② 史上其他闻名的男性合著还包括马克思与恩格斯联手推出《共产党宣言》，弗洛伊德与布鲁尔（Josef Breuer）合著《歇斯底里研究》（*Studies on Hysteria*）等。

如果写作双/多方的姓名都能出现在书籍封面上以表明作品的共同创作性，那么这就是最地道、最令人满意的合著形式。双/多方署名可以带来更多解释性自由与权利，读者也可以瞥见文本之中字里行间的合著行为。与独著作品相比，合著作品具有许多本质上的不同。即使是两个名字并未同时出现在书籍封面上，抑或是一方产出比另一方多，合著本身的决定也会对作品的肌理概要和读者的阅读行为产生重要影响。两个作者的作品是人与人之间关系的产物，表明写作是一种极具交换与意向的行为，而不是一个静止、固定的事物。不管人们怎么称呼合著行为的意愿——灵感？启发？权威？勤勉？这个意愿本身必定是共享式的，虽然有时不免显得有些痛苦。

本身具有中性化意义的合著一词可谓意味深长。19 世纪末期该词的含义变得比以前更加复杂和令人不安起来，尤其是当"这个时期在经济、意识形态、对性别的处理等诸方面产生了浓缩的、自省的且影响广泛的变化"③之时。伴随着这种变化而来的是"男性同性社会性欲望"（male homosocial desire）这一连续体结构的产生。而男性合著则与此种社会结构和社会性欲望有着密切的联系。合著者表达了一种同性情欲，却极力掩盖它。同一行为中的两种音调表明了既承

---

① John Ashbery and James Schuyler, *A Nest of Ninnies*. Calais：Z Press，1983. Marcel Allian and Pierre Souvestre, *Fantomas*. New York：William Morrow and Company，1986. *The Boy Hairdresser* was never published, see John Lahr, *Prick Up Your Ears：The Biography of Joe Orton*. New York：Knopf，1975.

② On Auden's collaboration, see W. H. Auden and Christopher Isherwood, *The Ascent of F*6. New York：Random House，1937；Auden and Isherwood, *The Dog Beneath the Skin：or，Where is Francis？* London：Faber and Faber，1935；Auden and Isherwood, *On the Frontier*. New York：Random House，1937；Auden and Louis MacNiece, *Letters from Island*. London：Faber and Faber，1937. Hans Werner Henze, *The Bassarids*, libretto by Auden and Chester Kallman. New York：Associated Music Publishers，1966；Igor Stravinsky, *The Rake's Progress*, libretto by Auden and Kallman. London：Boosey and Hawkes，1951.

③ 伊芙·科索夫斯基·塞吉维克：《男人之间：英国文学与男性同性社会性欲望》，郭劼译，上海三联书店 2011 年版，第 1 页。

认又推却的模棱两可的态度。作为一种社会交互活动，男性合著往往是通过女性或具有"女性气质"文本的交流而实现的。这种合著免不了包括情欲纠葛的升华，带有迷惑力十足的地下活动色彩。从文本类属出发，男性合著则包含某种病理学历史和平等主义智者对话的内核。

尽管称不上是十足的"憎恨女性者"，男性合著者通常能以十分恰当的方式在合作著述时运用"女性特色"（feminine）。他们很好地将现实生活中可得的女性如妻子、姐妹、女儿、母亲以及对手等转变成冥想的对象。对于可望而不可即的"女人味"则是通过假想与之合作而得到的。19世纪初期，女性文学发展的传统促使男性开始思考个人创作的"女性生态性"。此时，将写作利器等同于男性生殖器（pen and penis）的思想已不合时宜，认为创造性与女性生理特性格格不入的观点也无立足之地。男作者们开始视著述为一个他们不得不时常回溯的、具有女性化的过程。当男性合著现象开始出现时，作者们已经开始并非有很强意识地扮演通行社会性欲求的角色了。

"合著/合作"（collaboration）有道德崩塌之义，战时与他人合作即是叛国者之罪。而文学合著者身上同样带有该词政治寓意的污点：他们屈身妥协了、组成了新的不健康的联盟、违背了个人信仰等。从精神分析的角度来看，合著写作即是独立自足作者的消亡、作者精神危机的到来。从巴赫金"宣化理论"（heteroglossia）出发，合著文本使读者屈从异质化和不确定性，降低了他们对文本意识的感知。[①] 合著是一个既分散而又统一持续的过程；合著作品既像一个精致的瓮，又像一个布满裂纹的金碗。

虽然研究文学合著现象的作品不断发表，但是女性合著现象依然处于一个理论缺乏的阶段。这一方面是因为男性合著研究获得了更多系统性的关注，另一方面则因为合作研究本身仍然属于一个变动的范畴。从一个比较广泛的视野出发可以发现，"合著"本身其实是处于一种非常宽泛的关乎"著述"活动的状态中，包括众多与创作有关的活动：辅助与启发、指导与相互影响、修复与编辑等。从这个角度来看，合著行为在女性著述活动中意义更加不同凡响，这一点从摩尔（Marianne Moore）与毕晓普（Elizabeth Bishop）、杜利特（Hilda Doolittle）与布莱赫尔（Bryher）、伍尔夫（Virginia Wolf）与萨克维尔-维斯特（Vita Sackville-West）、霍尔比（Winifred Holtby）与布里顿（Vera Brittain）等人身上可见一斑。

---

① M. M. Bakhtin, *The Dialogic Imagination*: *Four Essays*. Ed. Michael Holquist, trans. Caryl Emerson. Austin: University of Texas Press, 1981.

　　而女性或异性间的合作著述更是不胜枚举：勃朗特姐妹共同出版诗集，艾略特（George Eliot）与刘易斯（George Henry Lewes）合作撰写小说。古芭（Susan Gubar）曾将那些意欲通过建立"非凡的合著"而吸取先辈之力的女作家的创作描述为"萨福特性"（Sapphistries）。在谈及杜利特与布莱赫尔、斯泰因（Gertrude Stein）与托克勒斯（Alice Toklas）的案例时，许多女性主义者都不约而同地转向政治意味浓厚的合著关系。共创《黑色的洞、黑色的袜》（*Black Holes, Black Stockings*）时的米勒（Jane Miller）与布罗玛斯（Olga Broumas）、共著《新诞生的女性》（*La Jeune Née*）时的西苏（Hélène Cixous）与克莱门特（Catherine Clément）、合作《阁楼上的疯女人》（*The Madwoman in the Attic*）等作品时的吉尔伯特（Sandra M. Gilbert）与古芭，她们为了重编与纠偏文学和文化历史而采用彼此不分的创作权威，担当起叛逆天使的职责。①

　　女性参与著述活动常常遭遇接受危机，尤其是当这种合作著述发生在跨性别领域。多萝西·华兹华斯（Dorothy Wordsworth）的事实就充分说明女性在声名远播的男性创作主体中是如何流于琐屑、不入真实著述话语的。在一个规定性别符码指称的历史语境里，要想准确测算出女性作为姐妹、女儿、妻子或情人所参与的著述活动的分量简直是不可能的。而这些性别被固化了的角色还会反复在女性的职业关系中被复制和演绎。米奇（Elsie Michie）就曾注意到，即使是像盖斯凯尔夫人（Mrs. Gaskell）那样已功成名就的女作家，在男编辑——尤其是像狄更斯那样的作家/编辑——面前也会丧失独立自主性。② 在合作著述中，女性的作用与地位最易遭忽视与遮蔽的莫过于夫妻合著——一种女性沦落为阅读者与抄写员角色的合著行为了。即使女性作为文学合著之一方在合著中也曾拥有自己的身份，但是最终做出妥协与忍让的总是她们，而人们似乎对陈腐规范的"天才与天才夫人"教义欣然接受。在女同性伴侣合著模式中，"妻子"仅被视为情感辅助、编撰助手和文书协作者一方，已成了人们默认的事实。斯泰因与托克勒斯、霍尔（Radclyffe Hall）与乔布里奇（Una Troubridge）、洛威尔（Amy Lowell）与拉塞尔（Ada Russell）是此类典型。

　　① Olga Broumas, Jane Miller, *Black Holes, Black Stockings*. Middleton: Wesleyan University Press, 1985; Hélène Cixous, Catherine Clément, *The Newly Born Woman*. Trans. Betty Wing. Minneapolis: University of Minnesota Press, 1986.

　　② See Elsie Michie, *Outside The Pale: Cultural Exclusion, Gender Difference, and the Victorian Woman Writer*. Ithaca: Cornell University Press, 1993, p. 109.

# 第三章    浪漫主义时期的文学合著理念

## 第一节    合著图景概观

19世纪孤独天才的英雄崇拜观曾一度催生了"男性作家[单数]及其作品"的文学世界观。对于浪漫主义灵启诗人的神话,人们虽然不再笃信不疑,但是多数读者却依然对孤独天才论心存挂念。为了挖掘想象力的无边源泉,人们热切盼求无限久远的浪漫主义文本的重现,总是急切地盼望一睹那些未被好事的朋友、编辑和所谓的顾问们干预过的诗歌和小说的真面目,对源自文学联姻而产生的妥协式附从更是憎恨有加,并时常希望年事已高的诗人最好能对年少时纵横无极的作品不做修改,宁愿相信"强烈情感的自然流露"也不接受严谨审慎的删繁就简,对来自青春时代孤独意念中的想象无限敬仰,对自我愉悦无限满足。这些关乎浪漫主义著述的思想使独自笔耕、只手行文的作者观念越来越滑向"神话"思维。综观这些积久之念与对"原创"的欲求,可以发现它们之间存在一个本质谬误:"对那些与署名作者并行创作的,背后数量众多的人物的忽视,他们包括朋友、配偶、幻影、代理人、编辑、译者、出版商、印刷商、审查员、誊写者。"[①]也是对杰洛米·麦克干(Jerome McGann)所谓"浪漫文学文本之诞生实为作者间合作著述之结果"[②]断言的背离。

特里·伊格尔顿(Terry Eagleton)曾指出:"所谓'文学经典',所谓'民族文学',毫无疑问的'伟大传统',必须被确认为某种建构,由特定的人、在特定的时

---

① Jack Stillinger, *Multiple Authorship and the Myth of Solitary Genius*. Oxford: Oxford University Press, 1991, P. V.

② Jerome McGann, *The Textual Condition*. Princeton: Princeton University Press, 1991, p. 60.

间、出于特定的原因而进行的形塑建构。"①浪漫主义文学——尤其是浪漫主义诗歌——经典化的历史过程，其实就是它们如何被"建构"的过程，无论这些作家本人的动机和意图为何。文学社会学路向和版本考辨史为中心的诸多研究结果表明，文本合著、作家互访、合作著述等有悖"原创性"和"孤独天才"论调的真实创作现象，对那些曾长期鄙视外力或他人涉足创作的浪漫主义作家来说也是非常重要的。所谓孤独作者的"现代体系"的建立，"其实是200多年前关于浪漫主义英雄式自我再现模式创作过程的极端概念化复兴的结果"②。华兹华斯、柯尔律治、雪莱、济慈和拜伦等浪漫主义作家的文本创作与作品经典化的过程，也一再印证了文学创作是一项需要与他人协作和彼此思想碰撞的团队工作之实。

合作著述在浪漫主义时期是一个极其典型而又影响深远的文化模式，诸如在华兹华斯与柯尔律治、华兹华斯兄妹、柯尔律治父女、雪莱夫妇、济慈与出版商、拜伦与音乐家等之间都曾发生过影响浪漫主义文学发展和作品经典化的合作著述。当手稿文化衰退与印刷文化崛起之时，合作著述便顺时代潮流而动，站在了文学著述活动模式的顶端。它实际上反映了在浪漫主义追求自我身份的时期，处于群体情感与个人天才之间的那种痛苦挣扎，公私领域之间的那种日渐高涨的张力。

## 第二节　合著中的手稿与文友文化

史上为数甚众的关于文学创作与传播的研究表明，大量浪漫主义时期的著述因为仍然诞生在手稿文化的背景下，所以基本上都面向非常私密、人数较少的部分读者。在这种创作文化下，"作者的手稿对读者来说不但是开放的，而且允许他们参与进来进行修订、增补与仿拟"，这样一来，"在印刷文化中起着举足轻重作用的生产者与消费者角色的特定意义便不复存在了"。③ 合作著述——尤其是家庭合著现象——在浪漫主义时期比较显著，但是它的根却深植于传统文化土壤之中。多数合作著述起源于手稿文化——一种自文艺复兴以来极其普遍

---

① Terry Eagleton, *Literary Theory*: *An Introduction*. Beijing: Foreign Language Teaching and Research Press, 2004, p. 10.

② Martha Woodmansee, Peter Jaszi, *The Construction of Authorship*: *Textual Appropriation in Law and Literature*. Durham: Duke University Press, 1994, p. 3.

③ Author Marotti, *Manuscript*, *Print and the English Renaissance Lyric*. Ithaca: Cornell University Press, 1995, p. 137.

的社会合作行为。它不但包括文艺复兴时贵族绅士之家的手稿诗集,还包括16、17世纪出现的诗文杂集,并一直延续到蒲伯时代。[1] 在如此数量繁多的单册诗集、普通书册、诗歌汇编和短小散文集中,只有非常稀少的一部分得以付梓,而他们的共同特征就是产出的集体合作性。手稿基本上都是在创作圈内诞生,大家彼此分享阅读、修改、注注和反馈等。这种创作文化的最显著后果是,手稿文化体系远非印刷文化那样以作者为中心。

直到18世纪为止,手抄本式写作的集体模式给当时非常流行的"俱乐部式"(clubbable)文学文化提供了重要的运作渠道。这个时期众多的文学团体——从远近闻名的蓝袜社(Bluestockings)和标注派(Scriberlians)到名气稍逊的小集团——无不带有17世纪先辈的一些共同品质:专注于手抄本形式的流传、从事对话方式的创作。随着读者群体的历史性改变,这种手本文化的社会性也经历着巨大的变化。19世纪伊始,手稿文化已经不只限于小范围的生产与传播了。与此同时,不断增长的印刷市场开始向整个阅读人群提供系列读物。印刷工业不但改变了文本生产的方式,而且为新闯入写作市场的作者提供了生存良机。

印刷文化对手稿文化的冲击、印刷文学市场不可逆转的到来,使文学交往受到巨大影响。首先,在整个18世纪蔚为壮观的友谊展现已经逐渐摆脱单纯个人情感表征范畴。其次,文学交际本身因掩盖了书籍潜在的商业性而变成了一种重要的市场化工具。成千上万卷书籍文本的遴选常常受作者"友谊"因素的制约,而抵达读者面前的付梓之书"则完全受商业因素的制约,带有浓重的投机取巧的色彩"[2]。18世纪早期的手稿文化不管曾多么辉煌,依然在浪漫主义和以后的时代里渐趋暗淡。但是学者哈德森(Nicholas Hudson)和贾斯缇斯(George Justice)的研究表明,手稿文化并未像人们想象的那样轻而易举地就消失了,科技发展中的"胜者为王"现象并不能用来描述英国文学与文化中手稿文化向印刷文化的转变历程。更准确地说,应该是手稿文化"已经植根于印刷文化之中了,与其并肩而立,有时也对自己进行适度微调,经常对文本本身和文学生产产生影

---

① Margaret Ezell, *Social Authorship and the Advent of Print*. Baltimore: Johns Hopkins University Press, 1999, p. 126.

② Isabel Rivers, ed. *Books and The Readers in Eighteenth-Century England: New Essays*. London: Continuum, 2003, p. 217.

响"①。确切地讲,"俱乐部式"合作著述的大部分精髓一直到 19 世纪依然存在。像当时比较松散的诗学团体"湖畔派"(the Lakers)、"伦敦佬派"(the Cockney)、"撒旦派"(the Satanic)和"秕糠诗派"(The Della Cruscans)等就是这方面的典型。

人们普遍认为,18 世纪英国已经进入一个从手稿和口头文化向印刷文化转变的时期,此时传播媒介不仅在交际活动中占据要席,而且在作者自我参与文化创作的想象中起重要作用。勒夫(Harold Love)曾暗示,抄写出版模式的衰落同时也是统治阶级对维持不同伦理社区政治与宗教需求减少的标志之一。② 18 世纪后期,在发行机构与手稿文化之间还存在着紧密的联系。众多国内游记出版物都借助手稿文化的发行策略而斩获声誉。布朗(John Brown)、格雷(Thomas Gray)和彭朗特(Edward Penlunt)的游记都是这方面的典范。③ 在所有这些游记作品中,印刷首先是以寄生的方式而依附于手稿之上的,从而将文友式/小圈子写作(coterie writing)的审美与权威性充分运用到市场谋略中去。"寄生式"暗喻也从一个侧面表明寄主的逐渐衰弱。

18 世纪后期一连串对作为一种普遍社会现象的手稿交流的攻击,至少表明某些对印刷文化情有独钟的人士对前者持续的文化影响力所带来的威胁的后怕。这种结果与文友出版物曾经和流言式手稿发行物紧密相连而产生的另类话语角色不可分割。布鲁克(Frances Brooke)于 1777 年推出的小说《出游》(*The Excursion*)中的典型人物是一个绯闻缠身的女作家,但是作品中的批评目标并不具有典型的性别指向,小说中的叙事者却一反常态地怂恿读者联合起来抵制印刷出版物:"你们有权利去抵制这种日益蔓延的罪恶。停止阅读,罪恶就会自行消失;停止购买,那些唯利是图的掠夺者就会放下手中的笔。"④言说者如此急

---

① George Justice, Nathan Tinker, *Women's Writing and the Circulation of Ideas*: *Manuscript Publication in England*, 1550—1800. Cambridge: Cambridge University Press, 2002, p. 9.

② Harold Love, *Scribal Publication in Seventeenth-Century England*. Oxford: Clarendon, 1993, p. 288.

③ 分别指布朗写于 1753 年的《坎伯兰郡凯西克湖纪行》(*Description of the Lake at Keswick in Cumberland*),格雷写于 1773 年的《英格兰与威尔士各处古迹、房宅、公园、植被、景点和处所分类》(*Catalogue of the Antiquities*, *Houses*, *Parks*, *Plantations*, *Scences*, *and Situations in England and Wales*),彭朗特写于 1771 年的《北方游记》(*Account of a Northern Tour*)。

④ Frances Brooke, *The Excursion*. Lexington: University Press of Kentucky, 1997. p. 20.

切的攻击话语再次印证了出版界对印刷读物的依赖,读者对看似隐退实则存在的手稿读物的偏好。1778 年谢立丹(Richard Sheridan)在《造谣学校》(*The School for Scandal*)中创造的"绯闻俱乐部"也有如此相同的效应:"它那在人群中循环不止的所谓'报告'——尤其是当它们见诸报端时——竟成了劳燕分飞、妻离子散、被逼私奔和幽室监禁的夸夸其谈的原因。"在该剧中,"绯闻俱乐部"最终不过被证明是徒有虚名。但是绯闻写作的持久魅力却形成了一个坚实的"序言",对"青年才俊诗人意欲阻止如春潮般澎湃的流言与诽谤的意愿进行无情的讽刺"①。这些被攻击的对象尽管看上去不堪一击,但是其中透露出的商业作家对自己身家地位所受到的威胁感却是不容置疑的。18 世纪中后期,女作家往往会选择以抄写的方式推出自己的作品,以强化她们的社会和文学地位,并由此建立能与印刷文化匹敌的地位。18 世纪 50 年代,随着蓝袜社女性逐渐成为文化领域的执牛耳者,文友文化的庇护力量不是下降了,相反,变得比以前任何时候都更有气势。她们通过书信写作及对菲尔丁(Sarah Fielding)、伍德豪斯(James Woodhouse)和叶斯莉(Ann Yearsley)等作品的口口相传而展示了广泛的热情与支持。摩尔(Hannah More)的首部戏剧曾以手稿的形式广泛流传十年之久,还成为作者借此进入伦敦文友社会的关键名片,并最终于 1773 年得以以印刷形式出版,从而树立了作者的声名与地位。但是就后世影响与个人声誉来说,文友文化对有些作者也产生过不容忽视的负面效应。伦洛克斯(Charlotte Lennox)因发表诗歌《卖弄风情的艺术》(*The Art of Coquetry*)而与同为蓝袜社成员的塔波特(Catherine Talbot)、卡特(Elizabeth Carter)结仇。该诗在伦洛克斯出道之际推出后,简直变成了她创作生涯为获取认可与名声之争的一剂毒药,尽管有伟大作家如约翰逊(Samuel Johnson)、理查德生(Samuel Richardson)等的援手,有评论界毫不吝啬的褒奖和在印刷出版市场上巨大的成功。据 18 世纪晚期加入蓝袜社的伯妮(Frances Burney)回忆,伦洛克斯尽管写就了当时"在世作者中最杰出的小说,她的作品基本上都为人称道,却没有人喜欢上她本人"②。

文友文化的这种历史语境为伯妮的戏剧《才女与厌女者》(*The Witlings and the Woman-Hater*)提供了不可多得的背景知识和素材。剧中有一个叫"才

---

① Richard Sheridan, *The School for Scandal*. Oxford:Clarendon,1973,p. 359.

② Frances Burney, *The Early Journals and Letters of Frances Burney*. vol. 3,part 1. Lars Troide and Stewart Cooke,Ed. Montreal and Kingston:McGill-Queens University Press,1994,p. 106.

情俱乐部"的文友组织，其头目处处以蓝袜社领袖蒙泰古（Elizabeth Montagu）的言行举止为圭臬。与其说这是一个为流言蜚语式写作提供素材为己任的小团体，还不如说它是一个以文学创作和批判性文学欣赏为主的组织。该俱乐部被作者描述为一个以把玩流传抄写读物为情趣的小团体。"如果你发誓不会从中摘抄只言片语，我就会把手稿给你看。但是你得保证不会再给其他人过目。"[①]诸如此类的话语就是该团体的惯常表述。实际上他们已经处于印刷文本的汪洋大海之中，并拼命想保持些许原创性与权威性的幻觉。剧中有一个叫丹不勒（Dabler）的半吊子诗人，经常自诩已经在蒲伯或斯威夫特身上实现了一些愿望。他曾经哀叹道："关于这个主题我已写下名篇，我觉得自己对书籍越来越厌恶，不能再看任何别的书了。不过对自己的大作还是会时常瞥上几眼的。"[②]这种诚意十足的讽刺话语，以及伯妮对此剧应该搁置的建议的默认，都证明了文友文化中无伤大雅的人物刻画理论其实是站不住脚的。颇具讽刺意味的是，当伯妮需要从她的小说《卡米拉》（Camilla）中获得收益最大化时，她又义无反顾地与蓝袜社联系上，并因此而保证了小说的订购和销量，使其成为当时销量最大的英国小说。谢立丹、布鲁克、伦洛克斯和伯妮的事例表明，即使是名噪一时、审时度势的印刷作家，也强烈地感受到来自借由口头和手稿模式而传播观点的文友文化力量的影响。他们的作品创作与流行销售是不可能完全与文友文化和手稿模式相隔离的。

无独有偶，上述关于手稿模式与文友文化的再现，恰巧在与 1778 年出版的《大不列颠全岛环游》（Tour thro' the Whole Island of Great Britain）在绅士旅游手稿和现代性的连接上构成了一种关联，还与贝尔（John Bell）的《大不列颠的诗人》（Poets of Great Britain）及约翰逊的《英国诗人的作品》（Works of the English Poets）的复兴同时登上历史舞台。这些事件又与当时渐成气候的、为广大读者提供文学主体的机制紧密相连。因此也将文学牢牢地定位在供购买与消费终端的商业市场，而不是已然留在先前的社会著述模式中的创造与保留习惯中。

## 第三节　合著与文本产权

1813 年，骚塞（Robert Southey）在给自己朋友的一封信中，再次提到当时

---

① Frances Burney, *The Witlings and the Woman-Hater*. Calgary：Broadview Press Ltd. , 2002, p. 151.

② Frances Burney, *The Witlings and the Woman-Hater*. Calgary：Broadview Press Ltd. , 2002, p. 103.

在文学界颇为时尚的话题——文本产权问题。骚塞坚称,文本产权应该像其他产权一样具有继承性:"法律规定个人对自家不动产内树木的所有权为28年,期限一过便被收缴。国人焉论此举之不公!君不见夺我传诸子嗣之文学财产而交由出版商处理,试问个中可有公理存在?"①在骚塞的这种文学产权保护论调中,明显回荡着杨(Edward Young)与杜夫(William Duff)等文学家及布莱克斯通(William Blackstone)和哈格里夫(Francis Hargrave)等法学家所标榜的文学与不动产之间具有相似类比的呼声。②18世纪的新古典主义作家们一度认为,作者是一个受神启的"工艺大师",其创作完全依靠宗教与心灵缪斯的引导。在这种创作原则下,作为佐惠作家写作的模仿手段与传统的重要性都被初始文学原创性话语所取代。但是以杨为首的后来者则对这个创作概念发起了一轮轮强有力的公开挑战。伍德曼西(Martha Woodmansee)毫不迟疑地说:"灵感既不来自外界也与上帝无缘,而是来自作家自身。有启发性的作品是作者独一无二的个人财产,这一点毋庸置疑。"③骚塞对自己拥有作品合法版权的自信,既出自这种灵启源自作家自身的观念,又在一定程度上依赖于法律对基于著述概念之上的这个观念的采纳。当然也与当时关于文学财产和版权法之间旷日持久的争议脱不了干系。这场争论最终导致1842年修改版权法的出台和作者对自己作品拥有权的戏剧性延长。但是这个被高度理想化的版权概念,却在实际操作上引发了诸多道德难题,合作著述便是其中最典型的一个。它同时还暴露了版权法一味强调创作活动的独一性、原始性和私人性所造成的矛盾面。许多法理学家甚至认为,在浪漫主义时期的著述概念及其相关内涵中包含有深刻的法律意识,以至于现在的版权法仍在为认可联合著述并给予充分保护而斗争。

　　版权期限之争在18世纪末到19世纪初从未间断过。书商们一直竭力使作者财产权能成为一项普通法权,以确保自己的永久拥有权。18世纪末的律师恩

---

　　① Robert Southey, *Selections from the Letters of Robert Southey*. John Wood Warter, Ed. 4 vols. London: Brown, Green and Longmans, 1956, p. 323.

　　② See Edward Young, *Conjectures on Original Composition*. London: John Murray, 1759. William Duff, *An Essay on Original Genius*. London: John Murray, 1757. William Blackstone, *Commentaries on the Laws of England*. 4 vols. London: Blackstone, 1769. and Francis Hargrave, *Argument in Defence of Literary Property*. London: Mik's Library, 1774.

　　③ Martha Woodmansee, *The Genius and the Copyright*: *Economic and Legal Conditions of the Emergence of Author*. Eighteenth-Century Studies, 17.4 (Summer 1984), p. 427.

菲尔德（William Enfield）曾说："人对自己的劳动成果具有当然的拥有权，文学作品也是劳动的结晶，因此作者对他们的作品拥有天然的所有权。"①但是由于其创作过程的复杂性，以及与文化、社会和商业经营间千丝万缕的联系，作为无形劳动结果的文艺作品便被视为一种特殊财产。尽管如此，它依然享受着与其他有形资产相同的法律保护，而且连文学思想、属于作者个人的阐释与原创权也应该为它们的主人所有。这些文学产权辩护不仅观照文学作品的经济商业性，而且照应了黑格尔关于天佑自我的思想。布莱克斯通曾宣称："风格与情感不但是文学作品的基石，而且是作者身份的表征。"②哈格里夫毫不犹豫地将作者独特的个性与其创作活动的物理结果紧密联系起来："任何人都有集结与阐发个人思想的独特方法。其中必存在着在情感、计划与秉性上强烈的相似性。但是任何一件文学作品犹如人脸一样，是真正与众不同的东西，总是带有某种标明特征的奇异感、轮廓与质地，并最终形成与建构着自己的身份认同。"③

版权之争在 1842 年以版权法的修订为标志，出现又一轮的热潮。包括华兹华斯、骚塞、卡莱尔、狄更斯（Charles Dickens）、勃朗宁（Robert Browning）和阿诺德在内的众多作家都积极参与其中。而由下议院议员托玛斯·托尔福德（Thomas N. Talfourd）于 1837 年对修改版权法议案的提出，则标志着这场关于著述、原创和文学产权的审美与法律论争达到了空前的高度，也从此拉开了一场由托尔福德提出的将作者去世后的版权保护期从 28 年延长到 60 年的持久战。但论争的结果却事与愿违。托尔福德议案的本意在于维护那些具有真正原创性天才作家的利益。在他看来，这些作家苦心经营，"靠非凡的品位而赢得尊重"。他宣称该议案最直接和最主要的目的是"确保具有崇高而持久美德的作家，能够分享自己天赋及劳作中的部分成果，而且应该比法律所赋予的更多"④。在随后三年关于此议案的激烈争议中，托尔福德得到了作为英国浪漫主义诗坛领军人物华兹华斯非常踊跃的支持，华兹华斯还对该议案表现出了少有的、发自内心的

---

①　William Enfield, *Observations in Literary Property*. London: Gale Ecco, 2010, p. 21.

②　William Blackstone, *Commentaries on the Laws of England*. New York: Arkose Press, 2001, p. 207.

③　Francis Hargrave, *Argument in Defence of Literary Property*. London: Gale Ecco, 2009, p. 7.

④　Thomas N. Talfould, *Three Speeches Delivered in the House of Commons in Favour of an Extention of Copyright*. London: Edward Moxon, 1840, p. 36（cited hereafter as *Speeches*）.

热情。二者对版权改革高度一致的态度并非偶然。华兹华斯不止一次在多个场合抱怨说,有真实才华的作家在文学市场上是多么的无助和弱势! 他在 1815 年写道:"在诗歌发展蔚为壮观的时期,大多数诗人杰出的诗歌才华要么被完全忽视,要么被人偶尔提及,这是他们长期以来不变的命运。"①托尔福德在自己的演讲议案中也将华兹华斯尊称为"真正原创性天才诗人"。二者在关乎原创作家与版权之间的观点如此一致,以至于有学者称"华兹华斯才是 1837 议案出台的最直接动因"②。不管这个说法是否属实,托尔福德在 1815 年所撰写的将华兹华斯视为当时健在最伟大诗人的评论,的确为华兹华斯的版权自护论提供了坚强的政治基础和社会舆论支持。而借将华兹华斯视为当时最具原创精神和持久魅力诗人的典型代表与盗版市场上最直接的牺牲品和边缘人之托词,托尔福德也为自己的议案找到了最佳口实和以资辩驳的说服力。

包括华兹华斯和柯尔律治等在内的浪漫主义诗人们,很早以来就在关于版权与著述等事项上取得了共识,这既与他们对版权法的拥戴有关,也与他们在关于文学原创性和诗歌天赋等方面的个人审美哲学有关。但是浪漫主义时期合作著述的性质及其后果,已经引起了不少评论家的关注。西基(Alison Hickey)曾就此评论:"那种视创作为高度孤独化过程的假设,很大程度上出自视浪漫主义为独立天才迸发高潮的错误论调。殊不知,合作著述/关系是浪漫主义时期一个无可辩驳的事实。"③1798 年华兹华斯与柯尔律治出版的《抒情歌谣集》可能是这种"合作关系"的最显著的公示。在二者公开关于诗歌天赋与原创性的审美主张时,也公开了与这些主张之下存在的诸多自相矛盾之处。而在雪莱夫妇和华兹华斯兄妹之间的"合作著述"中,也存在此类矛盾。

---

① William Wordsworth, *The Prose Works of William Wordsworth*. W. J. B. Owen and J. W. Smyser. Eds. Vol. 3. Oxford: the Clarendon Press, 1974, p. 67.

② John Feather, *Publishers and Politicians*: *The Remarking of Law of Copyright in Britain*, 1775—1842. *Part II. The Rights of Authors*. Publishing History, 25 (1989), p. 47.

③ Alison Hickey, *Double Bonds*: *Charles Lamb's Romantic Collaborations*. ELH, 63 (1996), p. 768.

# 第二编　实践与例证

# 第四章 华兹华斯与柯尔律治的合著

## 第一节 合著理念异同

在柯尔律治的创作生涯中,先后与骚塞和华兹华斯的合著给他带来的阻力和产生的紧张关系超乎民间想象,尤其是在他自己始终推崇有加的家庭写作与手稿文化向印刷模式与文化转变的过程中,此类阻力的产生与强烈紧张关系的存在更是时有发生。柯尔律治在与连襟骚塞的合著过程中产生的冲突不但十分迅速而且非常明显。柯尔律治对在与他人合著过程中的自由共享、彼此参修的亲密感备加珍重。他还一直坚持合著双方为了共同的利益而尽心竭力的做法。而骚塞的合著观却与此截然不同。正如西基所指出的那样,骚塞的合著观"十分实际,而且以自我利益为中心",他倾向于视"合著为一种物质行为,一种基于机械分工的商业合作"。[①] 因此在他们早期的文学合作过程中——尤其是在合作《罗伯斯皮尔的覆亡》(*The Fall of Robespierre*)和《圣女贞德》(*Joan of Arc*)时——骚塞对柯尔律治的付出和贡献可谓"锱铢必较",并在"致谢"中将行数的多少一一标出。对著述贡献可以通过传统度量模式来决定的思想非常反感的柯尔律治此时更为骚塞的"斤斤计较"所伤害,对他们的合作更是心灰意冷。

对于熟悉英国浪漫主义文学史的读者来说,这段发生在柯尔律治和骚塞之间的文学合著往事最多只能算他们辉煌成就背后的一点谈资而已。谈到文学合著一事,大家耳熟能详的事实则是柯尔律治与华兹华斯合作创作《抒情歌谣集》的美妙往事。但是翔实的文史事实却告诉我们,即便是发生在浪漫主义时期最为轰动、影响也最为深远的文学合著,也远远不是读者们仅依据边角废料般的奇闻逸事所想象的那样完美。

---

① Alison Hickey, *Double Bonds: Charles Lamb's Romantic Collaborations*. ELH, 63.3 (1996), p. 731.

　　世人凡谈起英国浪漫主义，无不首先想到湖畔派魁首华兹华斯，而后便顺着他与柯尔律治合著的《抒情歌谣集》一路畅想下去。长期以来，华兹华斯与柯尔律治的相识、相知、交往和合作大都在并不是所有人都清楚《抒情歌谣集》中二人的分工和作品数量的情况下被无限放大和主观谬赞着，而对于发生在他们合作著述过程中的那些难称公道和导致二人或默契或分歧的事实，人们知之甚少，更勿谈究其缘由和公允评价了。而且，作为诗人、神学家和批评家的柯尔律治，对其合作伙伴的诗学与哲学思想的了解和倾情共谋合著的想法，恐怕是华兹华斯所未能匹敌的。

## 第二节　合著缘起与准备

　　柯尔律治与华兹华斯相识于柯尔律治在剑桥学习和生活的最后一年，即1794 年。是年柯尔律治读到了华兹华斯的第一本出版物《景物写生》（*Descriptive Sketches*），并对这部并不算成熟和经典的作品进行了本真的评价。在柯尔律治看来，华兹华斯的诗歌中有一种他以前从未体验过的、最能展现诗歌真谛的"天赋"。虽然"诗歌的语言给人以奇特强劲之感，但是由于时常受到其自身那不安分的力量的鼓噪，又常常会显得佶屈聱牙"[①]，但是该作品中所蕴含的思想却是令人回味不已的，作者在其中所展露的伟大诗人的天赋也是毋庸置疑的。在首次领略华兹华斯的天赋和伟大潜能后，柯尔律治便对他的未来合作伙伴给予了极高的评价，并渴望与其进行促膝面谈。

　　1795 年 9 月，柯尔律治希冀与心目中的理想诗人华兹华斯的第一次谋面终于在布里斯托实现了。对于这次见面，华兹华斯后来对朋友做了如下评价："柯尔律治在布里斯托时我去过那里，我见到了他，但我们谈得不多。我希望能和他有更多的接触，在我看来，他天赋极高。"[②]虽然在柯尔律治的日记或其他形式的记录里并没有发现对这次与华兹华斯会面的描述，但是他在 1795 年 9 月创作的《写于雪屯酒馆》（*Lines Written at Shurton Bars*）中不但引用了华兹华斯的诗，还对后者的诗才与人格魅力进行了热捧。在这首诗歌中，柯尔律治直接引用了

---

① Samuel Taylor Coleridge, *Biographia Literaria*. J. Shawcross, Ed. Oxford：Oxford University Press，1997，p. 43.

② William, Dorothy Wordsworth, *The Early Letters of William and Dorothy Wordsworth*. Ernest de Selincourt, Ed. Oxford：Oxford University Press，1935，p. 153.

华兹华斯《黄昏漫步》(*An Evening Walk*)中"绿色的光芒"一语：

> 路过此处，我记住了这只萤火虫，
> 穿过那片草地，带着"绿色的光芒"，
> 一种祖母绿才会发出的光。①

在此诗的脚注里，柯尔律治赞美华兹华斯"对于男性情操表达之精当无人能及，其新颖的想象力和生动的色彩描绘，在当代作家中也是无人能出其右的，对此我也是钦佩至极"②。早期的初步印象和后来的直接感受对于柯尔律治和华兹华斯来说都是良好而和谐的。短暂的会面与诗歌中的积极回应也一度激励二人向着合作共谋的阶段迈进了一大步。

1795 年 9 月，华兹华斯兄妹离开伦敦前往友人提供的位于多塞特郡的湖畔住所。1796 年底柯尔律治也举家搬迁到斯托威(Nether Stowey)定居。第二年 4 月华兹华斯便专程来到斯托威拜访柯尔律治。正是在此次见面后二人便确定了继续在伦敦进行诗歌创作的相关事宜。据柯尔律治的回忆，自从这次深度交流以后，他便在内心深处产生了一种情感冲动，对华兹华斯的诗歌一如既往地感到强烈的震撼，那些"深沉的感情和深刻的思想相互融合"③，触动了他的灵魂深处。1797 年的 6 月到 7 月他们之间又进行了有来有往的拜访和交流。

柯尔律治曾屡次提及，华兹华斯是"一个伟大的诗人"，而自己则是"一个微不足道的小人物而已"。④ 这种自我揶揄式的评论，一方面源自柯尔律治眼中的伟大诗人华兹华斯的确具有诗才天分，其作品总能让人备觉震撼。另一方面也源自他们在个性上的巨大反差而造成的相互吸引。华兹华斯其人沉默寡言，沉稳自信，处变不惊；柯尔律治则性格外向，健谈而转益多师。这种在具有共同爱好前提下的性格互补，对他们友谊的发展和后来合作的可能打下了良好的基础。

---

①　Samuel Taylor Coleridge, *Samuel Taylor Coleridge：The Complete Poems*. William Keach，Ed. London：Penguin Books，1997，p. 80.

②　Samuel Taylor Coleridge, *Samuel Taylor Coleridge：The Complete Poems*. William keach，Ed. London：Penguin Books. 1997，p. 465.

③　Samuel Taylor Coleridge, *Biographia Literaria*. J. Shawcross，Ed. Oxford：Oxfrd University Press，1997，p. 44.

④　Samuel Taylor Coleridge, *Colleceted Letters of Samuel Taylor Coleridge*. Vol. 1. Earnest Leslie Griggs，Ed. Oxford：Clarendon Press，1956，p. 320.

1797 年夏天,华兹华斯为了便于更好地与柯尔律治交流和往来,就干脆搬到距离柯尔律治的居所斯托威仅三英里的一个农庄定居。柯尔律治后来在《孤独中的忧思》(*Fears in Solitude*)中对此有所记述:

> 此刻啊,可爱的斯托威!我已望见了
> 教堂的尖塔,和相依相偎的四棵
> 高大的榆树,那是我友人的寓所;
> 在榆树后边藏而不露的,是我那
> 简陋的小屋,那儿有我的孩子
> 和他的母亲,小日子安安静静。①

在这片安静祥和的山谷里,柯尔律治和华兹华斯与家人一起相依相聚,共同面对世事变迁和人情冷暖,并在促膝交谈之后发悠远的思虑,为英国浪漫主义诗学的到来积蓄潜能和预备纲要。

回忆起和华兹华斯比邻而居的日子,柯尔律治做了如下记载:

> 在华兹华斯先生与我做邻居的第一年,我们的谈话常常集中于诗歌的两种基本力量,那就是:第一,以忠诚于真理的激情而引起读者同情的力量;第二,与借着对想象力之缤纷的修饰,以促成对新奇产生兴致的感觉的力量。瞬息万变的光与影,或来自月光,或来自夕阳,散发在已知与熟稔的景致上,这种瞬间的迷人魅力,似乎可以代表这两者之间结合的可能性。这些都是自然的诗歌。②

在柯尔律治所谓的"诗歌的两种基本力量"中,第一种力量主要来源于坚定的信仰,是一种可以在后天养成的力量,与人的社会实践和人生阅历紧密相关。第二种力量则是人的想象力,这是一种与生俱来的力量。在漫长的成长过程中,人的想象力是处于慢慢泯灭的状态的。与社会的进程进行同步或略有缓急的运

---

① 华兹华斯、柯尔律治:《华兹华斯 柯尔律治诗选》,杨德豫译,人民文学出版社 2001年版,第 382—383 页。

② Samuel Taylor Coleridge, *Biographia Literaria*. J. Sha wcross. Ed. Oxford: Oxford University Press, 1997, p. 160.

行过程中,那种与生俱来的纯洁想象力就会让步给经验与阅历。只是在面对如此多重蜕变和内外纷扰时,诗人可以做到秉持个人坚定的信仰,保持一种为改变混乱状态而努力的心态。所以诗人的诗歌创作既是自我想象力的保持和挖掘,也是引起读者共鸣,激发深层情感和焕发美好青春的生命表达方式。

## 第三节　合著过程与内容

1797 年到 1808 年是柯尔律治和华兹华斯友谊诞生、发展和行至黄金岁月的阶段。在此期间,他们二人一起谈诗论艺,共同散步作诗,并且相互鼓励和探究。其标志性事件就是掀开英国浪漫主义文学运动大幕的《抒情歌谣集》的合作著述。坊间谈及二人的合作常常以柯尔律治从中受惠遂成伟大诗人为终极结论,却对华兹华斯从中所获的勉励与启发、自信与升华提及甚少。正如其字面意义所暗示的一样,合作著述的精髓在于参与各方的灵魂碰撞和思想砥砺,双向互动与共同作用才是其本真的原貌。在与柯尔律治的交流与后来的合作著述中,华兹华斯潜在的诗学才华得到了极大的提升。"如果没有杰出诗人兼批评家柯尔律治对其才华和潜能的一如既往的肯定、激励和由衷的赞扬,已经显示出对诗歌创作信心不足的华兹华斯也许很难重拾自信,重新修正个人创作之维,进一步将潜在诗歌才华释放出来,最终成为伟大的诗人。"[①]与柯尔律治交往和进入合作著述的 11 年间,华兹华斯真正迎来了他自己的诗歌创作高峰,包括《序曲》在内的他的所有经典诗歌基本上都是在这个时期创作完成的。[②]

在柯尔律治和华兹华斯以合著为主旋律的生命历程中,《抒情歌谣集》的联袂推出堪称最具历史意义的事件了。一方面,该诗集的首版于 1798 年 10 月 4日的面世标志着英国浪漫主义文学的开端,预示英国诗歌的发展进入了一个全新的时代。另一方面,合作著述的二人以丰富的思想情感和深沉的思想内涵创作出了前无古人的诗歌精品,使诗歌语言的发展迈出了更加奇崛优美的一步,让各自的诗歌创作达到了一个更新的高度。

在谈到这次合作著述的主题分工时,柯尔律治在《文学生涯》中对他与华兹

①　Stephen Hoggle, *William Wordsworth : A Poet of Prophey*. London：Macmillian,1992, p. 179.

②　《序曲》作为华兹华斯的代表作,启动于 1798 年,随后作者一直不断地完成后面的卷次和修复工作,直到 1850 年 7 月,十四卷本《序曲》才出版发行,诗人已于同年 4 月辞世。

华斯在《抒情歌谣集》中的主题分工做了如下解释：

> 在这本诗集中，我们彼此约定，我致力于去描写那些超自然的或者
> 至少具有浪漫味道的人物与角色，不过，尚须从我们的内在的本性中传
> 递出一种人间的兴味和逼真的假象，从而为想象力所构成的这些影像，
> 博得读者的自愿搁置和悬疑，这便形成了诗意的信仰。另一方面，华兹
> 华斯先生自己拟定的创作目标是：赋予日常生活的事件以新奇的魅力，
> 以唤醒心灵注意到习俗的恹恹不振，并将这心灵的注意力引向我们所
> 面对的世界之美好与惊羡，从而给日常的事物一种新奇的迷人魅力，并
> 激起一种类似于超自然的情思。这是一个取之不尽的宝藏，可见由于
> 陈习的遮蔽和自私的热情，我们却视而不见、充耳不闻，虽有心脑，却不
> 能感觉和理解。①

按照原初的计划，柯尔律治当以"诗言志"为主旨，以超验精神为境界，专注于"超自然"或"浪漫的人物与角色"。而华兹华斯则力求书写朴实无华的凡俗生活，在平淡中捕捉人性之美、思想光辉和时代精神。这种分工协作的基础是他们对彼此诗性的理解与合理运用的初衷。其中"柯尔律治的自怜（self-pitying sense）和华兹华斯的自足（self-sufficiency）相映生辉"②，前者对人物内心想象力的重视与后者对自然的神圣内在化，都对他们初次合著的角色安排起了指导性的作用。

1798 年 4 月华兹华斯写信给当时非常有名的出版商考特尔（Joseph Cottle），谈到了他即将实施的一项大计划：

> 你将十分欣喜地听闻我的诗歌主体构成中，会不断有新诗加入。
> 我们迫不及待地等着你来，我一定要完成《萨里斯伯里平原》（Salisbury
> Plain Poems）。我同时还在筹划一项更宏伟的计划，等我们会面我才

---

① Samuel Taylor Coleridge, *Biographia Literaria*. J. Shawcross, Ed. Oxford：Oxford University Press，1997，p. 162.

② Stephen Prickett, *Coleridge and Wordsworth：The Poetry of Growth*. Cambridge：Cambridge University Press，1970，p. 150.

会告诉你实情。[①]

华兹华斯所谓的"宏伟计划",其实就是由他和柯尔律治合作完成的《抒情歌谣集》第一版。早在数月前柯尔律治开始创作《老水手行》时,这个合作计划就已经在二人的频繁散步中被讨论过。柯尔律治在《文学生涯》中对这部合著作品的诞生虽做了翔实描述,但是他的单方面记述和感言毕竟是在 20 多年之后才发生的。而且他们二人关于首部诗集应如何安排各自作品的思想,在时间流逝和环境变迁中也多有变化。《抒情歌谣集》的终稿和最初的理念相比或许已有较大出入。正如柯尔律治所说的那样,首版《抒情歌谣集》的诞生与其说是一种理想的达成,不如说是一项妥协的实现。

《抒情歌谣集》最终将以何种形式面世,这是一个不完全以作者的意志为转移的事件。在浪漫主义时期,出版商在很大程度上将会对作品的最终出版起决定性的作用。在接到华兹华斯的来信不久,考特尔就从布里斯托尔来到阿尔佛斯顿(Alfoxden)和华兹华斯及柯尔律治一起待了一周时间。按照约定,华兹华斯向这位左右诗集出版的商人诵读了很多他的新诗。除了对听到的新诗赞不绝口之外,考特尔提议将这些新诗结集出版,但不是以二人联手的形式,也不应该以匿名的方式出版。他倾向于单独出版华兹华斯的诗歌,并在封面印上他的大名。至于他们谈论较多的《老水手行》一诗,考特尔建议另行处理,比如说以单行本的形式付梓。

根据柯尔律治的记述,对于出版商的建议他们决定不予接受。鉴于初定诗歌主题的多样性,他们二人认同将并不具有连贯性的诗歌同集出版。再者,在是否匿名出版的问题上,柯尔律治、华兹华斯和出版商的态度也有分歧。考特尔坚持公开华兹华斯的作者身份,因为匿名出版会导致作品的销量下降。华兹华斯认为作者身份外露会招来耻笑和恶评,他甚至觉得"大名付梓无异于自毁前程,简直比死还难受,隐私和安静才是最爱"[②]。柯尔律治指出,史上众多流行作品多是匿名出版,蒲伯的《人性论》(*An Essay on Man*),达尔文(Erasmus Darwin)的《植物园》(*The Botanic Garden*),以及罗杰斯(Samuel Rogers)的《记忆之愉

---

① William, Dorothy Wordsworth, *The Early Letters of William and Dorothy Wordsworth*. Ernest de selincourt, Ed. Oxford: Oxford University Press, 1935, p. 171.

② William, Dorothy Wordsworth, *Letters of William and Dorothy Wordsworth*. Vol 2. Emest de Selincourt, Ed. Oxford: Oxford University Press, 1993, p. 211.

悦》(*The Pleasures of Memeory*)等都是如此。他还补充道："华兹华斯之名无足轻重,而对于很多人来说我的名字则臭气熏天。"①

当柯尔律治对他与华兹华斯之间的亲密关系津津乐道、对后者的诗歌天分坚信不疑时,他便开始酝酿二人的合作著述事宜了。虽然自1797年始,柯尔律治的理想主义合著观开始萎缩,②但他还是依然对与那位无与伦比的当代作家的合作充满憧憬,并渴望能为《新月刊》(*New Monthly Magazine*)杂志撰写《老水手行》,并希冀出版《抒情歌谣集》。早在与华兹华斯合作《抒情歌谣集》之前,柯尔律治已经开始了寻求能与自己身心相融的合著伙伴。与骚塞在合著之事上分道扬镳后他曾致信前者:"你在我的内心深处留下了一个巨大的空洞,如此之大,无人能填。"③在写给一位友人的信中,柯尔律治再一次急切地表达了对文学合著的期待与追求:"哦,上帝啊!现在我真的归心似箭啊!我全身心的期盼与他[指华兹华斯]相见的那一刻,渴望与他相拥。"1798年5月在给出版商考特尔的信中,柯尔律治对他们为何合著《抒情歌谣集》给出了如下理由:"我们不应当反对分别出版他的《彼得贝尔》(*Peter Bell*)和《萨利斯伯里平原》,他本人非常厌恶的是将《诗集》分两部出版。他所追求的是多样性。我们认为送到你处的几卷作品——在题材上而非在分量上——其实是一部作品。正如一首颂诗那样是一部完整的作品,我们各自不同的诗歌正如其中的诗节,是有机联系在一起而非各自独立的。"④柯尔律治的这番厚道谦逊的说辞,包含着他非常明确的合著态度。首先,他和华兹华斯所追求的是融二人诗歌为一体的多样性。其次,合著产生的

---

① Samuel Taylor Coleridge, *The Collected Letters of Samuel Taylor Coleridge*. Vol. 1. E. L. Grrggs. Ed. Oxford: Oxford University Press, 1956, p. 413.

② 柯尔律治在与骚塞的合著过程中就曾产生过一些冲突。柯尔律治所坚持的合著双方为了共同的利益而尽心竭力的做法和自由共享、彼此参修的理想与骚塞的合著观有很大差距。骚塞的合著观"十分实际而且以自我利益为中心",他倾向于视"合著为一种物质行为,一种基于机械分工的商业合作"。(参见:Alison Hickey, *Double Bonds*: *Charles Lamb's Romantic Collaborations*. ELH 63.3 (1996), p.735—771.)因此在他们早期的文学合作过程中——尤其是在合作《罗伯斯皮尔的覆亡》和《圣女贞德》时——骚塞对柯尔律治的付出和贡献可谓锱铢必较,并在编辑"致谢"时以行数的多少标出各自的贡献。这种通过传统度量模式来决定合著思想的做法令柯尔律治十分反感,骚塞的"斤斤计较"更是让他的自尊受到伤害,所以对他们的合作感觉心灰意冷。

③ Samuel Taylor Coleridge, *Collected Letters of Samuel Taylor Coleridge*. Vol. 1. Earl Leslie. Ed. Oxford: Clarendon Press, 1956, p. 173.

④ Samuel Taylor Coleridge, *Collected Letters of Samuel Taylor Coleridge*. Vol. 1. Earl Leslie. Ed. Oxford: Clarendon Press, 1956, p. 412.

多样性可以诞生完美,形成新的"有机体"。再次,他们的诗歌虽然在分量上有所不同,但是可以在题材等方面互补。但是在这种自我辩护与说辞的背后却藏有令人不安的紧张感。欧文指出:"合作著述是由柯尔律治率先展现出来的。在某种程度上是'一部作品',而追求的却是'多样性',这种解释难免有些牵强。而华兹华斯在 1800 年版'序言'中所显示出的态度更证实了这种矛盾性。"①合作初期即已显现的裂隙与冲突为二人日后的诗歌合著蒙上了一层阴影,也为华兹华斯拒绝朋友热衷的所谓亲密诗学预先做了脚注。

而《抒情歌谣集》中诗作份额和篇幅长度的差异,也在很大程度上说明了这个浪漫主义时期最杰出的合作著述典范是多么不均衡。《抒情歌谣集》第一版收有诗作共计 23 首,其中华兹华斯的诗歌 19 首,柯尔律治的诗歌只有 4 首。具体诗歌名称和安排顺序如下:

《老水手行》(*The Rime of the Ancyent Marinere*):柯尔律治

《养母的故事》(*The Foster Mother's Tale*):柯尔律治

《致榆树下的座位》(*Lines Left Upon A Seat in a Yew-Tree*):华兹华斯

《夜莺》(*The Nightingale*):柯尔律治

《女游民》(*The Female Vagrant*):华兹华斯

《古蒂布莱克与哈里吉尔》(*Goody Blake,and Harry Gill*):华兹华斯

《写于吾家附近》(*Lines Written at a small Distance from My House*):华兹华斯

《西蒙李》(*Simon Lee*):华兹华斯

《父亲们的轶事》(*Anecdote for Fathers*):华兹华斯

《我们是七个》(*We are Seven*):华兹华斯

《写于早春》(*Lines Written in Early Spring*):华兹华斯

《荆棘》(*The Thorn*):华兹华斯

《最后一头羊》(*The Last of the Flock*):华兹华斯

《地牢》(*The Dungeon*):柯尔律治

---

① W. J. Owen, "Costs, Sales, and Profits of Longman's Edition of Wordsworth". *The Library*, 5th Series 12 (1957), p. 99.

《疯母》(*The Mad Mother*)：华兹华斯

《痴儿》(*The Idiot Boy*)：华兹华斯

《写于里士满附近》(*Lines Written Near Richmond*)：华兹华斯

《规劝与回应》(*Expostulation and Reply*)：华兹华斯

《反其道》(*The Tables Turned*)：华兹华斯

《老翁游》(*Old Man Travelling*)：华兹华斯

《被弃印第安女儿的抱怨》(*The Complaint of a Forsaken Indian Woman*)：华兹华斯

《囚犯》(*The Convict*)：华兹华斯

《丁登寺》(*Lines Written A Few Miles Above Tintern Abbey*)：华兹华斯

单纯从数量上来看，华兹华斯的诗歌占据了《抒情歌谣集》总量的百分之八十三，而柯尔律治的诗歌只有百分之十七。因为《老水手行》全诗有 625 行，所以按《抒情歌谣集》的篇幅计算，柯尔律治的作品依然可以占到三分之一。至于柯尔律治为何不将更多未发表的诗歌提供到《抒情歌谣集》中已经是不为人知的谜了。起初诗集的安排中还有收录柯尔律治的《柳蒂，切尔克斯人的爱情颂歌》(*Lewti，or the Circassian Love-Chant*)的计划。但是在行将付梓的最后时刻该诗被拿下了，主要原因是其作者身份或已暴露，收录此诗不利于匿名出版。《咏法兰西》(*France：An Ode*)未能进入歌谣集的原因也与此相同。

《抒情歌谣集》从酝酿到诗歌遴选，从出版形式讨论到最终与读者见面，整个过程都是基于合作著述的范式展开的。但是无论从实际操作过程还是从最终作品的付梓来看，一股浓浓的"华兹华斯的诗歌""威廉的诗歌"和"某个诗人的作品"的调子在诗集内外流动。而其中极度不平衡的作者作品的贡献量更是强化了这个调子的和声，使读者对独著身份的猜测越发向肯定的方向发展。"在他们合作的日子里，华兹华斯比柯尔律治更加多产，华氏勤劳而柯氏慵懒，这种匪夷所思的神话也被歌谣集中相差悬殊的诗歌份额所坐实了。"[①]淹没在这种创作神话或偶像崇拜观背后的真实图景当然是另外一番景象。在他与华兹华斯相识共事的那段时间里，柯尔律治一共创作了 2500 多行诗，外加两幕剧《奥索里欧》

① Adam Sisman，*The Friednship：Wordsworth and Coleridge*. New York：Penguin Group，2007，p. 235.

（Osorio），华兹华斯一共创作近 3500 行诗，从数量上来看二人应该是旗鼓相当的。

　　展示完合作著述的物理机制和外部构造之后，再来探究一下《抒情歌谣集》中关涉合著思维的一些真实内景。在普遍追求原创性和社会认同孤独天才的背景下，合著作者对弥补缺失身份的隐忧和寻求可识别符码的努力，在合作著述的个人思绪与争夺话语权的实际操作中有具体可见的行为体现。

　　在 1798 年版《抒情歌谣集》的出版广告里，即便是不够细心的读者也很容易发现其中屡次出现的单数"作者"称谓，以及貌似随意的、以各种方式对它的强化意图。这种单数称谓的强化与合作著述事实之间的矛盾，不仅昭示着最为知名的浪漫主义文学合著开始踏上一段不平凡的征途，也揭示了合著作者对独立著作身份追求的事实。两年后当华兹华斯谈到诗集的出版之事时，他并未避称一位好友对该集的巨大贡献，同时反复提到好友向出版商要求出版合著作品的事实。但是他那言辞凿凿的"致谢"与"认同"话语的字里行间却透露出别样的重心转移之意："出于对多样性的考虑以及对自己本身缺陷的觉悟，我才有意邀请一位朋友加盟，他不遑多让地为诗集贡献了《老水手行》、《养母的故事》（*Foster-Mother's Tale*）、《夜莺》（*The Nightingale*）、《地牢》（*The Dungeon*）等诗作。假如当初我并不认同朋友的诗歌在很大程度上和我的诗歌有相同的倾向，我就不会请他援手。尽管我们的诗集中存在一些差异，但是他与我的风格并非格格不入，我们在关于诗歌主题上的观点几乎达到了并行不悖甚至是重叠的地步。"①

　　随着时间的流逝，华兹华斯将合著诗集变成个人独著的步伐也在日益加紧。《抒情歌谣集》再版时，华兹华斯首先将《老水手行》从初版第 1 的位置移到倒数第 2 的位置，并看似随意地加上了一个冰冷的脚注以示其拙劣性。② 值得注意的是，柯尔律治的其他诗歌的位置也被人为地后移了很多。《夜莺》由初版第 4 的位置移到了第 17 位，《养母》由第 2 位移到了第 7 位。作为柯尔律治在新版中的唯一一首新诗，《爱》被安排在第 21 位。而另一首堪称浪漫主义诗歌精粹的

---

　　①　William Wordsworth, *Lyrical Ballads, and Other Poems*, 1797—1800. James Butler and Karen Green. Eds. Ithaca: Cornell University Press, p. 741.

　　②　1800 年 9 月，华兹华斯在为第二版《抒情歌谣集》部分诗歌写脚注时特意提到《老水手行》，承认有许多批评专门针对此诗，并指出"此诗的确有很多缺陷"，然后详论了这首诗中的若许缺点，直到最后才列举了该诗的一些优点和它能继续被收录的理由："作者本人本应保持低调，但他依然志在必得、信心不减。"参见：Adam Sisman, *The Friendship: Wordsworth and Coleridge*. New York: Penguin Group, 2007, p. 314.

《克丽斯德蓓》(*Christabel*)则被华兹华斯拒之门外。华兹华斯在编辑新版诗集时只收录了柯尔律治的一首新诗,使本来就在数量上处于严重失衡位置的诗集愈发倾向他的一边。他在合著初期所标榜的一致风格和达到用一个诗歌声音言说的初衷,最终还是滑向了 1815 年版的严重分裂。

在浪漫主义文学合著肇始之际,骚塞提出了联合出版具有多重商业与名声效应的观念,并得到了华兹华斯的响应,但是柯尔律治对此却并不赞同。他早期所坚持的诗歌创作与编排习性在诗集的首版中有所展现。其中为了应和伙伴而选编的诗歌,以及为了赞颂友谊而创作的《夜莺》都是极佳的证明。在柯尔律治为初版诗集所贡献的四首诗歌中,只有《老水手行》和《夜莺》是在他与华兹华斯进行密切合作之后的 1797 年完成的。另外两首《养母的故事》与《地牢》则选自他的戏剧《奥索里欧》,并且是为了能与合著者达到琴瑟和鸣的理想而特意编选的。在《养母的故事》中那个能与鸟儿沟通的俊美男孩与华兹华斯的《痴儿》几乎达到了形神兼备的程度。柯尔律治笔下的那个自然之子曾为书所困,"他读啊,读啊,读啊!/直到他决意离反"①。这与华兹华斯的《反其道》和《规劝与回应》的主题和号召又如出一辙。柯尔律治诗歌中男孩的恣意人性和他被活埋时的惊悚场面,与华兹华斯《荆棘》中的弑婴场面与心理描述有着交相呼应之感。《地牢》与华兹华斯的《囚犯》无论在形式上还是在内容上都达到了几乎亦步亦趋式的应和性。作为该诗集中最具有明显政治意味的作品,这两首诗表达了同样的对英国刑法体系进行谴责的寓意。两首诗歌的意象都基于身处疾病与罪恶之中的罪犯,并通过逼真的环境描写和痛彻心扉的哀悼场景来展现整个社会中怜悯与关爱的缺失,并最终指向对一个慈闵良性、生生不息的自然轮回的召唤。这两首诗歌的相互映照和彼此呼应,也显示出柯尔律治对在他人的思想里找到自己观点的欣喜,也部分实现了他那通过诗歌创立理想、温暖社会的愿望。但是柯尔律治的合著伙伴却并没有在初版里奉献称得上有思想互动和心有灵犀的作品。华兹华斯在与柯尔律治的友谊达到如火中天时创作了《抒情歌谣集》中的大部分作品。但是在后者作品中那如家的温情、迎合互动的创作观,以及推己及人的思想,却并未相应地出现在诗集首版里。华兹华斯甚至没有编选一首诗歌来作为亲密无间友谊的应答。

---

① Samuel Taylor Coleridge, *Biographia Literaria, or Biographical Sketches of My Literary Life and Opinion*. H. N. Coleridge, Sara Coleridge, Eds. London: Pickering, 1847, p. 330.

除了在题材、内容和象征意蕴上做了很多迎合举动外,柯尔律治还将令华兹华斯一直感到困惑和忧虑的《老水手行》进行了大幅修改。在总共 70 多处修复中,有些竟然是非常巨大和彻底的。在中间有个地方他彻底删掉了连续 5 个诗节,而又在其他地方补充了几个全新的诗节。原版诗歌中的一些古语和旧词也都被柯尔律治进行了一一替换。比如"eldritch"一词就被改成了"ghastly"一词。很多词语的拼写也更加现代化和接近人们的日常阅读习惯。就连诗歌的题目也从最初的"The Rime of the Ancyent Marinere"修改成了"The Ancient Mariner:A Poet's Reverie"。

《抒情歌谣集》第二版第一卷中有一首柯尔律治的新诗,诗名叫《爱》。这首诗被选进来替换了华兹华斯的《囚犯》。因为华兹华斯觉得《囚犯》一诗有很强的戈德温式的激进主义思想,如果在再版中依然保留它的话,整个诗集的基调和主题可能会被破坏。为了能及时弥补华兹华斯决意撤下自己诗歌所留下的空缺,柯尔律治旋即从他发表在《晨报》上的一首名为《黑衣女士童话入门》(*Introduction to the Tale of the Dark Lady*)的诗入手,对其进行修改和润色,并将题目修改为更适合诗集、更能为读者所接受的新名称《爱》。华兹华斯虽然讥讽该诗"情感泛滥,虚情充斥"①,但是当柯尔律治在世时,这首诗却人气高涨,大受读者的欢迎。

新诗《爱》加入《抒情歌谣集》第二版并非柯尔律治的本意和一项令他十分满意之举。完成《克丽斯德蓓》并顺理成章地将其安放在诗集再版之列,这才是柯尔律治最大的愿望和自恃对新版诗集的最大贡献。当华兹华斯努力撰写新版序言之时,柯尔律治也在拼命地创作《克丽斯德蓓》。1800 年 9 月此诗的第一部分非常顺利地完成了,并进入了筹备付印的阶段。但是诗歌第二部分的创作却陷入了漫长的等待之中,华兹华斯也开始为此变得焦躁不安和暗生怒气。本来他在序言草稿中已经向外界透露,他的一个朋友将为诗集奉献美妙的长诗《克丽斯德蓓》,而这也正是他敢于推出诗集第二版的理由。但是柯尔律治的无限拖延严重威胁着他的宏伟计划的实施。对此,柯尔律治本人也承认了未能按时完工的失责之罪:"诗稿的拖延部分原因在我。每一个诗行的写出都让我殚精竭虑。"他甚至在经历一阵痛楚之后宣布:"我彻底放弃此诗了。留下那些更深奥的部分给

---

① William,Dorothy Wordsworth,*Letters of William and Dorothy Wordsworth*. Emelst de Selincourt,Ed. Oxford:Oxford University reity Press,1993,p. 645.

华兹华斯,更有趣和更流行的给骚塞吧。"[1]

柯尔律治无法按期完成《克丽斯德蓓》似乎早有征兆。兰姆和华兹华斯都认为这是一个被误导的尝试。柯尔律治续写第二部分的设想极有可能使他步入一个诗学话语的禁区。该诗的第一部分以克丽斯德蓓的明显诱惑收尾。而柯尔律治的思绪却正在转向他处,性暗示的主题对他来说既有吸引力又有排他性,他仍然无法从往昔的愧疚记忆中全身而退。正当诗歌的第一部分与第二部分要在主人公的宽衣和裸露之态处接壤时,柯尔律治书写的意志和决心已经达到了一个临界状态。[2]

1800 年 9 月底柯尔律治终于完成了在长度上与《克丽斯德蓓》第一部分接近的第二部分。柯尔律治本人为了能按时完结此项工作已是精力耗尽,但是这份迟来的、没有实质性结尾的扫尾工程依然难以令参与完成《抒情歌谣集》第二版的各方感到满意。终于有一天华兹华斯突然宣布了一个重大的改变计划:"决定不在《抒情歌谣集》里推出《克丽斯德蓓》了,这似乎是一个明智之举。"[3]

每每有朋友因《克丽斯德蓓》被拒绝收进新版《抒情歌谣集》而替柯尔律治鸣冤时,柯尔律治都会出面解释说,诗歌长达 1300 行,实在有些不合时宜。在写给韦奇伍德(Josiah Wedgwood)的信中,柯尔律治进一步替华兹华斯拒绝收录《克丽斯德蓓》做了辩解:"这首诗撰写得太长了,华兹华斯觉得无论从篇幅、人物还是整体美感上来看,都与整部诗集格格不入。"[4]后来在其他场合每当华兹华斯解释未能收录《克丽斯德蓓》的理由时,他的托词总是如出一辙:该诗的风格与诗集整体不符。"柯尔律治先生的一首诗将会按照约定而收录,但是经过仔细推敲之后我发现,该诗的风格与我的诗歌多有抵牾,所以决定不将它和我的诗歌一起付印了。"[5]细想之下可以发现华兹华斯的此番自辩存在前后矛盾之处。柯尔律治此诗的风格早在两年前就已经为人所知了,而且华兹华斯在序言中也提到了:

① Samuel Taylor Coleridge, *Collected Letters of Samuel Taylor Coleridge*. Vol. 1. Earl Leslie Griggs, Ed. Oxford: Clarendon Press, 1956, p. 622.

② Rosemary Ashton, *The Life of Samuel Taylor Coleridge: A Critical Biography*. Oxford: Oxford University Press, 1996, p. 181.

③ Mary Moorman, *William Wordsworth: A Biography*. Oxford: Oxford University Press, 1957, p. 490.

④ Samuel Taylor Coleridge, *Collected Letters of Samuel Taylor Coleridge*. Vol. 1. Earl Leslie Griggs, Ed. Oxford: Clarendon Press, 1956, p. 643.

⑤ William, Dorothy Wordsworth, *Letters of William and Dorothy Wordsworth*. Emelst de Selincourt, Ed. Oxford: Oxford University Press, 1993, p. 309.

"得益于一位朋友的帮助,他将提供5首诗歌以丰富诗集的多样性。"华兹华斯甚至宣称:"所有这些诗歌都看上去似乎出自我一人之手,尽管其中亦有些许差异,但是在风格问题上,基本上不存在互相矛盾的地方。"①华兹华斯拒绝收录《克丽斯德蓓》的理由就如同他在诗集首版中收录《老水手行》的理由一样令人费解,但是站在他个人的角度上来看的话,又铿锵有力、耐人寻味。

学界对于华兹华斯拒《克丽斯德蓓》于《抒情歌谣集》再版之外的做法并未形成铁板一块的共识。摩曼(Mary Moorman)的记述基本上置华兹华斯于不仁不义的地步。② 赫尔墨斯(Richard Holmes)觉得这个拒绝行为纯粹是华兹华斯的个人行为,并给他那位无助的好友带来了极其可怕的后果。③ 在麦克法兰(Thomas McFarland)看来,华兹华斯在这件事情的处理上显得既不够大方,又不够明智,缺乏起码的警觉性。④ 还有学者甚至认为,华兹华斯此举彻底葬送了柯尔律治作为一名诗人和一个正常公民的能力。⑤ 综观所有的评述和观瞻,几乎所有的学者都对华兹华斯的处理方法颇有微词。这些后发评论的基调都是基于现代文学著述中的伦理坚守,或者发端于对经典文学创作的个人感悟。不管其文学理据和伦理道德的标准何在,坚持合著中的身份平等理念似乎是一个亘古不变的事实。

## 第四节　合著结果与影响

华兹华斯与柯尔律治合著《抒情歌谣集》的初衷不仅仅是以各自之诗来填充一部诗集而已,他们的终极目标是创作近乎浑然一体的"一首诗歌"。他们曾计划创作一首以该隐为主题的首篇,但最终未能如愿。合著伊始的亲密无间令柯尔律治精神振奋,却使华兹华斯深为沮丧。正当柯尔律治为诗集一挥而就,贡献大量手稿时,华兹华斯却压力倍增迟迟不能进入状态。随后出现的《老水手行》

---

① William, Dorothy Wordsworth, *Letters of William and Dorothy Wordsworth*. Emelst de Selincourt, Ed. Oxford: Oxford University Press, 1993, p. 309,321.

② Mary Moorman, *William Wordsworth: A Biography*. Vol. 1. Oxford: Oxford University Press, 1957, p. 491.

③ Richard Holmes, *Coleridge: Early Visions*, 1772—1804. London: Pantheon, 1999, p. 187.

④ Thomas McFarland, *Romanticism and the Forms of Ruins*. Princeton: 1981, p. 210.

⑤ John Worthen, *The Gang: Coleridge, the Hutchinsons, and the Wordsworths in 1802*. New Hanve and London: Yale University Press, 2001, p. 9.

即是对该流产计划的替换与填充。而"华兹华斯很快便发现我的风格与他本人的风格根本无法相容,于是我只好独自一人担起创作此诗的重任"①。虽然未能最终和柯尔律治同著一诗,但华兹华斯却从此次合著中获益匪浅。1798 年当柯尔律治完成《老水手行》并朗诵给他听后,华兹华斯顿觉开启了一扇创作之门。他先前所发出的"书写缓慢、数量微薄"的抱怨至此烟消云散。② 自 1798 年 3 月始,妹妹多萝西注意到"哥哥的才智日渐扩展,思想之丰富、创作之圆熟已不能自已"③。哥哥的创作速度如此之快,以至于妹妹已经开始将合著的诗集完全视为哥哥一人所为。诗集首版是匿名的,封面上没有任何显示合著的提示,当时有评论家甚至觉得所有的诗歌都像出自一人之手。

　　合著的提议与顺利推进始于柯尔律治。华兹华斯的早期参与略显怠惰和不顺。但是当他的创作灵感被合著伙伴所开启而能够迸发时,他便迎来了新一轮创作高潮。反观在合著中率先垂范的柯尔律治却在合著中愈发受到打击,创作的整体情势也受到了严重的损伤。柯尔律治在 1798 年前后创作了 3 首抒发孤独、空虚、疏离和寻求合作共谋创作大计的诗歌《忽必烈汗》(Kubla Khan)《午夜寒霜》(Frost at Midnight)和《椴树凉亭》(This Lime-Tree Bower My Prison),他本希冀这 3 首诗都能进入《抒情歌谣集》之中,却未能如愿。这种结局对柯尔律治来说不啻于一个对自己合著理想和文友观念的莫大讽刺,因为这些诗歌是他梦想实现诗歌创作理想的上乘之作。华兹华斯曾在《序曲》中回顾了自己与柯尔律治在 1798 年春夏合著时的心情:"最初我俩一起纵情想象,/每天每日享用欢乐的食粮。"他还以非常赞许的心情谈到《老水手行》的创作:"你怀着/ 高昂的兴致,以迷人的语言吟诵着/ 那苍苍老人的所见。/而这种时候,/我总是意所相投的伙伴,也长时间地/ 沉浸在朦胧之中。"④然而过往的私人回忆却并不能完全掩盖他与合作伙伴间裂隙的产生与矛盾的扩大。《老水手行》在该诗集中位置的

---

　　①　Samuel Taylor Coleridge, *Complete Poetical Works*. Ernest Hartley Coleridge, Ed. Oxford: Clarendon Press, 1912, p. 287.

　　②　William Wordsworth, Dorothy Wordsworth, *The Letters of William and Dorothy Wordsworth*. vol. 1. Ernest de Selincourt Rev, Alan G Hill, Eds. Oxford: Oxford University Press, 1988, Vol. 1, p. 137.

　　③　William Wordsworth, Dorothy Wordsworth, *The Letters of William and Dorothy Wordsworth*. vol. 1. Ernest de Selincourt Rev, Alan G Hill, Eds. Oxford: Oxford University Press, 1988, Vol. 1, p. 200.

　　④　华兹华斯:《序曲或一位诗人心灵的成长》,丁宏为译,中国对外翻译出版公司 1999 年版,第 360 页。

变化与两位合著者的友谊发展沿循着一条十分相似的道路。

诗集的 1800 年版则进一步将柯尔律治的角色与作用进行了模糊化和细微化处理，诗集前言尽管暗示两位诗人间的对话，但是华兹华斯却对独著作者身份进行了肯定。他不但将《克丽斯德蓓》排除在诗集之外，还添加了一些对《老水手行》的恶评。在对此诗的出版持赞同态度的同时，他也不忘对其进行一番隐蔽性攻击："我在此万分欣慰地敬告那些对全诗或部分有好感的读者，它的确在某些方面令我满意。作者的欣喜之情理应抑制，这种想法源自对该诗瑕疵的觉悟，源自如许读者对它的倒胃口。我朋友的这首诗的确有许多缺陷。"①

华兹华斯在《抒情歌谣集》1800 年版的前言与注脚中，不但对柯尔律治的作者身份和诗歌贡献进行了模糊化处理，在诗歌的再次遴选和收录方面也和第一版没有较大的差异。1800 年初，华兹华斯已经对《抒情歌谣集》有了版权控制，于是他便产生了一些关于诗集的全新的想法。与此同时，柯尔律治也劝说华兹华斯对诗集进行一次革命性的改编，最好能以两卷本的形式再次推出新版《抒情歌谣集》，第一版以原版为基础，而第二版基本以新诗为内容。

在经历早期的销售低迷后，首版《抒情歌谣集》在评论界的助推下出现了令人兴奋的市场行情。到 1800 年夏，诗集首版 500 册都已销售一空，这对作者和出版方来说无疑是一个考虑再版的好消息。不难想象，柯尔律治向出版商朗曼（T. Norton Longman）提出推出扩大的全新版《抒情歌谣集》的建议也非常顺利地被接受了。

第二版《抒情歌谣集》依然被视为二人合著的结果。从表面上看来，柯尔律治除了建言献策和与出版商沟通协谈之外，好像并没有做更多的具体而微的工作。考虑到诗集再版的第二卷中只收录了柯尔律治一首新诗的事实，柯尔律治在再版《抒情歌谣集》的贡献好像可以忽略不计。真实的合著图景果真如此吗？

其一，在诗集第二版的出版安排与组织上，柯尔律治做了大量的工作。1800 年 5 月他就与位于布里斯托尔的考特尔出版社进行沟通，以便迅速高效地完成出版工作。在他有事离开的时候依然将监督出版、校读样稿和进行必要修改的工作委托给了戴维（Humphry Davy）。当然，新版诗集中需要校读和修改的作品都出自华兹华斯之手。

其二，柯尔律治于 1800 年 6 月返回哥拉斯米尔后不久便得了重感冒卧床不

---

① 　William Wordsworth, S. T. Coleridge, *Lyrical Ballads*. R. L. Brett, A. R. Jones, Eds. New York：Barnes and Noble, 1963, p. 276.

起。尽管如此他还不得不按时完成诸如《早报》（*Morning Post*）等刊物的约稿。在这种艰难的时局下，柯尔律治从未忘记为《抒情歌谣集》的再版事宜尽心竭力。抄写华兹华斯的新诗和给出版商提供各种详细的导引等工作基本上都是由柯尔律治一人完成，多萝西偶尔也会分担一些。

其三，被视为浪漫主义诗歌宣言之作的《抒情歌谣集》第二版前言，也是两位诗人合著的结果，而不应该被视为华兹华斯一人的成果。作为华兹华斯最好的散文作品，这篇前言中的许多表述——"一切好诗都是强烈情感的自然流露""人们实际运用的语言""诗的对象是真理"——已经成了浪漫主义诗歌创作的圭臬之言。但是柯尔律治曾经说过："这篇序言一半出自我的大脑，它原本应该是由我来书写的。"[①]由华兹华斯所撰写的这篇开创一个文学时代的序言中，究竟有多少思想源自柯尔律治已无人知晓。但是有一点是可以肯定的：其中的诸多想法都缘起他们关于诗歌的对话和讨论。在序言中华兹华斯曾提到一位朋友的援手，并肯定了他们在诗歌主题上的一致性观念："我们关于诗歌主题的意见几乎达到了彻底的一致。"[②]这位朋友即是他的合作伙伴柯尔律治。在1800年9月的一封信中柯尔律治也说道："这篇序言包含了我们两人关于诗歌的理念。"[③]

作为浪漫主义时期最有影响力的合著之作，《抒情歌谣集》为华兹华斯的诗歌创作事业重新扬起了一面堪济沧海的风帆，却使柯尔律治的创作之舟与自己设定的理想航向渐行渐远。正值该集第二版付梓之际，柯尔律治的《克丽斯德蓓》却屡遭难产之运，他曾就此哀叹："每个诗行皆呕心沥血，我要将整个诗歌抛弃——将更崇高、更深邃的题材留给华兹华斯。"[④]随着1800年版《抒情歌谣集》序言和自己最好诗歌的相继推出，华兹华斯迎来了创作生涯上的一个高峰，而柯尔律治却出人意料地跌入了创作的低谷之中。日后讲起这一段合著历史时，柯尔律治与其说怀有一种老水手的知悔之心，毋宁说他就是诗人的替身，像该隐一样毁于离散的兄弟亲缘而迷离在荒野之中，"书写"着一首有始无终的回环诗。

---

①　Samuel Taylor Coleridge, *Collected Letters of Samuel Taylor Coleridge*. E. L. Griggs. Oxford: Oxford University Press, 1971, Vol. 2. p. 811.

②　William Wordsworth, S. T. Coleridge, *Lyrical Ballads*. R. L. Brett, A. R. Jones, Eds. New York: Barnes and Noble, 1963, p. 5.

③　Samuel Taylor Coleridge, *Collected Letters of Samuel Taylor Coleridge*. Vol. 1. E. L. Griggs, Ed. Oxford: Oxford University Press, 1971, p. 627.

④　Samuel Taylor Coleridge, *Collected Letters of Samuel Taylor Coleridge*. Vol. 2. E. L. Griggs, Ed. Oxford: Oxford University Press, 1971, p. 623.

# 第五章　华兹华斯兄妹的合著

## 第一节　兄妹合著史论

在西方文学创作传统与研究话语里，带有自我的独特风格与特殊关注的女性浪漫主义文本，常常被同代男性作者中心化的文学创作遮蔽，在学术研究的宽泛视野里，也曾一度被边缘化。在英国浪漫主义时期，对有文学抱负或创作业绩的女性来说，与男性作家为伍并非一件幸事，"写作"与"作者主体性"对她们来讲也不是本质同构的。正如安妮·梅勒（Anne Mellor）所言："浪漫主义的自我实际上就是一种男性自我，以一种隐喻式的征服与占有形式而存在，并觊觎任何为女性所拥有的成分。"①多萝西·华兹华斯（下称多萝西）与兄长的合作著述史实，不但印证了这种隐喻与占有的存在，也在一定程度上显示了浪漫主义女作家对主体性的认知和追求。

作为兄长的"辅佐天使"，热爱写作的多萝西不但将自己的写作范围限定在家庭和朋友之间，而且一直按照华兹华斯的"好诗"标准进行日记和诗歌写作。她倾尽一生为兄长而写，除了终生陪伴、竭力奉献之外，她还在兄长的创作生涯中持续不断地以各种方式参与合著——才智辅佐、素材提供、灵感触发，直至现成作品的提供。多萝西的日记与诗歌在语言、风格和修辞等方面都展示了一幅幅兄妹合著的图景。即便是家务缠身，多萝西在不断地与环境、亲友，以及与主观自我融合的过程中，常常以兄妹合著的形式努力去接近或融入华兹华斯的创作团体，希冀成为那个男性中心化有机体的一分子。她的日记尽管没有展示出一个像男性浪漫主义作家那样可以追求的"主观自我"，但是其中的"审视之眼"和与华兹华斯诗歌创作基调高度吻合的素材、语言、灵感之源，都构成了后者部

① Anne Mellor, *Mary Shelley*：*Her Life*，*Her Fiction*，*Her Monsters*，New York：Routledge，1988，p. 7.

分经典作品的龙骨。

在那些视多萝西为业余作家的人眼里,她"纯粹是一个为了兄长的创作而书写的人,终生使命无非担当幕后写手、辅佐天使而已"①。在多萝西看来,兄长就是那个受上帝眷顾的职业作家,注定要屹立在经典诗人之列。虽然多萝西并不厌恶自己的"隐性辅佐天使"的身份定位,但是在她的潜意识里,却有一股强烈的意欲加入兄长的男性创作圈子,努力成为其中一员的冲动。多萝西在全职效力于兄长家务、写作事务之余所创作的系列日记、书信和诗歌,不但折射出其天赋异禀的创作才气,而且显现了多萝西在追求社会身份角色独立性上的执着与勇气。因此任何视其创作为兄长经典作品添加剂的观念,以及对其作品独特性与完整文学性的质疑,都是缺乏对华兹华斯兄妹的文学合著进行深入研究的褊狭之见。多萝西的日记、书信和诗歌曾被视为她个人禀赋和独立的体现,但如果没有将她的这些创作放在以华兹华斯为中心的诗人群体中来考察的话,任何研究多萝西的结论都有牵强和偏颇的成分。②

## 第二节　兄妹合著过程与内容

多萝西的创作才情比较集中地显现在她所留下的几卷日记里。而所有这些日记都是作者直面社会人生的最直接心性袒露和对世故人情的纯真感悟。终其一生,多萝西共写过 9 部日记或日记题材的游记,③其中《哥拉斯米尔日记》和《苏格兰旅游日记》最具有代表性。多萝西的一生都在为作为诗坛领袖的哥哥的事业和家庭而尽心竭力,在有生之年基本上都是以华兹华斯的妹妹和管家的身份而出现于那些在浪漫主义诗坛呼风唤雨的男性创作圈子之间。至于她为何要

---

① Elizabeth Hardwick, *Seduction and Betrayal*, New York: Vintage Books, 1975, p. 153.

② John Worthen, *The Gangs: Coleridge, the Hutchinsons & the Wordsworths in 1802*, Yale: Yale University Press, 2001, p. 51.

③ 分别是:《阿尔佛斯顿日记》(*Alfoxden Journal*,1798)、《汉堡和从汉堡到哥斯拉尔旅行日记》(*Journal of the Visit to Hamburg and Journey to Goslar*,1798)、《哥拉斯米尔日记》(*Grasmere Journals*,1803)、《苏格兰旅游日记》(*Recollections of a Tour Made in Scotland*,1803)、《乌尔斯特湖岸远足记》(*An Excursion on the Banks of Ullswater*,1805)、《思考菲尔山远足记》(*Excursion up Scafell Pike*,1818)、《大陆旅游日记》(*The Journal of a Tour on the Continent*,1820)、《第二次苏格兰旅游日记》(*Journal of My Second Tour in Scotland*,1822)、《曼岛旅游日记》(*Journal of a Tour in the Isle of Man*,1828)。

进行游记和诗歌创作，坊间尚无确定无疑的定论。但是究其日记的功能与创作出发点而言，多萝西的游记本身并非为了亦步亦趋地进行科学的地志或风情观察和记载。这里没有对水文气候的精确描绘，也没有迁徙鸟儿的行踪记载。但是对于一个在柯尔律治眼里具有对大自然"毫发之变皆可洞察"的"自然之子式的诗人"（poet-as-child-of-nature）而言，多萝西对自然的观察和在心灵上的照应却另有深意。在合作著述的视野里，多萝西的日记不仅是其兄长篇篇经典诗作的灵启之源，有些甚至被兄长直接抄录进个人的诗集里。这不但是特殊历史背景下的文学合著的一种体现，也是多萝西本人竭力在父权创作间隙寻求自我展现空间的策略。这里的"聆听姊妹"和"辅佐天使"以其主动参与但隐匿身份的态势进入关乎后世经典生成的文学合著过程中。多萝西与兄长的合著实际上是在以其独有的女性气质和对哥哥诗学原则的独到见解而催化、添加和续写着浪漫主义文学经典。

　　"如果没有多萝西，华兹华斯就不会创作出如此之多的非凡诗篇"①，这并不是毫无根据的妄言。多萝西与兄长的合著除了公认的灵感提供、素材补给之外，更有些许篇章被华兹华斯直接"转载"入诗。"她的日记至少给华兹华斯的 35 首诗歌提供过素材，他在 1802 年前后的诗歌创作中曾流露出对妹妹诗情的明显依附和渴求。"②如果说在兄妹合著的过程中，妹妹需要一个发展自我情感、形成自我身份的时空的话，那么哥哥则需要一种能在平静中积蓄强烈情感，在平常中瞥见神奇，在枯竭时接续清泉，在迷茫时望见明星的来自妹妹的合作参与。

　　在《阿尔佛斯顿日记》的开篇，多萝西记录了乡间风景的奇特，四季轮回的美妙："溪谷泉水淙淙，绿荫小路蜿蜒。远处山坡上羊群漫步，林中鸟鸣雀跃。现在已是天开云散，乡村生机无限。花园鲜花朵朵，山谷艳阳高照。"③就在这篇日记完成不久，华兹华斯便将前四句完整地抄了下来。④ 几年后华兹华斯在创作《坚毅与自立》（*Resolution and Independence*）时不但参考了这段日记，而且还将其

---

　　① Susan M. Levin, *Subtle Fire：Dorothy Wordsworth's Prose and Poetry*. *The Massachusetts Review*. No. 2 (Summer, 1980), p. 357.

　　② William Heath, *Wordsworth and Coleridge*, Oxford：Clarendon Press, 1970, p. 120.

　　③ Dorothy Wordsworth, *Journals of Dorothy Wordsworth*. vol. 1. De Selincourt, Ed. London：Macmillan, 1959, p. 2.

　　④ John Worthen, *The Gangs：Coleridge, the Hutchinsons & the Wordsworths in* 1802. London：New Haven and Yale University Press, 2001, p. 54.

中的诸多适合表达自己情愫的成分完全植入其中：

> 如今，风停了，雨住了，朝阳朗照；
> 远处林子里只听得鸟雀啁啾；
> 野鸽眷恋着自己甜美的歌喉；
> 喜鹊和乌一声声互相应答；
> 空气里充溢着潺潺流水的嬉笑喧哗。①

　　乡村伊甸园般的风光和自然万物并行不悖的品质，都在妹妹的日记和哥哥的诗歌里得到相映成趣的展现。华兹华斯曾在文友圈子聚会时提醒那些对此诗赞不绝口的客人，无论是微观再现自然之美的因子还是从宏观展现人世自然之道的主题，该诗的创作离不开妹妹日记的启发和素材的提供。所以从终极成因的角度来讲，这是一首合著诗歌。② 在同一时期的日记里，当华氏兄妹月夜漫步前往托马斯·普尔(Thomas Poole)家时，多萝西被皎洁的月光吸引，看着身旁若有所思的哥哥时便触景生情，以诗意的语言写下了当时的感受：“乌云瞬间四散飘离，明月悬于黝黑湛蓝的穹顶，被无数明亮、耀眼的小星星簇拥着，独自在天河浮游。”③华兹华斯写于同一天的小诗《夜景》(A Night-Piece)几乎原封未动地将妹妹的日记嵌于其中：

> 月亮正在靛青的苍穹上浮游；
> 无数星星跟在她后面：虽小，
> 却清晰，明亮，掠过幽冥的夜空，
> 跟着她向前游去。④

---

① 华兹华斯、柯尔律治：《华兹华斯　柯尔律治诗选》，杨德豫译，人民文学出版社 2001 年版，第 110 页。

② Rachael M. Brownstein, *The Private Life：Dorothy Wordsworth's Journals*. MLQ 34，p. 59.

③ Dorothy Wordsworth, *Journals of Dorothy Wordsworth*. Vol. 1. London：Macmillan. 1959，p. 98.

④ 华兹华斯、柯尔律治：《华兹华斯　柯尔律治诗选》，杨德豫译，人民文学出版社 2001 年版，第 81 页。

　　这首 26 行的小诗即是兄妹间合作著述的一个微小但具体的见证,也是多萝西写作心愿的体现。

　　于 1800 年 5 月开始创作的《哥拉斯米尔日记》反映了多萝西随后的生活经历和写作心路。其语言、内容和叙事风格同样与华兹华斯这个时期的诗歌创作联系紧密。多萝西的日记在华兹华斯的诗歌中穿行,而后者的创作思维和写作过程都成了前者写作的圭臬,在理论与实践的参考和合作著述上,二人几乎达到了珠联璧合的地步。华兹华斯在《抒情歌谣集》中所制定的诗歌创作指南,在多萝西的日记中得到了实践性的探索和运用。在 1800 年版前言中,华兹华斯指出:诗歌起源于心平气和时回忆的情绪;我们静观这些情绪,直到在一种反作用力下,宁静的心绪逐渐消失,而另一种与静观主体所面临的情绪相似的情绪慢慢生成,而且竟存在于我们的心中。一切成功的创作基本上都在这种心绪中产生。在 1802 年的一则日记中,多萝西对风景的描述和体会几乎是在实践"心平气和时回忆的情绪":"我们越往下走,看见那里的水仙就越多;最后在粗大的枝柯下我们看到它们沿湖岸形成一条长带,大约有乡村公路那么宽。我从来没见过如此美丽的水仙。它们长在周围布满苔藓的岩石上,其他则或摇,或旋,或翩翩舞动,好像正在与把它们吹到湖面上来的清风嬉戏;它们看上去是那么欢畅,秋波不断,变幻不停。风掠过湖面吹向它们,时而泛起涟漪,时而有几朵落在后面。"[①]当兄妹漫步瞥见水仙时,一种默契的合著也在各自不同的题材下诞生了。华兹华斯《水仙》的前两节毫无保留地体现了多萝西的水仙对他本人水仙诗歌所产生的启发和映照作用。这首诗的原稿只有三节,华兹华斯在 1815 年又添加了一段作为第二节:

　　　　　连绵密布,似繁星万点

　　　　　在银河上下闪烁明灭,

　　　　　这一片水仙,沿着湖湾

　　　　　排成延续无尽的行列;

　　　　　一眼便瞥见万朵千株,

---

　　① Dorothy Wordsworth, *Journals of Dorothy Wordsworth*. Vol. 1. London: Macmillan, 1959 p, 85.

摇颤着花冠,轻盈飘舞。①

这一节中关于水仙连绵不绝和艳如耀星的描述,也是华兹华斯在参照完多萝西的日记后所得到的灵感。正是在兄妹二人的合著努力中,《水仙》一诗最终才演化成浪漫主义诗歌中的经典篇章。

多萝西在与兄长的合著中以日记的方式提供灵感、素材、主题和内容,至于这是协商的结果还是自愿的产物,目前尚无定论。但就其日记和游历以多种形式在兄长的诗行中穿行而言,"人们似乎可以肯定其中某些篇章的确是在为华兹华斯于诗坛封圣而写"②。1802 年 1 月 30 日,考虑到自己会在诗歌创作时用到"芭芭拉·威尔金森(Babala Wilkinson)的斑鸠的故事",华兹华斯就让妹妹赶紧在日记中记下此事。1800 年 6 月 10 日,多萝西在日记里回顾了一件发生在两周前的事情:"一个身材高大的女人,比一般高个儿的女人还高许多,在门口停了下来。"③而在 5 月 27 日当华兹华斯外出时,多萝西的日记并没有记录此事,那么关于高个子女人之事则是当哥哥返回后妹妹才告诉他的,并在哥哥的授意下补拾进日记里。无独有偶,华兹华斯在两年后就将此事写进了自己的诗歌里——又一个日记与诗歌联袂、妹妹与哥哥合著的事例。据多萝西记载:"威廉已经完成了《阿丽斯·费尔》(Alice Fell),接着写《女乞丐》(Beggar Woman)一诗,它取材于我 5 月份看到的一名妇女。上午我间或与他坐在一起,一节一节地记录诗歌。……我为威廉读对那个高大的女人家的小男孩的记述,不幸的是,他无法摆脱这些文字,因此无法完成这首诗。他在去里戴尔(Rydale)散步的途中对这一题材产生了兴趣,可只写一半就搁置了。"④多萝西在随后的日记里反复提到哥哥对乞丐题材诗歌的多次尝试,以及自己在这方面所作的故事讲述、诗节誊抄和诵读建议等努力。当华兹华斯彻底完成《女乞丐》一诗的时候,多萝西对该诗所做的前期奉献已经超乎想象了。"没有她,该诗的彻底完成是不可能的。没有多

---

① 华兹华斯、柯尔律治:《华兹华斯 柯尔律治诗选》,杨德豫译,人民文学版社 1997 年版,第 91 页。

② Margaret Homans, *Women Writers and Poetic Identity*. Princeton:Princeton University Press,1980, p. 233.

③ Dorothy Wordsworth, *Journals of Dorothy Wordsworth*. Vol. 1. London:Macmillan,1959, p. 9.

④ Dorothy Wordsworth, *Journals of Dorothy Wordsworth*. Vol. 1. London:Macmillan,1959, p. 77.

萝西的全方位参与合作,类似这种情形下的以华兹华斯为作者的许多经典诗歌的诞生也是不可能发生的。"①

1795 年 9 月当华氏兄妹搬到位于多塞特郡（Dorsetshire）瑞斯顿镇（Racedown）的一个由亲属提供的住所时,他们期待已久的建立共同家园的梦想终于实现了。"也就是从这个安静的乡村小镇,华兹华斯兄妹开始了迈向成为文坛巨擘、历史人物的重要一步。"②在回顾自己与妹妹在这里共同筑梦的生活时,华兹华斯曾说:"是她,一直使我无愧诗人之名,能看透诗名之下的实质。"③后来的文学史再次证明,华兹华斯有那个意志坚定、信心十足的妹妹的陪伴是一件多么幸运的事。在他对未来摇摆不定的时候,多萝西的陪伴更显得弥足珍贵。1799 年 12 月华氏兄妹在哥拉斯米尔旁的"鸽庐"（Dove Cottage）定居下来。此时的多萝西已是心智成熟、才华丰盈,对兄长的诸多磨难也是看在眼里、筹划于心。除了承担所有的居家操持业务外,她与哥哥的文学合著也开始步入另一个更加重要的阶段。每当哥哥外出旅行时,多萝西就会记下任何灵光一现的奇思妙想,以供他创作时使用。"我决心写下这段时间的日记直到威廉回来,我着手实现我的决心。我要在威廉回家时给他愉快的感觉。"④这是多萝西给《哥拉斯米尔日记》所定的基调。这部被视为多萝西最重要、最杰出文学作品的日记也见证了一段浪漫主义文学史上兄妹合著的奇迹。史上以日记而闻名于世的大有人在。塞缪尔·佩皮斯（Samuel Pepys）关于伦敦大火和大瘟疫的《佩皮斯日记》（*The Diary of Samuel Pepys*）,作为 17 世纪英国生活见证的约翰·沃福林（John Evelyn）的《日记》（*Diary*）,以及多萝西的同辈罗宾逊的日记等,都曾引人关注。多萝西的日记虽然在篇幅上较为短小,但是就历史和文学意义来说则毫不逊色于任何同类作品。

《哥拉斯米尔日记》在传统文学解读话语上一直被作为一部华兹华斯创作鼎盛时期的个人生活记述实录,史学们家对多萝西关于其兄长的细微观察与真实记录颇为感恩。正是这些表里如一的记载帮助他们得以对华兹华斯的阅读习

---

① William Smith, *Dorothy Wordsworth and Writing Identity*. Oxford：Oxford University Press, 2010, p. 105.

② Michael Polowetzky, *Prominent Sisters*：*Mary Lamb*，*Dorothy Wordsworth*，*and Sarah Disrael*. Westport：Praeger, 1996, p. 58.

③ William Wordsworth, *The Prelude*. Oxford：Oxford University Press, 1970, p. XI.

④ Dorothy Wordsworth, *Journals of Dorothy Wordsworth*. Vol. 1. London：Macmillan, 1959 p. 129.

性、工作习惯、社会生活、创作状态和闲暇游历有了全面的掌握。但是讽刺意味十足的是,这样一部于史学和文学研究意义斐然的作品,却长期未被视为作者本人个性与文学成就研究的佳作。凡被提及之处,皆是服务于华兹华斯研究之需,而作者本人异禀的天赋、独特的个性和超群的才能却经常被埋没。

《哥拉斯米尔日记》创作的初衷是给哥哥的诗歌写作提供素材,而威廉对妹妹非凡的记述才能的运用也是显而易见的。他们住在鸽庐的日子里,多萝西在华兹华斯许多作品创作的终极阶段都发挥了不可低估的作用,而这种作用主要是通过其不间断的日记书写所产生的。"上午我抄录《兄弟们》(*The Brothers*)。柯尔律治和威廉去湖边了。他们归来后我们一起去了玛丽顶,在那里的清风树影中休憩,读威廉的诗,修改《旋风》(*The Whirlblast*)。"[①]"我们坐在果园里。威廉写《知更鸟与蝴蝶》(*The Robin and Butterfly*)。我到路普先生家喝茶。他已完成《知更鸟与蝴蝶》一诗来迎接我。我在床上向他朗读此诗。随后我们删掉了几行。"[②]这样的记述在《哥拉斯米尔日记》里屡见不鲜,多萝西的参与明显地对华兹华斯的许多诗歌,如《乞丐》(*The Beggars*)、《阿丽斯·费尔》和《采水蛭的人》(*The Leech-gatherer*)等的创作完成产生过直接影响。1802 年 9 月华兹华斯完成了《威斯敏斯特桥上》(*Lines Composed upon Westminster Bridge*)一诗。时至今日该诗依然被英国人骄傲地视为赞扬首府静谧清晨的杰作:

> 瞧这座城市,像披上一领新袍,
> 披上了明艳的晨光;环顾周遭:
> 船舶,尖塔,剧院,教堂,华屋,
> 都寂然、坦然,向郊野、向天穹赤露,
> 在烟尘未染的大气里粲然闪耀。[③]

但是他们却忽略了该诗与多萝西同年在日记中对伦敦的描述之间的相似性。是年 7 月 31 日,当华兹华斯一行准备离开伦敦前往巴黎时,多萝西记下了

---

① Dorothy Wordsworth, *Journals of Dorothy Wordsworth*. Vol. 1. London: Macmillan 1959, p. 24.

② Dorothy Wordsworth, *Journals of Dorothy Wordsworth*. Vol. 1. London: Macmillan 1959, p. 110.

③ 华兹华斯 柯尔律治:《华兹华斯 柯尔律治诗选》,杨德豫译,人民文学出版社 2001 年版,第 156 页。

当时的见闻感触:"我们在查林十字路口登上了去多佛的马车。这是个美丽的清晨。我们越过威斯敏斯特桥时,伦敦市、圣保罗大教堂、泰晤士河和河上川流不息的船只构成了一幅绝美的画卷。房屋并没被烟雾笼罩,它们一望无际地伸展开去。晨光明艳,辉煌亮丽,在大自然宏伟的景色中,依稀可见一抹晶莹纯净的色彩。"①对读之下,二者相似成分之多少即刻见出分晓。

时至今日,多萝西之所以能在学界获得应有的称颂,其作品也能得到充分的品评,并不仅仅因为她是一个出色的游记作者,她的诗歌创作与书信写作亦值得深究和称道。在这些充满睿智洞察和诗意描绘的书信中,兄妹合著的数量也占了很大一部分,其中有 4 封是写给柯尔律治的,7 封是写给玛丽和萨拉·哈钦森的,还有几封写给文友圈子的书信,都是以兄妹合作之名推出的。实际上这些论及居家生活、文友情谊、创作体验的合著书信基本上都是多萝西一人所著。而华兹华斯"在写信这件事上最为拖沓,最没耐心,大多数只署其名的书信其实都出自妹妹之手"②。"后世论及此事,多有在兄妹合著上的偏颇之嫌。在对华兹华斯的褒奖赞许之余,亦裹挟着对多萝西的轻视和淡忘。"③

与日记和书信相比,在诗歌创作上,多萝西兄妹的合著稍显单一。首先,多萝西在文学研究视野中常常只以日记作家著称;其次,多萝西的诗歌作品长期未能与读者见面,以至于形成了她缺乏诗歌创作才能的固有观念。实际上多萝西的诗歌创作毫不逊色于其日记和书信。她曾创作出从十四行诗到四行诗,从偶句诗体到变种诗体等多种形式的诗歌。华兹华斯读过其中的一部分,并就语言和修辞等方面给出了一些建议。1815 年以后,华兹华斯在出版诗集时以自己的诗风为标准,将多萝西的一些诗歌编选了进去,并以"妹妹的作品"做附注说明。

## 第三节　兄妹合著的实质

在多萝西的日记和游记创作的初始目的中,为哥哥的诗歌创作提供灵感和素材应是主要的一个。她能凭借自己卓绝的文学才华和无私的奉献精神而进入

---

① Dorothy Wordsworth, *Journals of Dorothy Wordsworth*. Vol. 1. London: Macmillan, 1959, p. 146.

② William, Dorothy Wordsworth, *The Letters of William and Dorothy Wordsworth*. Vol. 1. Ernest de Selincourt, Ed. Oxford: Oxford University Press, 1935, p. 401.

③ David Thomson, *Romantic Reading Habits and Literary Canonization*, London: Routledge & Kegan Paul, 2001, p. 211.

当时男性主导的文学领域,但这并不意味着她可以因此而改变周边文学圈和整个文学评论界对她的身份认同,也无法进一步加深和巩固自己的信念。单就思想的先进性和性别角色认知的革命性来说,华兹华斯和柯尔律治虽谈不上十分保守,但也称不上已摆脱了传统观念的束缚。虽然认同多萝西的文学才能,但是在激励其追求身份平等的斗争中,二人鲜有作为。即使是在《廷腾寺》(*The Tintern Abby*)中被哥哥称为"最亲最爱的亲人"的妹妹也只是一个本质上被动的角色。在最终与大自然达成亲和、重拾信念的过程中,"她能够激发／我们内在的灵智,让安恬与美／沁入我们的心脾,用崇高信念／把我们哺育滋养"①。这里的多萝西与其说是一个具有独立身份的实践者,不如说更像一个乐于付出的女性辅助者。多萝西生活在一个对其才华和奉献竭尽溢美之词的文学家庭和社会圈子里,但这个圈子对其限定的生活方式又有无限期待,多萝西本人最终接受这种悖论式的人生也就不难理解了。追求文学生涯的愿望与遵从 19 世纪社会对贤良淑女要求的准则并相叠加,终使多萝西在与哥哥的文学合著中退居幕后、形成遮蔽。

对多萝西来说,在并不对等和毫无选择权的合著中,她"因得到了哥哥和其文友圈子的认可而自豪",同时也以实际行动践行了自己"讨厌被树立成作者"的诺言。② 在与哥哥的文学合著中,多萝西所表现出来的满足感应该得到理解与宽容。在一个全新的阅读伦理和出版体制下③,当女性的名字很难在其作品封面出现时,当她们的作品不易独立出版时,当她们的名声不可独立传扬时,多萝西能以"华兹华斯的妹妹""辅佐天使"和"暗啼夜莺"之名出现,已是莫大的欣慰了。如果将多萝西真正的历史地位和文学角色的遮蔽与缺乏应有的对待,完全归结于文学批评家和学术研究者的保守和无视,这又是矫枉过正的表现。多萝西本人也应对此承担部分责任。虽然在文学和社会学等方面具备创新思想和独到见解,多萝西本人并不能超越其所生活的时代,依然是那个时代中的本分女性之一。罗宾逊(Mary Robinson)曾数次劝说多萝西出版自己的作品,却屡被拒绝。"除非有人对游历感兴趣,这些日记在我看来是非常乏味的,我几乎从不去

---

① 华兹华斯、柯尔律治:《华兹华斯　柯尔律治诗选》,杨德豫译,人民文学出版社 2001 年版,第 132 页。

② Meenal Alexander, *Dorothy Wordsworth: The Ground of Writing*. Women's Studies, 14. 2 (1988), p. 211.

③ 关于浪漫主义时期的阅读伦理和出版体制,可参考张鑫:《浪漫主义时期的阅读伦理与女性创作》,《外国文学评论》2011 年第 3 期。

读它们。"①多萝西如此评价自己的日记。诗人塞缪尔·罗杰斯(Samuel Rogers)曾语重心长地劝说多萝西出版自己的诗歌。最终多萝西同意了将自己的 3 首诗以"一位女诗人"冠名收录在哥哥 1815 年的诗集中。多萝西后来向罗宾逊解释说,她与同侪们的想法是有差异的,自己毫无意愿成为公众心目中的女作家。不管自己能在写作和文学评论上多有天赋,也不论能在文学道路上行进多远,多萝西始终坚持作为"辅佐天使"和家族男性职业帮手的身份。在多萝西的内心深处有一个牢不可破的观念:任何走出个人隐秘和家族圈子的一步,都会导致用以维系身心一体、圈于华兹华斯天才阴影中的平衡感丧失。在多萝西 83 岁离世时,玛丽·华兹华斯(Mary Wordsworth)写道:"我确信她那不知疲倦的灵魂已经汇入受上帝福佑的群体。"②多萝西的确度过了一个不知疲倦的人生。尽管在一个忙碌充实的生命历程中取得了辉煌的业绩,多萝西还是未能摆脱在实现个人才能与屈从于严酷社会规约之间的持久斗争。她的一生几乎浓缩了 19 世纪英国女性为实现个人抱负而进行的个性心理冲突的全部内涵。

---

① William, Dorothy Wordsworth, *The Letters of William and Dorothy Wordsworth*. Vol. 1. Ernest de Selincourt, Ed. Oxford: Oxford University Press, 1935, p. 421.

② Mary Wordsworth, *The Letters of Mary Wordsworth*. London: Macmillan, 1996, p. 352.

# 第六章　兰姆姐弟的合著

## 第一节　姐弟合著概论

文史学家们倾向于认同玛丽·兰姆(下称玛丽)(Mary Lamb)在查尔斯·兰姆(下称查尔斯)(Charles Lamb)重要作品的创作和经典化过程中所扮演的重要角色,但并不将其她列为重要的文学创作人物。从厚重的文学史料来看,玛丽远非一个他人辉煌文学基业的旁观者和依附者,而是自己时代文学领域内一个积极、有影响力和受人尊重的成员。她在弟弟辉煌的创作生涯中以合著身份所起到的举足轻重的作用,更加值得后世的尊重和关注。

自1801年起,兰姆家的周三文学巨擘聚会便成了当时文学界的一道独特风景线。兰姆姐弟所邀请的文坛好友包括华兹华斯、柯尔律治、雪莱、拜伦、骚塞、德昆西(De Quincey)和出版商穆雷(John Murry)等人。查尔斯认为,在这些聚会上他可以"结识思想深邃、情感细腻,即将写就对时代文学产生持久影响力的作品的大师们"①。他本人也凭借这些聚会扩大了在文坛上的影响。与此同时他总会不失时机地提醒他的仰慕者和赞扬者们,千万要记得对他姐姐玛丽倾注同样的敬仰之情和感恩之心,因为在他的一生中鲜有无法与姐姐共享的时刻和事由。姐弟之间的合著不仅体现了少有的平等与默契,同时也是兰姆姐弟光耀文学史册的重要成因。如果没有合作著述的产生,兰姆姐弟在璀璨的浪漫主义文学星河中就会暗淡很多。

在兰姆家庭里,当弟弟查尔斯被寄予立业扬名的重任而步入学堂接受正规教育时,姐姐玛丽只被作为出力养家的人选对待,未能接受正规的理想教育。幸运的是,兰姆家族的庇护人塞缪尔·索特(Samuel Salt)对玛丽爱读书的习性进

---

① Percy Fitzgerald. *The Life, Letters and Writings of Charles Lamb*. Vol. 1. London: Constable, 1975, p. 78.

行了鼓励和支持,她因此得以在索特的私人图书馆里尽情阅读。"玛丽是一个极有灵性的姑娘,有着在当时妇女中罕见的文学素养。"①她在阅读过程中慢慢萌发了创作的激情,尤其对戏剧产生了浓厚的兴趣。早在她和弟弟合著《莎士比亚戏剧故事集》(*Tales from Shakespeare*)(下称《故事集》)之前,玛丽已经开始了对戏剧的研读和初创练习。成年后的玛丽虽然在针线女工方面倾尽全力,但是她对文学的爱好与坚持并没有因此而被冲淡,在查尔斯的鼓励和帮助下,她的文学才能也得到了进一步的开发和提升。1796 年 9 月玛丽在精神错乱下刺死了母亲。随后几年在弟弟的悉心照料和体贴呵护下,玛丽的病情得到了好转。1799 年 4 月在父亲去世后,查尔斯便将姐姐接到了自己的住处,并从此承担起担任她后半生法定监护人和生活养育者的重任。36 岁的玛丽在经历一系列重大人生变故后开始变得更加成熟、沉静和睿智起来,也迎来了她创作生涯中最为鼎盛的时期——一个凭借姐弟合作而在浪漫主义的文学群体内赢得尊重和认可的时期。

## 第二节　姐弟合著的过程与内容

玛丽的病变的确给弟弟带去过长期的悲愁与痛苦,"但是兰姆从姐姐那里得到的精神支撑才是他们相携而生的主旋律,玛丽才是查尔斯转而寻求理解和帮助的对象"②。与他的那些出道初期即声名鹊起的文友不同的是,查尔斯的成名总是在长期的实践和屡次挫折后才姗姗来迟。查尔斯作为杰出戏剧评论家和《伊利亚随笔》(*Elia*)的作者而在文学界名声大噪,但是这些成就都是在一系列失败的尝试后才艰难获得的。他所撰写的诗歌中只有《熟悉的老脸孔》(*The Old Familiar Faces*)和《海斯特》(*Hester*)稍为读者所知;他的小说《罗莎蒙德·格雷》(*Rosamund Gray*)几乎无人问津;他的第一部悲剧《约翰·伍德维尔》(*John Woodvil*)被戏剧明星基恩拒绝,从未获得过上演的机会;他的第二部讽刺剧《H 先生》(*Mr. H.*)仅上演一场便关门大吉。在一系列创作出版失利面前,查尔斯常常显得一筹莫展、灰心沮丧。而玛丽却始终如一地鼎力相助,频频提供

---

①　查尔斯·兰姆、玛丽·兰姆:《莎士比亚戏剧故事集》,文洁若、萧乾编译,中国致公出版社 2013 年版,第 14 页。

②　Michael Polowetzky, *Prominent Sisters*:*Mary Lamb*,*Dorothy Wordsworth*,*and Sarah Disraeli*. Westport:Pracger,1996, p. 14.

精神支持和创作启发。玛丽的劝告和启发之所以能被查尔斯认真接纳思考,并最终对他的写作生涯产生实质性的影响,原因就在于"玛丽所言并非是权宜之计,她是以一个有学识、有洞见的读者和批评家的身份对查尔斯的创造选择进行质疑和建议,有时甚至以一个参与者的身份进行实际写作'干预'"①。这些略带强势的合著参与被查尔斯视为人生最大幸事,他甚至发自内心地感叹:"没有她,我只能背负无穷的弱点,在文学创作之路上步履蹒跚,她的位置没有人能够替代。"②

　　查尔斯和亨特(Leigh Hunt)并称浪漫主义戏剧评论双杰。查尔斯的戏剧评论引发了人们对 16、17 世纪英国诗剧的重新关注,尤其是他发表在《早报》和《记事晨报》(*Morning Chronicled*)上的系列剧评文章,以及后来出版的《莎士比亚时期英国戏剧诗人选段》(*Specimens of English Dramatic Poets Who lived about the Time of Shakespeare*),不仅使当时"读者群的文学趣味起了变化",而且"显示了重主观印象的浪漫派文学批评的力量"。③ 这种历史性的变化和伟大成就的取得无一例外地都离不开玛丽的启发、建议和合作参与。正值查尔斯创作的阵痛期和转型期,玛丽也在反新古典主义的做作、机械风格的浪漫主义新风尚下,实践着真实、激情和自我的创作标准。在当时的文友圈子里,玛丽对弟弟文风的形塑和他经典作品的诞生所带来的影响是有目共睹的。有朋友回忆道:"弟弟的风格与姐姐很像,她引领弟弟在莫测的悲苦边缘行进,让他的笔触转向那些能深深触动情感的画面。"④玛丽对新时代、新气象创作的坚持,不仅改变了查尔斯的文风,而且非常明显地体现在他们首次正式合著的《故事集》中。

　　1805 年出版商戈德温(William Godwin)曾就编写儿童版莎士比亚戏剧一事与查尔斯协商。此时查尔斯正忙于准备出版《尤利西斯历险记》(*The Adventures of Ulysses*)。尽管他本人意趣浓厚、志在必得,查尔斯还是给出了让姐姐参与合著的建议,理由是这将加快出书的进度和成功的胜算。将文学经典改编成儿童读物之举古已有之。维吉尔和斯宾塞的诗歌、乔叟的《坎特伯雷故事集》(*The Canterbury Tales*)等都有过被改编的先例,但是兰姆姐弟此次对莎士比亚戏剧的改写却是另辟蹊径。在查尔斯的主持、玛丽的主笔下,该集不仅凸

①　Barry Cornwall, *Charles Lamb: A Memoir*. London: Moxon, 1879, p. 33.

②　Charles and Mary Lamb, *The Complete Letters of Charles and Mary Lamb*. Vol. 1. E. V. Lucas. Ed. London: Methuen, 1935, p. 40.

③　王佐良,《英国散文的流变》,商务印书馆 2011 年版,第 109 页。

④　Thomas Talfourd, *Memoirs of Charles Lamb*. London: Gibbings, 1982, p. 223.

显了诸多特异之处,而且对莎士比亚作品在 19 世纪的普及和兰姆姐弟作为文学家之名在后世的流传,都起到了无可替代的作用。

玛丽在《故事集》的前言中写道:"这些为年轻人而写的故事……可以丰富人们的想象力,提高个人品质美,使他们收敛起自私自利与唯利是图之思,教给他们一切美好、高贵的思想和行动。"[①]玛丽的这种超越普通儿童书籍单纯愉悦和略抒情操的目的,以及他们在合著时所坚持的严肃认真的态度,都使该书的创作志向超然于同类作品。时值莎士比亚在英国的地位渐渐走低之时,兰姆姐弟这部合著作品的推出,不仅复归了文豪的声望,而且在摒弃偏见和开放式结局的设置上凸显了卓越之势。在读写评判能力还未全面向女孩开放的环境下,《故事集》却敞开胸怀迎接她们愉悦的阅读。这种富有开创性的合著精神是在玛丽的倡议和引领下,在查尔斯的接纳和鼓励下,冲破重重阻力,最终得以实现的。

《故事集》初版发行时署名作者仅为查尔斯一人,这既是为了满足当时出版市场和阅读伦理的双重需求,也是玛丽对合著角色分配与出版体制实质清醒认识的结果。后来每每谈到作者身份在首版被隐匿的事实时,玛丽都显得非常平静:"能与查尔斯分享共同劳作的快乐本身已经让我十分满足了,我更看中合作著述中那些创造性的成分。"[②]在《故事集》的 20 篇剧本编写中,玛丽完成了 14 篇喜剧,6 篇悲剧由查尔斯执笔。玛丽在数量上是弟弟的 2 倍多,在创作时的忧思程度和改编作品的质量上也遥遥领先。查尔斯在一封写给曼宁(Thomas Manning)的信中写道:"玛丽独自一人做得非常出色,我想它一定会受到青少年喜爱的。"[③]他还提道:"玛丽的《终成眷属》进展很快……她常常为这项艰巨的工作所累,变得虚弱无力。"[④]玛丽对此的感觉是"一整天的仔细推敲让我头昏脑涨"[⑤]。正当查尔斯忙于日常事务和其他作品的创作时,玛丽承担大部分合著任务是可以理解的。对她来说,这种量的分配和出版时的"无名"对待都在可接受

---

① Charles, Mary Lamb, *The Works of Charles and Mary lamb*. Vol. 3. E. V. Lucas, Ed. London: Methuen, 1904, pp. 3—4.

② David Stephen, *The Mystery of Collaborative Composition*. Oxford: Clarendon Press, 2012, p. 106.

③ Charles, Mary Lamb, *The Complete Letters of Charles and Mary Lamb*. Vol. 2. EV. Lucas, Ed. London: Methuen, 1935, p. 188.

④ Charles, Mary Lamb, *The Complete Letters of Charles and Mary Lamb*. Vol. 2. EV. Lucas, Ed. London: Methuen, 1935, p. 18.

⑤ Charles, Mary Lamb, *The Complete Letters of Charles and Mary Lamb*. Vol. 2. EV. Lucas, Ed. London: Methuen, 1935, p. 43.

范围之内,合著所带来的非凡体验也让她有一种私密的成就感。姐弟合著在玛丽眼里,"就像《仲夏夜之梦》中的黑美霞和海伦娜(Hermia and Helena),或者像达比和琼(Darby and Joan)一样"①。

兰姆姐弟在合著《故事集》时所遇到的困难恐怕要比一般读者想象的艰巨很多。为了能吸引年轻读者的注意力,并在出版市场占据一席之地,兰姆姐弟在初创之际便定下了每部改编故事不多于5000字的目标。在"忠实原作、务于简洁、教化读者"的思想指导下改编莎士比亚喜剧的工作显得尤为艰苦,而这部分工作都是由玛丽来完成的,个中艰辛常常令查尔斯言及必叹,不过这也为玛丽施展文学鉴赏力和创造性编写能力提供了机会。在编写《仲夏夜之梦》时,玛丽将第五幕第一场中在提修斯宫廷上演的"匹拉麦斯(Pyramus)及其爱人雪丝佩(Thisbe)的冗长的短戏"给删节了;《第十二夜》第一幕中玛莉霞(Maria)对托倍·贝尔区爵士(Sir Toby Belch)和盎厥鲁·埃求启克爵士(Sir Andrew Aguecheek)的那些批评文字也被删除了;玛丽还将《驯悍记》中琵央加(Bianca)的戏份删减了,只保留凯瑟琳娜(katherine)与披特鲁乔(Petrucchio)之间的矛盾争吵。玛丽版的《皆大欢喜》以合法公爵的被罢免开始,而不是原著中岳力佛(Oliver)对鄂兰陀(Orlando)的责难;玛丽版的《威尼斯商人》开篇便是夏洛克(Shylock)对安东尼奥(Antonio)的仇视与愤懑,而不是原作中安东尼奥与葛莱西安诺(Gratiano)和巴萨尼奥(Bassanio)的友谊;玛丽编写的《暴风雨》以岛屿地形和上面奇形怪状的野兽为开端,原著则在暴风雨和雷电中拉开帷幕;玛丽觉得任何对《错误的喜剧》的改编都将会损害故事的整体性,于是她便在该剧的改编中放大了词汇总量。这种看似单纯量上的删节与合并其实并不容易做到。据查尔斯自己回忆:"玛丽总是工作到很晚,那些纷繁的章节常常让她夜不能寐。简化而不失原味的考量真的不易做到啊!"②

兰姆姐弟编写《故事集》的初衷是"让这些故事易于所有年轻孩童的阅读"③。所以有很多在当时被视为"不道德"或"不合理"的情节或人物都必须被剔除。这项烦琐而影响出版结果的工作也基本上是玛丽一人完成的。在《终成

---

① Charles, Mary Lamb, *The Complete Letters of Charles and Mary Lamb*. Vol. 2, Ed. EV. Lucas, London: Methuen, 1935, p. 10.

② Peter Anderson, *The Lambs' Writing and Identities*. London: Routledge & Kegan Paul, 1995, p. 112.

③ Charles, Mary Lamb, *Tales from Shakespeare*. *Alfred Ainger*, Ed. New York: Thomas Crowell, 1916, p. 2.

眷属》中关于海伦娜为何隐瞒法王染病一事玛丽只字未提,她还将《错误的戏剧》中的妓女改写成了一名宫女,《辛白林》中伊慕琴(Imogen)卖给克洛登(Cloten)的第三幕给删除掉了,因为这些人物和故事情节有伤风化、悖逆人伦。除了《故事集》中的 14 篇作品外,玛丽非常喜欢阅读莎士比亚的其他喜剧,也有尽力改写以适于青年阅读的意愿。但是在保持经典改写的忠实性与遵循时代伦理的惯常性的两难境地中,玛丽发觉《温莎的风流娘儿们》中的福斯泰夫、《特洛埃勒斯与克蕾雪达》中的三角恋和《爱的徒劳》中的那些滑稽闹剧等,都是极难处理的部分。无论她多么卖力、考虑如何周到,都可能无法让普通的英国父母心满意足。这也就是为什么后来的读者无法在《故事集》中见到这些戏剧的原因。首版之际即被视为独立作者的查尔斯在这些改写的实际困难中又扮演了什么角色呢? 谦逊周到的玛丽常常在面临两难抉择时想和查尔斯进行一些探讨,但遗憾的是后者分身乏术,只能将合著难题的解决权放手给了在阅读大众的心目中初始并不存在的隐身作者玛丽。在玛丽的身体力行和率先垂范下,查尔斯的悲剧编写也呈现出鲜明的兰姆风格:忠实原作、服务读者。他在编写《哈姆雷特》时就曾列出了令年轻读者困惑的哈姆雷特延宕的 6 条原因。

在满足时代需求和服务年轻读者的双重目标下,兰姆姐弟的"故事重述"取得了巨大的成功,并历经两个多世纪的检验而屹立经典作品之列。"众多莎士比亚学者、莎剧演员以及喜爱莎士比亚的朋友,都是通过这部启蒙读物入门的。"①1807 年 1 月该书以《莎士比亚故事集:为青年人使用而设计》(查尔斯·兰姆著,铜版装帧)(Tales of Shakespeare. Designed for the use of young persons. By Charles Lamb and embellished with copper plates)之名出版后立即在读者和评论家之间引起了轰动。首版 1000 册一天便告售罄,然后戈德温公司又推出了第2 和第 3 版,该书在一个多世纪的时间作为向青少年推介莎士比亚的经典作品而畅销不衰。虽然戈德温本人享有无政府主义者和自由思想家的称号,但是作为一个出版商,他同样不能舍弃对高额利润的追求。为了确保《故事集》在竞争激烈的出版界和伦理观念把持严格的父母那里获得成功,戈德温在新书出版伊始便和兰姆姐弟进行了交涉,并最终坚持将玛丽的名字从作者行列剔除。玛丽的精神紊乱和弑母之举对那时的父母来说绝对是儿女成长道路上的恶劣榜样,没有一个父母愿意让自己的孩子去读一本有这种病态之人参与编写的书籍。查

---

① 查尔斯·兰姆、玛丽·兰姆:《莎士比亚戏剧故事集》,文洁若、萧乾编译,中国致公出版社 2013 年版,第 15 页。

尔斯虽然觉得此举对姐姐十分不公,但别无他法。一开始"玛丽坚持匿名出版该书,她对亮相公众视野并不怎么感兴趣。"①《故事集》的完美面世令她十分欣慰,对作者身份的隐匿一事并未显示出明显的抵触情绪。直至 19 世纪后半叶,甚至是在玛丽作为该书的主要作者的事实人尽皆知的情况下,《故事集》上依然没有她的名字。这并不意味着在姐弟合著中查尔斯存在蓄意或恶意立名而置姐姐作者身份于不顾的嫌疑。戈德温虽极尽所能地向阅读大众淡化该书的作者身份问题,但是兰姆姐弟在自家的文友聚会上并无意隐瞒事实。柯尔律治、华兹华斯、亨特和其他客人都对玛丽出色的工作极尽赞许之辞。

1808 年兰姆姐弟又合著了一部新作《莱切斯特夫人的学校》(*Mrs. Leicester's School*)。全书 10 个故事中的 7 个是由玛丽完成的,"而且在这次合著中,姐姐几乎没有得到任何来自弟弟的帮助和建议"②。正当查尔斯将全部精力都放在《莎士比亚时期英国戏剧诗人选段》上时,他们合著的第二部作品依然由姐姐来承担重任,她甚至为了这部带有重要自传价值的作品而放弃了多年从未间断的书信写作。在这部跳出"忠实原文"局限的创造性著作中,玛丽不仅拓展了施展个人才华、借机吐露心声的空间,而且"将她简洁、优美的写作风格发挥到了极致"③。在《换子疑云》(*The Changeling*)的故事中,玛丽就用与他弟弟不同的视角和感受来揭露英国社会门第思想、等级观念的罪恶,并对自己的双重身份进行了反思。在周三的文友聚会上,在伦敦人的心目中,姐弟俩看似尊贵、受人景仰,但外界对他们作为上流社会"闯入者"身份的质疑却从未间断过。对玛丽在文中所做的身份投射和自我认知,查尔斯并无干涉之意,也无删减之心。在他看来,这不仅是对姐姐才华的认可,也是对他高度认可的合著行为的实践。在《莎士比亚时期英国戏剧诗人选段》的前言里,查尔斯写道:"合作是那些时代最高贵的创作实践。"④除了对在与姐姐的合著中略存愧疚之心外,查尔斯的身上并未体现出在其他浪漫主义的文学合著中所显现的有意亏欠现象。他曾在《伊

---

① E. V. Lucas, *The Life of Charles Lamb*, London: Methuen & Co., LTD., 1921, p. 346.

② E. V. Lucas, *The Life of Charles Lamb*, London: Methuen & Co., LTD., 1921, p. 358.

③ E. V. Lucas, *The Life of Charles Lamb*. London: Methuen & Co., LTP., 1921, p. 358.

④ Charles Lamb, *Specimens of English Dramatic Poets Who Lived about the Time of Shakespeare*. Philadelphia: Hazard, 1856, p. vii.

利亚随笔》中将他们姐弟喻为"成双的单身者"（double singleness）。兰姆姐弟的这种关系，"既是对浪漫主义有机论、整体论、不可言传的同情心和异质共存理念的维护，也是对它们的挑战"①。他与姐姐的合作著述逐渐使创作行为的私人化和出版发行后的社会化出现了"居家化"的转变，在一定程度上消减了浪漫主义关于诗学启发和灵感创生的崇高与孤独理念。

当《莱切斯特夫人的学校》在 1809 年出版时，玛丽的名字依然没能出现在作者的位置。在 1818 年查尔斯将它收进自己的作品集之前，玛丽的巨大贡献依然处于被埋没的状态。尽管有一些保守派批评家对其教化主题不予赞扬，但是玛丽式的细腻情感、中规中矩的道德劝谕和谨慎细心的言辞，还是为该书赢得了一片赞许之声。有批评家写道："玛丽的作品实属上乘之作。它有一种深深的人性色彩，可以教育与滋养那些敞开的心扉。"②柯尔律治也在其私人日记里发出了对玛丽的溢美之词："在我们永恒的英国文学宝库里，玛丽这次不仅应该受到褒奖，更应该作为一颗耀眼的明珠被铭记。《莱切斯特夫人的学校》可与柏林布鲁克勋爵（Lord Bolingbroke）的《哲学》（Philosophics）和笛福的《鲁滨孙漂流记》相媲美。"③当玛丽的文友圈子和部分评论家们获悉她的作者身份之时，他们并没有像普通读者一样觉得十分诧异。玛丽的才华与努力，以及兰姆家庭的特殊情况，尤其是在文学创作方面处于优势地位的查尔斯对姐弟合著的态度，都使主要由玛丽撰写的《莱切斯特夫人的学校》在 19 世纪始终保持杰出儿童文学作品称号而不褪色。

兰姆姐弟合著的第三部作品是在 1809 年出版的《儿童诗歌》（*Poetry for Children*）。初版时该书的署名作者为"《莱切斯特夫人的学校》的作者"。尽管对于该诗集中每一首诗歌的确切作者身份尚无定论，但是从查尔斯的书信中可以得知，在总共 73 首诗中，有至少三分之二是玛丽创作的，兰姆的同时代评论中甚至不乏视玛丽为唯一作者的声音。《每月评论》（*Monthly Review*）曾刊文指出："我们听说这些诗歌都是兰姆小姐的作品，现在所有家庭的孩子们都在读她

---

① Alison Hickey, *Double Bonds：Charles Lamb's Romantic Collaborations*. ELH, 63. 3, (Fall 1996), p. 748.

② Edmund Blunden, *Charles Lamb and His Contemporaries*. Cambridge：Cambridge University Press, 1933, p. 75.

③ Reginald L. Hine, *Charles Lamb and His Hertfordshire*. London：Dent, 1949, p. 135.

的作品,天下的母亲们应该向她致谢了。"①②1818 年查尔斯的全集作品《查尔斯·兰姆作品集》(*The Works of Charles Lamb*)以 5 卷本的形式面世了。如同前三部姐弟合著作品一样,该书一经推出旋即取得了巨大的成功,并最终将查尔斯的知名度从文学评论和戏剧批评界推向了普通阅读大众的关注视野,彻底唤起了民众对查尔斯所有作品的浓厚兴趣。在出版商的授意和查尔斯本人的默许下,全集将《故事集》和《莱切斯特夫人的学校》也涵盖其中,但是依然没有在著述身份上做任何额外的补充说明。

## 第三节　姐弟合著的反思

在合著作品中居功至伟的玛丽最终被隐匿身份的事实表明,19 世纪存在于英国社会的对女作者的偏见之说并非空穴来风。对那些视玛丽为精神异常的弑母逆子的读者来说,患有严重躁郁症的威库柏(William Cowper)却并不是他们要抵制的对象。人们在做礼拜时也并不排除唱读曾一度在精神病院度过不少时日的斯玛特(Christopher Smart)的颂诗。至于说将这些精神或道德有问题男性的作品推荐给孩子们去阅读的事例也是屡见不鲜。自查特顿(Thomas Chatterton)以降,"疯癫"诗人便成了一个浪漫而又令人同情的形象,他们那悲惨的命运和情感深邃的作品常被视为不可多得的熏陶孩子的资源。而这种在识读教育和作品接纳上的慷慨却并不适用于像玛丽那样的女作者。当情绪不稳、心智有限和倏忽易变等标签贴在女性身上时,阅读大众便在心里积淀起阅读她们的书籍将会戕害身心、贻误社会的观念。女性著述身份在公共视野的暴露总是被限制在最低限度,当是这些思想观念、出版体制和阅读伦理共同作用的结局。

---

①　*Monthly Review*, 64 (1811), p. 102.

②　关于《儿童诗歌》的作者身份问题参见:Charles and Mary Lamb, *The Works of Charles and Mary lamb*. E. V. Lucas, Ed. London: Methuen, 1904. Cyril Hussey, *A Fresh Light on the Poems of Mary lamb*. Supplement to the Charles Lamb Bulletin. 213.6, (Jan. 1972), pp. 1—12. Mrs. Gilchrist, *Mary Lamb*. London: W. H. Allen, 1883.

# 第七章　柯尔律治父女的合著

## 第一节　被隐匿的合著者

1803 年，当对柯尔律治未尽的遑遑文学计划表示担忧时，骚赛曾不无担忧地说道："不知道他的作品何日能重现天日，一想到他如果早夭那些散乱的作品将由我来整理成书时，我就不寒而栗。"[①]这项令人"不寒而栗"的工作在 1834 年柯尔律治去世后便落在他的女儿萨拉·柯尔律治（Sara Coleridge）的肩上了。萨拉和她的丈夫亨利·柯尔律治（Henry Nelson Coleridge）合作，开始了对其父亲遗留作品的整合、编纂工作。她曾称这是一项"自己不辞辛苦而对父亲作品的建构事业"[②]。1835 年以降，萨拉就与丈夫开始了对他们"父亲"作品的漫长的合编生涯，这些合著作品包括：《席间漫谈》（*Table Talk*）、两版《反思辑录》（*Aids to Reflection*）、《柯尔律治文学集成》（*Literary Remains of Samuel Taylor Coleridge*）、《朋友》（*The Friend*）和《教会与国家体制》（*On the Cosntitution of Church and State*）等。在这些作品的封面上只有亨利被注为编纂者，而被匿名的萨拉从未停止过参加所有作品的编辑整理和"建构"。她的丈夫曾不无感叹地说："爱妻的建议频出，我则心悦诚服地接纳。我对她无与伦比的天赋和教养良好的思维钦佩有加。"[③]后来萨拉还独自对亨利所编辑的作品进行了重新编审，并在 1852 年和哥哥德温特（Derwent Coleridge）一起合编了柯尔律治的诗集。而她对父亲作品编纂的最大贡献在于她丈夫去世后由她独立完成的对《文学生

---

① Quoted in Earl Leslie Griggs, *Robert Southey's Estimate of Samuel Taylor Coleridge*: *A Study in Human Relations*. Huntington Library Quarterly, 9 (1945): 61—94.

② Earl Leslie Griggs, *Coleridge Fille*: *A Biography of Sara Coleridge*. London: Oxford University Press, 1940, p. 164.

③ Quoted in Earl Leslie Griggs, *Coleridge Fille*: *A Biography of Sara Coleridge*. London: Oxford University Press, 1940, p. 100.

涯》、《莎士比亚讲座与注解》(*Notes and Lectures upon Shakespeare*)和《时代评述》(*Essays on His Own Times*)等的编辑。

## 第二节　特殊的父女合著形式

萨拉的编辑工作实际上是由她和丈夫与他们的父亲之间以一种非常特殊的"合作"方式而完成的。而对于父亲作品的推出,女儿的辛劳无疑意义重大。她的这种特殊双向合作既表现了其父关于"个性化"(individualized)天才的理念,又再现了柯尔律治本人作为这种理念化身的事实。① 这也印证了牧吉(Bradford K. Mudge)的断言:在将柯尔律治塑造为"天才人物"的过程中,萨拉起到了一个"无冕合作著述者的作用"②。而"天才"本身也是一个合作创造的产物。柯尔律治的天才不仅产生于文化市场,而且与萨拉父女的"合作"息息相关。在代言父亲的天才过程中,萨拉不可避免地卷入了与"父辈关系"的复杂话题。她自称自己的编辑是一种"孝道现象"(filial phenomenon)。③ 当萨拉不仅被作为柯尔律治的女儿,而且还是华兹华斯和骚塞的"女儿"的身份出现在文学视野中时,这种"孝道现象"显得尤为复杂起来。在与先辈和编辑文本的"沟通"过程中,萨拉建立了作为浪漫主义三元老继承人的身份,并从骚塞和华兹华斯手中接下了重建父亲天才的重任。

萨拉与父辈之间的血亲与文化衣钵传递,尤其是与父亲之间的隔世合著不仅仅表现在她所谓的"孝道"行为与初衷上,这种著述同时还是她所宣称的"姻亲归属/天才存附现象"(genial phenomenon)的体现。④ 那个天才诗人是衣钵传人女儿的"父亲",而那个女婴也是成人天才男子的"母亲"。她受天才之父的灵启,却又再次主导和催生了他的天才。而萨拉的女性身份又使父女之间的这种带有明显"genial"的关系更加复杂起来。而在英语里,"genius"这个词与拉丁语的

① Bradford Keys Mudge, *Sara Coleridge, A Victorian Daughter: Her Life and Essays*. New Haven, Conn: Yale University Press, 1989, p. 116.

② Bradford Keys Mudge, *Sara Coleridge, A Victorian Daughter: Her Life and Essays*. New Haven, Conn: Yale University Press, 1989, p. 175.

③ Sara Coleridge, *Memoir and Letters of Sara Coleridge*. Edith Coleridge, Ed. New York: Harper, 1852, p. 300.

④ 牛津词典对"genial"解释中包含"姻亲、代际归属与指称,和善、友好,天才存附与自然秉性归存"等含义。

"genius"意义接近，都与男性的性别功能和生产功能密切相关。而该词的初始含义即为"由父权制家族所体现的一种家庭内部的衍生能力与精神"。因此天才（genius）是认定被用来维持宗族（gens）的财产和繁殖能力久盛不衰的重要依据。18、19世纪的天才概念中无不充斥着这种生发性和呈递性的特质。在这种天才理念的映照下，一个活生生的天才首先应该是一个男性作者，他的创作行为与男性神灵的"绝对自我的创造行为"是遥相呼应的。① 他是自己所有文学艺术产物的唯一创造人，他的独特性和个人化是毋庸置疑的，尤其是他的创造过程是不需要女性合作者参与的。对萨拉来说，作为天才的女儿，意欲躬身复归父亲的天才又意味着什么呢？ 在父亲的生产精神的永恒理念中，她又能扮演什么身份呢？

　　但是吊诡的事实还是再一次显示出萨拉将父亲"个性化"和"独特化"的努力的荒诞性，尤其是在柯尔律治曾经有过的合著背景和贬抑独立作者产权思想的对照下，萨拉复归父亲的独立天才作家的举动看上去越发令人生疑起来。

　　作为文学家的柯尔律治在人们的心目中总是与比他的名声更响的华兹华斯如影随形，当柯尔律治在文学上的独立身份与应有的权威被浪漫主义"三驾马车"拖拽着艰难前行时，萨拉与父亲的合著便带来了为父亲复归独立、完备作者身份的契机，同时也是一种整合自我破碎出身的尝试。如果她真的继承了这样一个诗学大师的衣钵，真的在天赋文学才华与习得文学创作实践上具有柯尔律治家族的风范，那么与父合著的选择不但是明智的，而且在捍卫家族荣誉和父辈盛名的同时起到了完成个人夙愿的作用。

　　对萨拉来说，与其他浪漫主义异性合著中的女性享有的共同待遇是，被人为地名声遮蔽与地位模糊，在与父辈隔世合著的过程中"萨拉"的真名依然处于从属地位。萨拉·柯尔律治的名字在1847年版的《文学生涯》的封面，就在"塞缪尔·泰勒·柯尔律治"和"亨利·尼尔森·柯尔律治"的全名下简化成了"亨利的遗孀"这样一个符号性的指称。在柯尔律治《时代评述》的扉页，印有"他女儿编辑"的字样。既然她自己的名字中也带有"柯尔律治"，所以萨拉的编辑工作就兼具孝道、姻亲关系和在维护与制造"柯尔律治"权威中对天赋诗才的争夺等多重意义。萨拉在"矢志维护父亲成果的完整性和成效性"的心愿下开始与其合著，并将被骚塞视为不可能完成的任务出色地完成了。

---

　　① Christine Battersby, *Gender and Genius*：*Towards a Feminist Aesthetics*. Bloomington：Indiana University Press，1989，p. 27.

除了内容详尽、言辞恳切的"导言"外,萨拉版的《文学生涯》中还包括一个涵盖多方信息的"注释":对华兹华斯诗歌的洞见、对柯尔律治评析的补充和自己的解读心得。这些看似对传记来说并非必要的补充,其实暗含萨拉本人对编者与当事人之间合著关系的理解。当一种比较自由的合著方式摆在自己面前时,当合著的性质并不排除捉笔一方聊表个人心意时,萨拉所做的任何在原始意愿并不逾矩前提下的补充与添加都事出有因,表述有果。

## 第三节　萨拉的合著意义

萨拉与父亲在他生前的交流是不充分的,对父亲形象的认知也是通过外界信息所拼接的。尽管在 20 岁时就推出了自己的处女作,萨拉对自己"文学生涯"的认同依然停留在与父亲的隔世合著之上。作为父亲作品的编辑者,萨拉虽与父亲生死分离,却在文字的迷宫里相携而行,并通过父女隔世合著而实现了恢复父亲在公众心目中作为一个受人敬重的哲学家的形象,创立了一个自己心目中有担当、明事理的理想父辈角色。在一个最不受待见的柯尔律治之家里,"萨拉通过与父亲的系列合著而向外界宣告了自己作为最典型柯尔律治世家传人身份的地位"[1]。

在浪漫主义时期父女合著已属不易,隔世合著更是难能可贵。萨拉对父亲代表作《文学生涯》的编辑已经超越了传统意义上的校读、整合、分类和调整等工作。父亲的作品当然是《文学生涯》的主体,但是萨拉所提供的详尽的附录、万言导语和几篇论争性的散文,都在维护父辈之名下起到了良好的"小角色展示女性作者焦虑"的效果。[2] 在时代阅读伦理与家族纲常的双重影响下,文学创作似与淑女美德格格不入。在这种背景下,聪颖的萨拉在对父亲作品的编辑过程中便有了将个人意愿"植入"公众普遍认可的经典中的动机。在以男性为绝对核心和社会表征的柯尔律治家族里,萨拉的两位长兄哈特利(Hartley)与德温特在文学才华方面虽并不比萨拉本人杰出,却能容忍一个女性在翻译方面一展才华。而这与当时对女性的社会和家族期待有些背道而驰。与亨利结婚后,萨拉在赋予

---

① Stephen David, *The True Meaning behind the Inhibited Coperation*. Urbana: Unversity of Illinois Press, 2001, p. 89.

② Keith M. Thomas, *The Coleridges and the Family Roles*. Oxford: Oxford University Press, 2010, 116.

整理文学巨擘之父的"文学家底"时更是找寻到了一个更加出色和成功的释放自己文学才智的道路。《文学生涯》中的那篇洋洋洒洒的"导言"不但是萨拉与父合著的见证,而且起到了抒发个人情感、表露个性见解的作用。虽然受制于浪漫主义时期的社会与阅读伦理观对女性的偏见,萨拉还是通过与父亲的隔世合著实现了在后浪漫主义时代重塑柯尔律治文学巨匠的形象,并完成了为"诗人女儿"正名的初衷。

萨拉·柯尔律治对 19 世纪文学界所做的杰出奉献长期未能获得全面认同。在论及文学成就和影响力时,诸多早期评论也只将其定位为无足轻重的小角色。随着马奇(Bradford Keyes Mudge)等研究柯尔律治的作品的推出,萨拉·柯尔律治的被遮蔽和被忽视的地位开始重获正视。终生都与以诗人和作家身份著称的人士为伴,萨拉对文学和人生有着不同寻常的感悟与洞见。这位集美貌与智慧于一身的浪漫主义老牌诗人之女,在坊间最为人知的文学成就莫过于她在 1847 年编辑出版的柯尔律治的代表作《文学生涯》(*Biographia Literaria*)。其实在与父亲隔世"合著"的过程中,萨拉所做的贡献远远超出任何民间流传的事实。在其短暂的文学生涯中,萨拉耗尽了其中的大半时间为父亲的文学声名和他作品的再现成典而呕心沥血。在没有任何机会与父亲进行同世合作的前提下,"萨拉选择同父亲进行隔世合著的策略是非常明智和卓有成效的。实际上,萨拉对如何以一种高调的顺从而进入男性创作领域并最终达成所愿是颇有心得的"[①]。其编辑的《文学生涯》就包含了意在表达自己原始思想的长篇简介。同时她还在诸多当时被视为男性独有领域——哲学及神学——发表自己的看法。这种在家族义务外衣下所进行的"再现"或"改写"行为,对当时的女性身份的遮蔽与消解起到了一定程度的宣讲与复归作用。

---

① Bradford Keyes Mudge, *Sara Coleridge*, *A Victorian Daughter*: *Her Life and Essays*. New Haven: Yale University Press, 1989, p. 145.

# 第八章　拜伦与纳森的合著

## 第一节　纳森其人与合著概论

提起拜伦的《希伯来歌曲》(*Hebrew Melodies*),国人唯能谈及的只是其中被文学史或选读教材选编的《她走来,风姿幽美》(*She Walks in Beauty*)、《西拿基立王的覆灭》(*The Destruction of Sennacherib*)和《伯撒萨所见异象》(*Vision of Belshazzar*)等为数不多的几首而已。在该抒情诗集付梓后的一个半世纪里,海内外的学者对其关注度始终处于不温不火的阶段。但是 20 世纪 70 年代以来,随着域外文学研究向"文学史视野"方向的转移,《希伯来歌曲》终于迎来了一轮量质齐优的研究热潮。1972 年,阿什顿(Thomas L. Ashton)出版了一部附有讨论拜伦与艾萨克·纳森(Isaac Nathan)合著详情的前言的该诗集的完整版,并有拜伦的图片、纳森的评注和纳森关于二人合著的互动记录穿插其间。[1] 80 年代后期,伯维克(Frederick Burwick)和道格拉斯(Paul Douglass)联手推出了新版《希伯来歌曲》,新增了一个评论性前言和对歌曲来源及音乐素材的详细注释。[2] 这两部作品的推出最终解决了《希伯来歌曲》在英国文化中的归属争议问题。但是直到 90 年代该诗集所包含的英国犹太文化一直都未能在各类话语中得到了充分的论证。时至今日,中国学者对该诗集的关注程度依然不容乐观。实际上,该诗集不仅体现了拜伦的借鉴古代题材服务当下社会的创作精神,而且成就了浪漫主义文学合著史上一段诗人—音乐家精诚合作、构建经典的典范。

由默里在 1815 年出版的《希伯来歌曲》收录的是拜伦陆续写作于 1814 年到

---

① George G. Byron, Isaac Nathan, *Hebrew Melodies*. Thomas L. Ashton, Ed. Austen: University of Texas Press, 1972.

② George G. Byron, Isaac Nathan, *A Selection of Hebrew Melodies*, *Ancient and Modern*, *by Isaac Nathan and Lord Byron*. Frederick Burwick and Paul Douglass, Eds. Tuscaloosa: University of Alabama Press, 1988.

1815 年春天的 24 篇短诗，并配有纳森为每首诗编写的犹太教会唱曲。出版时拜伦附言："这些诗是应我的朋友道格拉斯·金奈德（Douglas Kinnaird）之邀，为配合一些希伯来乐曲而作的。"①尽管该书当时的定价并不便宜，但还是在很短的时间内售出了 10000 多册。在论及拜伦与纳森具体合作推出《希伯来歌曲》时，庞特（G. Pont）曾说："那些购买《希伯来歌曲》的虔诚的读者本希望能一睹拜伦诗中神圣的色彩，结果却发现这是一部和《阿比多斯的新娘》（*The Bride of Abydos*）相近的世俗诗章。诗集中有 9 首是圣经题材、拜伦手法的诗歌，2 首是爱情诗歌，5 首是反思式抒情诗，5 首为犹太复国主义思想的表达。"②合著伊始是纳森专为拜伦诗歌而编曲，随后的作品则是拜伦和着纳森编好的曲调而创作诗歌。

向来桀骜不驯、只手行文的拜伦是在什么情况下接受纳森合著《希伯来歌曲》的请求的呢？这部号称"在 1814 狂欢之年由最炙手可热的诗人和拜伦的朋友之间展开的神奇合著"又是在何种历史背景下进行的呢？③ 在解答这些疑问之前，对纳森的生平和其作为音乐家职业生涯的交代显得尤为必要。

艾萨克·纳森 1790 年出生在坎特伯雷，父亲是波兰籍的犹太教堂领唱，母亲是坎特伯雷当地的犹太人。由于受父母宗教信仰和父亲职业的限制，纳森小时候只能在剑桥的所罗门-里昂（Solomon Lyon）学校读书。在校期间纳森表现出对音乐的无比热爱，后来便到伦敦师从音乐家科瑞（Domenico Corri），并跟从他学了 5 年的声乐课。1813 年纳森萌发了一个奇妙的想法：将在犹太教堂唱诗时使用的音乐曲调组集出版。随后他又多次劝说当时正声名鹊起的拜伦为这些曲调配上合适的词句，结果便是《希伯来歌曲》的诞生！

《希伯来歌曲》的成功使纳森作为杰出音乐家的美名在英国上流社会迅速传播开来。后来他便成了夏洛特公主（Princess Charlotte）的私人音乐老师，以及摄政王子、后来的乔治四世的音乐图书管理员。1816 年 4 月拜伦永远离开了英国，并从此再未与纳森有任何联系。1817 年纳森的皇家音乐学徒夏洛特公主死于分娩。至此纳森先后失去了他在职业生涯上最为重要的两个庇护人。纳森曾

① Alice Levine, *Review of A Selection of Hebrew Melodies*, *Ancient and Modern*, by *Isaac Nathan and Lord Byron*. Keats-Shelley Journal, 39 (1990), p. 195.

② G. Pont, *Byron and Nathan*: *A Musical Collaboration*. Byron Journal, 27 (1999), p. 66.

③ Frederick W. Shilstone, *The Lyric Collection as Genre*: *Byron's Hebrew Melodies*". Concerning Poetry, 18 (1979), p. 48.

经和他的一个学习音乐的学生有过一段私奔而缔结的婚姻。在第一个妻子英年早逝后他又娶了第二个妻子。虽然两个妻子都是基督教徒，纳森还是在举行过传统基督教式的教堂婚礼后又安排了两场犹太式婚礼。据多种资料记载，纳森其人脾气暴躁，经常与人产生摩擦。他曾经为了维护兰姆女士（Lady Caroline Lamb）的荣誉而与人决斗过，也曾因为怀疑自己的一个女弟子受人责难而发起过对一个爱尔兰贵族的攻击。对于兰姆女士，纳森一直觉得和她有一种特殊的关联。兰姆女士还是纳森的一个儿子的教母，纳森曾为兰姆女士用希伯来语写过一首咏赞诗。

纳森的麻烦不仅限于关键庇护人的先后丧失，还有接踵而至的经济困难，其中最主要的财务问题来源于他参赌职业拳击赛。他至少在债权人的监狱里待过好几个月。为了偿还债务、摆脱经济困难，纳森曾经为伦敦的报刊写过一些关于拳击和音乐类的流行文章，为伦敦的剧场写轻喜剧剧本，其中有 4 部在 1823 年到 1833 年上演过。《希伯来歌曲》的版税收入为纳森带来了一些收益——因为害怕自己会破产，他将该书的版权卖给了自己已婚的姐姐——的同时，也为他带来了无尽的法律争端。

纳森作为一个歌唱教师也曾吸引了当时的一些名流，布朗宁就是其中之一。布朗宁曾在晚年回忆道："和我一起练习过歌唱的四位老师中，最好的那位非纳森莫属，在练习嗓音方面他依然保持了些许犹太风格。"[①]纳森宣称他曾为皇室提供过许多不为人知的服务。因为 1824 年他的妻子去世后留下两个儿子和四个女儿，1826 年他又和巴克莱（Henrietta Buckley）结婚，捉襟见肘的家庭生活使得他不得不接受了作为乔治四世秘密音乐代理人的身份。但是当时执政的辉格党政府拒绝给他支付报酬，最终使纳森陷于了严重的经济困境。于是在 1841 年4 月他只好带着孩子远渡重洋来到澳大利亚。他在那里成了当地一个音乐机构的主要负责人，给犹太教堂和悉尼的天主教堂担任音乐顾问，并在那里表演了莫扎特和贝多芬的许多作品。1847 年 5 月他的首部三幕芭蕾舞剧《奥地利的唐约翰》（*Don John of Austria*）在维多利亚剧院上演。1849 年纳森在伦敦和悉尼出版了《南方的欧芙洛希妮》（*The Southern Euphrosyne*）。纳森是第一个研究和改编澳大利亚土著音乐的人，也是为数不多的为澳大利亚女诗人邓洛普（Eliza Hamilton Dunlop）的作品谱曲的人。1864 年 3 月 25 日纳森在悉尼的一场车祸

---

① 　Quoted in Herbert E. Greene, *Browning's Knowledge of Music*. PMLA，62(1947)：1098.

中丧生。他的后裔大多数都成了澳大利亚公民。纳森对于澳大利亚音乐史的影响是难以估量的。尽管其个人音乐作品价值并不斐然，但是对于整个悉尼艺术生活中的那股仿拜伦风格和浪漫主义气息却贡献颇多。作为第一个在欧洲负有盛名的音乐家而定居澳洲，纳森所做的奉献和日后获得的名声都使其家族荣光无限！

## 第二节 《希伯来歌曲》合著缘起

1813 年 5 月，纳森打算踏上一次朝圣之旅。但是这并不是一次他所称的朝向自己真正的家乡坎特伯雷的沐浴之旅，而是一次朝向他的心灵家园耶路撒冷的精神之旅。几周后这位年轻的作曲家就将他平素的沉思冥想的内容收集整理，并在《绅士杂志》（*The Gentlemen's*）上买下一块版面向世人展示自己的一个绝妙的想法："纳森将要推出《希伯来歌曲》，这些歌曲都已有上千年的历史，有些甚至在神庙毁灭之前就由古希伯来人所演奏过。"[1]但是在尚未推出纳森心目中那个浩大神圣的歌曲集之时，他又开始不停地找人为其填词，以最终完成他的宏图伟业。在寻找志同道合、堪当重任的填词者的过程中，纳森还是颇费了一番心思。

寻找合作著述伙伴伊始，纳森首先想到的是当时口碑极佳、靠作品坐收丰厚名利的文学大家——沃尔特·司各特。属于行动派的纳森立即给司各特写信，询问是否愿意为古老的希伯来歌曲献上优美的英文词汇。但是令他始料未及的是，司各特婉言拒绝了。[2]此番宏愿受挫令纳森备受打击。在首次宣布出版《希伯来歌曲》的一年后，他又鼓起勇气向当时的超人气文学名流拜伦发起了邀约：

勋爵阁下：

大人生性慷慨豁达、品行高尚仰止，对你的关注之情油然而生。然，未获大人之自介亦无能为继，遂鲁莽呈上此信，万望海涵！

我已费尽千辛万苦，从幽古的史料中甄选了一批无比优美的希伯来歌曲，其中数首曾在圣城毁灭之前已经被希伯来人所吟唱。我心急

---

① Joseph Slater, *Byron's Hebrew Melodies*. Studies in Philology, 49(1952)：75.

② Gordon K. Thomas, *The Forging of an Enthusiasm*：*Byron and the Hebrew Melodies*. Neophilogus, 75 (Oct. 1991)：63.

切，素盼当今第一大诗人能为此卷歌曲赋上诗文。……诚请大人眷顾，懂我真心与夙愿。内心殷切希望无他，唯大人援手助我出版歌曲集为盼！①

　　至于拜伦有没有收到纳森的此封言辞恳切、热情洋溢的书信至今无据可考。幸运的是，二人最终在共同的好友金奈德的帮助下得以会面。1814 年秋天，拜伦向他的超级仰慕者和后来的著述合作伙伴纳森发出了邀请："亲爱的纳森，请务必于今晚七时来和我共进晚餐。千万不要拒绝！"②

　　纳森与拜伦首次面见的结果是积极而富有成效的。在接下来的一年里，拜伦不但对纳森的计划表现出了极大的热情，死心塌地地爱上了这份"业余工作"，而且坚持为歌曲集创作诗歌。在拜伦的这次高度热情与创作生涯上的"冒险"行动中，常常出现整体重视有余而局部考量不足的情景，尤其是他在处理与东方有关的情节上。在一封于 1814 年 12 月 20 日写给未婚妻米尔班克（Annabella Milbanke）书信的附言中，诗人似乎对与纳森合著的不可预知的前景充满了游戏心态：

　　　　我想告诉你我现在的一个业余爱好——金奈德让我为一位作曲家打算出版的希伯来歌曲创作诗词。这些歌曲是名副其实的古典素材，美妙动人，大卫和先知们都曾吟唱过其中的"天国之歌"（songs of Zion）。我已经按照宗教的体例写好了九到十首，那些源于《约伯记》的部分是我自己的想象。想想看，这项工作竟然成了我的使命，真是不可思议！我看倒像是一个别人眼中的异教徒！奥古斯都曾说："他们都叫我下一个犹太人！"③

　　对于拜伦的热情与冷漠、专注与涣散，纳森是没有充分心理准备的。在与未婚妻的通信中所流露出来的戏谑和好玩倒可能是拜伦的性情展现。对于一个养

---

① Quoted in Olga S. Phillips, *Isaac Nathan*, *Friend of Byron*. London：Minerva，1940，pp. 39—40.

② Lord Byron, *Byron's Letters and Journals*. Vol. 4. Leslie A，Ed. Marchand. Cambridge：Harvard University Press，1976，p. 187.

③ Lord Byron, *Byron's Letters and Journals*. Vol. 4. Leslize A，Ed. March and Cambridge：Harvard Unversity Press，1976，p. 220.

熊为宠物、绯闻缠身、对希腊独立战争跃跃欲试的"当今第一诗人"来说，热情的涨潮与退潮之迅疾实在不是什么授人以柄的笑谈。加之对拜伦真实意图的误判，纳森的宏伟计划显然不能成为推动拜伦毅然前行的原动力。单就拜伦加入纳森合作著述的初衷来说，或许他对与一个犹太人合作完成一项犹太遗产计划更感兴趣，而不是志在研修一部当代的音乐著作。在与纳森合著《希伯来歌曲》这件事上，拜伦的心思和行动轨迹还清晰地展现在他与友人的往来书信中。1815 年 1 月拜伦致信霍布斯（John Hobhouse）："说到歌曲集——该死的歌曲集——我有其他音调，甚至是其他别的语调。"①在另一封于 1815 年 3 月写给莫尔的信中，拜伦甚至抱怨道："那个纳森啊！你为何总是用你低沉的希伯来鼻音嘲笑我呢？我难道没有告诉你，这一切都是金奈德造成的吗？我本人可是有着雅致的性情和秉性的！"②

在与纳森的关于合著的通信中，拜伦始终以居高临下的姿态，用非常和谐的语气与之讨论。在收到纳森的礼物时，拜伦在发表自己对逾越节故事的看法后非常亲切地告诉他："对你非常适宜的馈赠备感荣幸！……这个莫塞斯可是我抵抗毁灭天使的美妙之物。我本人对他高大威严的形象之间有种敬而远之的渴望。再次感谢你的关注与诚意！"③像这样的交流几乎在他们的合作中从未间断过，他们的合著计划虽有波折但最终证明这次合作的确是一项成功的尝试。这项计划的安排更像是一个偏向其中一方的合作，而拜伦在看似不经意的努力中也坚持到了最后。历经数月的创作后，两卷本《希伯来歌曲》终于发行了。

## 第三节 合著歌曲集的形式与内容

《希伯来歌曲》曾被誉为"狂欢的 1814 年的奇迹"④。马钱德（Leslie Marchand）将诗集描绘为"一组并非为了刻意释放个人情感而作的组诗。但是

---

① Lord Byron, *Byron's Letters and Journals*. Vol. 4. Leslie A, Ed. Marchand. Cambridge：Harvard University Press，1976，p. 260.

② Lord Byron, *Byron's Letters and Journals*. Vol. 4. Leslie A, Ed. Marchand. Cambridge：Harvard University Press，1976，p. 280.

③ Lord Byron, *Byron's Letters and Journals*. Vol. 4. Leslie A, Ed. Marchand. Cambridge：Harvard University Press，1976，p. 68.

④ Frederick W. Shilstone, *The Lyric Collection as Genre：Byron's Hebrew Melodies*. Concerning Poetry，1979，45(1979)，p. 108.

依然展示了某种困顿的爱,发出了对身份和信仰的挣扎、对失去与背叛的忧郁之声"①。

为了便于后续分析,关于歌曲集中诗歌的体式归纳是必要的。下面的表格展示的是一份对《希伯来歌曲》中 24 首诗歌形式的归纳:

（缩略示例：I＝iambic；A＝anapestic；3＝trimester；4＝tetrameter；5＝pentameter；alt.＝alternating）

| 诗　名 | 音　步 | 诗　节 | 韵　律 |
|---|---|---|---|
| 她走来,风姿幽美<br>*She Walks in Beauty* | I—4 | 3 | ABABAB |
| 君王行吟诗人哭诉的竖琴<br>*The Harp the Monarch Minstrel Swept* | I—4<br>（最后一行为I—5） | 2 | ABABBCDCDD |
| 如果那个高高的世界<br>*If That High World* | I—4 | 2 | ABABBBCBC |
| 野羚羊<br>*The Wild Gazelle* | I—4—3—4—3—4—4 | 4 | ABABCC |
| 啊！哭吧<br>*Oh! Weep for Those* | I—5 | 3 | AABB |
| 在约旦河岸<br>*On Jordan's Banks* | I—5 | 3 | AABB |
| 耶弗他的女儿<br>*Jephtha's Daughter* | A—3 | 5 | AABB |
| 啊！竟然攫取你娇艳的生命<br>*Oh! Snatched Away in Beauty's Bloom* | 前两节是五行诗：前四行都是I—3,最后一行I—5。最后一节是六行诗,都是I—3 | 3 | 三节的韵律分别为：<br>AABBA<br>ABABB<br>ABABCC |
| 我灵魂阴郁<br>*My Soul Is Dark* | I—4 | 2 | ABABBCBC |
| 我见过你哭<br>*I Saw Thee Weep* | I—4—3 alt. | 2 | ABABCDCD |
| 你生命终结<br>*Thy Days Are Gone* | I—4—3 alt. | 3 | ABABAB |

①　Leslie Marchand, *Byron's Poetry：A Critical Introduction*. London：John Murray, 1965，p. 117.

续　表

| 诗　　名 | 音　　步 | 诗　节 | 韵　　律 |
|---|---|---|---|
| 扫罗<br>*Saul* | 第 一 节 14 行，trochaic ＋ employ catalexies ＋ I—5（扬抑格七音节四重音加偶句）；第二节 16 行，truncated trochaic ＋ I—5（缩短的扬抑格七音节四重音加偶句） | 2 | ABAB |
| 扫罗王最后一战的战前之歌<br>*Song of Saul Before His Last Battle* | A—4 还可以读为四个抑扬格，加一个欠音节 4 anapests ＋ 1 catapexis | 3 | ABAB |
| "传道者说，凡事都是虚空"<br>*"All Is Vanity, Saith the Preacher"* | I—4—3 alt. | 3 | ABABCDCD |
| 当这幅受苦的皮囊冷却<br>*When Coldness Wraps This Suffering Clay* | I—4 | 4 | ABABCDCD |
| 伯沙撒所见异象<br>*Vision of Belshazzar* | I—3 | 6 | ABABCDCD |
| 不眠者的太阳<br>*Sun of the Sleepless* | I—5 | 1 | ABABCDCD |
| 我胸怀虚假<br>*Were My Bosom as False* | A—4 | 3 | AABB |
| 希律王哭马利安妮<br>*Herold's Lament for Mariamne* | I—4 | 3 | ABABCBCB |
| 耶路撒冷毁灭日<br>*On the Day of the Destruction of Jerusalem* | A—4 | 5 | AABB |
| 我们在巴比伦的河边坐下来哭泣<br>*By the Rivers of Babylon* | A—3 | 3 | ABABAB |
| 在巴比伦之滨<br>*By the Waters of Babylon* | A—4 | 3 | AAAA |
| 西拿基立王的覆灭<br>*The Destruction of Sennacherib* | A—4 | 6 | AABB |
| 一个幽灵在我眼前经过<br>*A Spirit Passed Before Me* | I—5 | 2 | AABBC |

为了表达自己对于基督教教义的复杂态度和感受,拜伦在创作这些配合纳森音乐的诗歌时尽量多地使用了不同的体式和风格。而事实证明拜伦的创作初衷和行进过程中的努力,以及最终推出的规划作品,都达到了二人合著前预想的完美程度。

谈到歌曲集的主题,马钱德曾说:"这些诗歌之中有两个相互交织、彼此强化的主题:对失去的伊甸园的强烈悲恸,对失去家园、漂泊无依人们的无限同情。同时拜伦还将浪漫主义时期对纯真与美好丧失的共同哀婉之情灌输其中。"①当然,为了应和纳森的音乐基调,犹太人民族主义的战斗呼唤之声也能在拜伦的诗歌中得到体现。同情与悲愤主题对浪漫主义诗人来说乃是通用的情绪宣泄之口,而对犹太民族主义与基于加尔文主义理解之上的《旧约》的交织,在浪漫主义主流中似乎并不多见。那么拜伦此举是否有更深的寓意呢? 对此,阿什顿的理解是:"拜伦凭此方法而构筑了一个神话。在这个神话中普罗米修斯式的爱和自我意识的湮灭在真实和理性之间悬停。"②而赫斯特(Wolf Hirst)则直言:"拜伦之所以将圣经材料进行重新编写,其目的就是满足自己颠覆传统、破除因袭的冲动。"③

拜伦创作《希伯来歌曲》时怀揣着"破旧梦"和"推新梦",这种说法并不只限于马钱德和赫斯特等人。在几乎创作于同一时期的《东方叙事诗》(The Oriental Lyrics)中,拜伦就非常刻意地塑造了一系列带有强烈个人印记的孤胆英雄,如康拉德(Conard)、莱拉(Lara)等。在这些青年才俊身上,读者可以一眼识别他们的共同品质:高傲倔强,不满现实,性格叛逆,忧郁、孤独、悲观,我行我素……而在 1812 年到 1818 年间拜伦又创作了长篇叙事诗《恰尔德·哈罗德游记》(Childe Harold's Pilgrimage),其前两章所塑造的叛逆形象哈罗德更是深入人心,被公认为是"拜伦式英雄"的雏形。将《希伯来歌曲》放在这样一个大的创作背景中来考察,就不难发现他们之间比较同归的创作倾向和创作心理。拜伦的主人公并不是要在行动和出身上趋同,而是在精神气质和心气禀赋上来体现作者的创作之思。

---

① Leslie Marchand, *Byron's Poetry*. A critical Introduction. London: John Murry, 1965, p. 135.

② Thomas Ashton, *Byronic Lyrics for David's Harp*. PMLA, 20(2001), p. 669.

③ Wolf Hirst, *Byron's Revisionary Struggle with the Bible*. Wolf Hirst, Ed. *Byron, The Bible, and Religion*. Newwark: University of Delaware Press, 1991, p. 77.

关于纳森与拜伦合著时的目标是否完全一致,单据别处的边角废料是不能简单下结论的。但是大量史实却指向了二人合著之初的些许私念。纳森在构思伊始提出的合著目标单纯而祛功利化。但是,"对于纳森在 1814 年计划利用拜伦的名声进行合著而达到从中谋利的目的,恐怕没有人会怀疑"[①]。此外,纳森还有以合著为最佳方式,来展现和评论自己与犹太教的关系及对它的看法之目的。拜伦是带着某种梦想而参与合著的,其中特色鲜明的借古讽今模式和拜伦式英雄的塑造都在取材《圣经》的诗作中有完美体现。

歌曲集上卷的第 7 首《耶弗他之女》是一首典型的拜伦式英雄颂歌:

> 父亲呵！祖国和上帝
> 需要你女儿死义;
> 胜利靠许愿换来——
> 请刺穿这袒露的胸怀！
>
> 我的悲恸已沉寂,
> 山峦难将我寻觅;
> 你的手将我击中,
> 这一击决无苦痛！
>
> 父亲呵！请你深信:
> 你孩儿血液纯净,
> 像临终祈求的福祉,
> 像怡然瞑目的心思。
>
> 让撒冷的少女去哭泣,
> 士师和勇士莫游移！
> 我打赢了伟大的战斗,
> 父亲和祖国已自由！

---

① Kurt Heinzelman, *Politics, Memory, and the Lyric*: *Collaboration as Style in Byron's Hebrew Melodies*. Studies in Romanticism, 27 (1988), p. 515.

> 你给我的赤血已倾洒，
> 你爱听的嗓音已喑哑，
> 愿你能以我为荣，
> 莫忘我临终的笑容！[①]

耶弗他是古代以色列秉正的士师之一。他原来是基列的勇士，当亚扪人攻打以色列时，耶弗他被推举为基列人的领袖和元帅。作为决定战斗胜利的主要人物，耶弗他向耶和华许愿说，如果耶和华帮助他最终击败亚扪人，他将把凯旋时遇到的第一个人或动物献给耶和华。后来他果然击败了亚扪人，回家时遇到的第一个人却是他的独生女。为此耶弗他极为悲痛，但是他的女儿认为向耶和华立下的誓言必须遵守，她最终选择了慷慨捐躯。自此以后，以色列的女子们每年都要为耶弗他之女哀哭四天，以示悲恸与尊敬。拜伦的此诗以民族大义超越家族父女情怀为主题，将家庭悲剧的演绎放在为民族利益慷慨赴死的崇高氛围中展开，将"父亲和祖国已自由"的宏愿作为女儿献祭时无惧无悔的理由，充分临摹了一个深明大义、舍生取义的少女形象，也再现了诗人心目中理想的英雄形象和以此向欧洲各国民族解放运动所抒发的深切同情，以及对侵略压迫和专制暴政的切齿痛恨！英雄人物虽为女性，但在拜伦的笔下亦不输任何孤傲、勇敢和具有崇高精神的男性。这首《耶弗他之女》作为取材《圣经》的典范，开启了《希伯来歌曲》中拜伦式英雄人物塑造的先河。

在歌曲集的下卷首篇《扫罗王最后一战的战前之歌》中，拜伦的英雄角色塑造和英雄人物品性描写得到了震撼人心的呈现。扫罗是古以色列第一代国王，他曾数次率兵征讨周围的敌国，且逢战必胜。最后他在一次与非利士人的战斗中兵败身亡。扫罗的故事记载在《旧约·撒母耳记》上篇的第 31 章中。拜伦的诗歌以此故事为原型，形象地描写了在"最后一战"中，扫罗中箭受伤后命令士兵将他刺死，而士兵不从，扫罗最后自刎身亡的过程：

> 武士们，首领们！当我在征战，
> 敌人的刀剑若将我刺穿，
> 休理会你们国王的尸首，
> 把锋刃埋进迦特人胸口！

---

① 拜伦：《拜伦诗选》，杨德豫译，广西师范大学出版社 2009 年版，第 52 页。

> 扫罗的士兵若畏敌怕死，
> 持我雕弓、圆盾的卫士！
> 快把我砍倒，让赤血流淌：
> 他们惧怕的，由我去承担！
>
> 与众人诀别，与你不离分：
> 心爱的儿子，王位的储君！
> 王冠璀璨，王权无限，
> 死也要尊严，就像在今天！①

　　作为一国之王，扫罗的言行举止要比耶弗他之女看上去更加的刚毅、激越和崇高。但是他们共有的身先士卒、不畏牺牲的精神仍是一脉相承、刚柔并济的。

　　浪漫主义者多具有反抗精神，这种精神在每一个浪漫诗人那里都可寻得。到了拜伦这里，这种精神的体现可谓登峰造极了。上述两首极具拜伦精神的英雄诗歌便是一例。是不是说《希伯来歌曲》中所有的英雄诗歌或塑造拜伦式英雄的作品都是如此大气、凛然和崇高的呢？另一首与扫罗有关的诗——《扫罗》所体现的却是英雄人物的绝望与悲观：

> "你的咒语能召唤枯骨，
> 叫先知的亡魂现形！"
> "撒母耳，抬起墓里的头颅！
> 国王呵，瞧这先知的幽灵！"
>
> 地面裂开，一朵云将他托起；
> 月光变色，离开了他的尸衣。
> 眼神呆滞，"死亡"在眼中留驻；
> 两手干瘪，一根根血管干枯；
> 两脚赤裸，惨白像白骨一般，
> 皱缩无肉，仿佛有微光闪闪；

---

①　拜伦：《拜伦诗选》，杨德豫译，广西师范大学出版社 2009 年版，第 58 页。

嘴唇不动,躯体也气息毫无,
空穴来风,空洞的喉音吐出。
扫罗一见,立即直挺挺倒地,
有如橡树,被惊雷怒电轰击。

为何要惊扰老夫的安眠?
是何人前来把亡灵召唤?
是你吗,国王? 请看我四肢:
没一点血色,冷得像铁石。
今天我如此,只需到明天
你也会如此,来到我身边。

下一个日子还不曾结束,
你和你儿子就化为虚无。
和你再见吧——只分别一天,
然后你与我在一处朽烂。
到明天,你和你族人僵卧,
多少支利箭把肌肤刺破;
你那把佩刀就在你身旁,
你的手用它刺你的心房,
断送了王冠、头颅和呼吸,
扫罗父子们,全家都倒毙!①

　　据《撒母耳记》上篇第 28 章记载,扫罗在"最后一战"前夕命女巫召唤以色列
先知撒母耳的亡灵。亡灵告诉他:翌日以色列人将战败,扫罗和他的儿子们会战
死。拜伦此诗即是对这件事的咏怀。当先知亡灵显示,扫罗"立即直挺挺倒地,/
有如橡树,被惊雷怒电轰击",威风凛凛、无所畏惧的英雄形象顿时消失,一个不
幸被命运之雷击中的悲剧英雄人物形象跃然纸上! 撒母耳亡灵的那句"断送了
王冠、头颅和呼吸"瞬间将时代更迭、荣辱更替和生死轮回概括殆尽! 那悠远的
沧海桑田、近在咫尺的兴亡荣枯和君王与庶民的殊同命运都在这首诗歌里被拜

---

　　①　拜伦:《拜伦诗选》,杨德豫译,广西师范大学出版社 2009 年版,第 59、60 页。

伦寥寥数笔勾勒清晰！

合作著述的初衷是拜伦写诗以和纳森之音乐，但拜伦在运思撰写的过程中出现了明显的偏向个人心理与认知的位移。这种转移与其说是拜伦在合著中意欲拔得头筹、获得更多赞赏的心理作祟，不如说这是诗人创作时的本真心绪展露和真切地想向外界传达的思想。首先这是拜伦骨血里流淌的反抗精神的作家"白日梦"式的体现。拜伦的先祖曾是骁勇善战的战士，第五世拜伦公爵曾在决斗中置人于死命，父亲更是狂傲不羁、性情豪放。拜伦母亲天生有暴躁的脾气、伤感的性格。此种忧郁、伤感、狂放和反抗等因子的传递在拜伦的人性与诗性里得到部分体现是不难理解的。拜伦在合著的名义下进行部分移植和再造也是这种诗性的另一种展现。

如果遗传说用来解释拜伦的英雄情节略显牵强的话，那么环境说无疑更能让人信服。在拜伦的成长之路上，父族、家庭和学校的影响至深。父亲的抛弃、母亲的虐待和天生跛足，都给他敏感的内心带来了无法估量的伤害，所以他从小就养成了与外界格格不入的性格，形成了忧郁孤僻的性情。作为光明的向往者却常常看不到光明的前程，拜伦一生的行为都是常人所不敢尝试的。凭着一种琼森式的幽默做向导，拜伦甘愿放弃纽斯泰德寺院（Newstead Abbey）里辉煌华贵的享乐生活，主动率领数十万士兵驰骋在烽火连天的异国他乡。但是对胜利和光明的向往并未换来心仪的结果和理想的结局。他对历史和人生的态度每每持有悲观见解。在政治上拜伦尽管竭尽全力想大显身手，甚至是为民请命，但是初踏政坛、初涉政治的他常常以失败告终。

1812 年 2 月 27 日，即《恰尔德·哈罗德游记》第一、二章出版前两天，拜伦首次以一个议员的身份在上议院初试啼声，为破坏工厂织机而被判死刑的卢德派工人请命。在演讲中，拜伦除了将自己惯用的使冲突戏剧化的策略发挥到极致外，更是以对当局的"编织机法案"和血腥镇压政策所进行的尖锐抨击和无情揭露的《"编织机法案"编制者颂》一诗的出版而轰动英国朝野。在《恰尔德·哈罗德游记》第一、二章出版后的近两个月里，拜伦又在国会发表了他的第二次演说，猛烈抨击英国政府对爱尔兰的压迫和奴役政策。拜论发表演说之时"编织机法案"已获得多数票通过，英国对爱尔兰的政策早已不可撼动。对一个像拜伦这样毫无经验的政坛新秀来说，在重大问题上拥有投关键票权利的可能性几乎为零，所以从政治层面上来看，他的演讲几乎是无足轻重的。但是对拜伦个人来说，问题的关键并不在于他说了什么，而在于他是否说过。拜伦的首次演讲完毕，轮到他自己的辉格党党魁霍兰德（Lord Holland）来打破难堪的沉默了。霍兰德"站起身来,表达了他的莫名惊诧。在他的这位高贵的朋友演讲之后,他陷入了深深的恐慌之中,想对法案提出些许反对意见,却不知所措"①。拜伦的两次国会演说,以及他的那些直接针对反动当局的诗篇,都使他和英国统治集团及御用文人之间结下不解之仇;他的那些震惊朝野的言论和舍我其谁的气势,顿时成了民间流言蜚语的中心议题。托利党派作家大力讥讽拜伦的无耻与癫狂,而辉格党派虽表面上为拜伦的勇敢而击掌勉励,但个个私底下都为他的年轻盲动而扼腕。

拜伦对拿破仑崇拜至极,曾自命为"诗坛上的拿破仑"。当拿破仑遭到"神圣同盟"的进攻时,拜伦却并未用自己最擅长的诗文进行有力的还击。这何尝不是与扫罗的命运和结局一样呢? 在轰轰烈烈的英雄事迹描写的背后,却并未出现英雄的凯旋和荣耀故里,因为拜伦深知,胜利和荣耀不是那么轻易能得到的。从这种精神内涵和实质来看,拜伦在《希伯来歌曲》中所塑造的英雄和展示的英雄气概——主要以《耶弗他之女》《扫罗》和《扫罗王最后一战的战前之歌》为主——都是基本一致的,都在空谷上充满着浓浓的悲剧英雄主义气氛! 从形式上来讲,《希伯来歌曲》是诗人与音乐家的合著之作。但是从精神内涵上来看,其中依然映衬着诗人自己与音乐家个人的思想和认知。这既与合著中的"和而不同"的指导思想一脉相承,又与拜伦的真实秉性和诗性流露不谋而合。所以从这个意义上来说,拜伦的诗歌是配得上纳森的宗教主流色彩音乐的。

拜伦的这种应和与管见、大体与私心都是在文学合著中参与各方会尽心竭力去考量的成分,正如纳森欲借此以示个人的犹太主义观念一样。此中无他,唯心性与诗性并行而交叉尔! 不过两卷《希伯来歌曲》的特色与分类主题还是在总体的趋同格局中有序展开和完美收场的。

歌曲集第一卷共有 12 首歌,其中的前 9 首都与宗教礼仪相关。② 在后文艺复兴的盎格鲁—犹太文化语境下,纳森的犹太宗教仪式与拜伦的抒情诗歌可能是按照不同的组织与阐释方式而选编在一起的。但是在这 12 首歌曲中四个明显的主题依然引人注目:忠诚与理性、宗教的犹太复国主义与世俗的民族主义、

---

① Nicholas Mason, *Building Brand Byron: Early-Nineteenth-Century Advertising and the Marketing of Childe Harold's Pilgrimage*. Modern Language Quarterly, 63 (1976): 428.

② 关于这部分的音乐,参见:Frederick Burwick and Paul Douglas, eds. *A Selection of Hebrew Melodies Ancient and Modern by Isaac Nathan and Lord Byron*. Tuscaloosa: University of Alabama Press, 1983.

弥赛亚式的消极思想与社会性的积极思想、犹太种族地位与英国身份认同。

## 第四节 合著歌曲集的主题

歌曲集中涉及的"忠诚与理性"主题与犹太历史上重要的"哈斯卡拉运动"(Haskalah)密切相关,甚至可以看作是这场运动的中心诉求。[①] 这场运动中最广为人知的事件是德国犹太教信徒和教育家韦塞利(Naphtali Herz Wessely)发表了针对欧洲犹太人教育的改革方案。韦塞利号召犹太人将自己的子女送到用方言进行教学的职业公立学校接受教育。因为韦塞利认为,此前犹太人所学习的内容无一例外都是关于传统希伯来的知识,即"上帝之法"(Law of God),他们因此将自己围于一个"国中之国"的区域,而没有学习和掌握与生活和现实紧密相关的"人类之法"(Law of Man)。通过这个项目,韦塞利希望犹太人能够在不失去自己犹太人身份的同时成为对身处之国有所奉献的爱国公民。但是那些宗教集权人士因害怕失去对犹太人社会的控制而极尽抵制之能事,并且将韦塞利驱逐出了教会。所以事关犹太人的宗教忠诚和生活理性从来都不是一个简单的二元或合一的话题。纳森不但有极深的宗教家庭背景,其本人也对犹太宗教信仰有着异乎常人的理念和态度。而拜伦对基督教的态度也非简单的认可或质疑,他在自己的诗作中虽然以不同方式表明了些许观点,但这次与纳森的合作无疑是展示对"信仰与理性"看法的一个绝佳时机。《野羚羊》一诗就包含着浓郁的"哈斯卡拉"意蕴。

为了将对盲目信仰取代怀疑主义的批评实例化,纳森特地将《野羚羊》一诗

---

① 哈斯卡拉运动又叫犹太启蒙运动,是 18 至 19 世纪欧洲犹太人的一场运动。运动旨在吸收启蒙运动的价值,推动社群更好地整合进入欧洲社会,并借此增加世俗内容、希伯来语和犹太历史教育。"哈斯卡拉"标志着欧洲犹太人与世俗世界开始更广泛的接触,最终产生了第一次犹太人政治运动。阿什肯兹犹太人,尤其是在北美和其他英语圈地区的犹太人,作为对哈斯卡拉运动的回应,开始介入宗教运动及犹太教宗派。领导哈斯卡拉运动的启蒙思想家称为"马斯基尔"(Maskilim)。在更严谨的认识上,"哈斯卡拉"可以说对圣经希伯来语研究,以及对希伯来语诗歌和希伯来文学的科学化和批判性研究做出了贡献。这一词有时还用来描述现代对犹太宗教经典的批判研究。比如对米书拿(Mishnah or Mishna)和塔木德(Talmud)采用不同于犹太教正统派的现代模式研究。与欧洲启蒙运动中的自然神论不同,"哈斯卡拉"寻求现代化的犹太哲学,并建立了改革派和新正统派。它的外延在东方抑制住了复苏的神秘主义派别和传统的学院派。早期的一些犹太学者,像巴鲁赫·斯宾诺莎(Baruch de Spinoza)和萨勒姆·迈蒙(Salomon Maimon)曾推动世俗主义上的身份认同。在 20 世纪,哥舒姆·肖勒姆(Gershom Scholem)重塑了被哈斯卡拉所忽略的犹太神秘主义在历史上的重要性。

选编在具有犹太怀疑主义的语境中,从而使诗歌与礼拜仪式合二为一。在他的诗歌选编位置安排的过程中,纳森的标准是"Yigdal",即"犹太信仰十三条款"(The Thirteen Articles of Jewish Faith)。[①]

将拜伦的《野羚羊》移花接木到"Yigdal"上,纳森明显是在对犹太教信仰的礼拜仪式话语进行讽刺。而拜伦的诗歌可以解读为是对犹太教信仰的一种怀疑式阐释。诗歌的主要意象和中心象征物是野羚羊,而它显然是与犹太人形象背道而驰的:

> 野羚羊还能在犹达山头
> 欢快地跳跃不停;
> 圣地到处有活波溪流,
> 任凭它随意啜饮;
> 四蹄轻捷,两眼闪光,
> 不驯地,喜悦地,巡视着故乡!
>
> 同样快的脚步,更亮的眼睛,
> 犹达也曾经见识;
> 在她那逝去的繁华旧境,
> 居民们多么俊俏!
> 黎巴嫩香柏依然在飘动,
> 犹达的少女已无影无踪!
>
> 以色列儿孙云飞星散,
> 怎及故乡的棕树!

---

① 犹太信仰十三条款由摩西·迈蒙尼德(Moses Maimonides,1135—1204)构思规划,分别是:1. God exists; 2. God is one and unique; 3. God is incorporeal; 4. God is eternal; 5. Prayer is to God only; 6. The prophets spoke truth; 7. Moses was the greatest of the prophets; 8. The Written and Oral Torah were given to Moses; 9. There will be no other Torah; 10. God knows the thoughts and deeds of men; 11. God will reward the good and punish the wicked; 12. The Messiah will come; 13. The dead will be resurrected. 参见: Alexander Altman, *Articles of Faith*. *Encyclopaedia Judaica*. Vol. 3. Jerusalem: Keter, 1972, pp. 659—660.

　　它虽然寂寞，却风致宛然，

　　牢固植根于故土；

　　它寸步不离生身的土壤，

　　它岂肯浪迹于异城他乡！


　　我们却必得辛苦漂泊，

　　葬身于陌生的土地；

　　列祖列宗长眠的故国，

　　却不容我们安息；

　　圣殿夷平了，石头也不剩，

　　撒冷宝座上高踞着"侮弄"！①


　　野羚羊虽然平素罕见而且姿态优美，但是它们却是一群不知世事、不谙环境的未曾开化的生灵。它们对于是否可以在圣地一任自己的疾蹄奋飞一事仍一无所知，更不用说它们是否具有作为牺牲献祭给上帝的特权了！在诗歌的第一节，拜伦给了这种有特权生灵以足够的笔墨，从而显示它们的轻盈、无忧和自信，在这片圣地它们可以"不驯地，喜悦地，巡视着故乡"。可以和它们的自由自在相媲美的是昔日具有"同样快的脚步，更亮的眼睛"的犹太人。但是一旦背井离乡，沦为被放逐的民族，他们的繁华便化为旧景，从此"儿孙云飞星散"了。②

　　像这样哀苦的、怀恋故土和家园的宗教诗歌，往往在结尾会有一段对复归家园、重归故里的对话式祈求或渴盼。但是在这首探讨犹太教的"忠诚与理性"的讽刺诗中，拜伦一反常态地将救世主从撒冷宝座上拉下来，取而代之的则是"侮弄"，将任何对未来的所谓弥赛亚式的希望化为乌有。如果将拜伦的此诗置于音乐背景中去解读的话，它似乎又对"Yigdal"中所言传的对信仰的忠诚与惊喜产生了彻底的解构。不过此诗的含混与寓意绝非在此居留了。从一个更加广义的角度来看，关于启蒙与怀疑、忠诚与理性的争议在该诗歌的显现也许更加清晰。所以，《野羚羊》与"Yigdal"的联合就不一定是对信仰的怀疑与抛弃，也极有可能

---

　　①　拜伦：《拜伦诗选》，杨德豫译，广西师范大学出版社 2009 年版，第 48、49 页。

　　②　这首诗和歌曲集中《哭吧》《在约旦河岸》《我们在巴比伦的河边坐下来哭泣》都取材《圣经》，描述的是遭驱逐、浪迹他乡的犹太人对家园故土的怀念。公元前，犹太人聚居在巴勒斯坦并建立了自己的王国，公元 1 至 2 世纪被罗马所灭，人口外徙，散居在西亚、北非及欧美等地。

指的是"侮弄"如何在"撒冷宝座上高踞"的问题。

纳森一度认为,犹太人可以在离散的状态下努力营造一个属于他们自己的生活。所以对犹太复国主义信仰,纳森总是持一种怀疑的态度。当有机会与"当世第一诗人"拜伦合著时,纳森自然不会放过这个可资发挥个人理想的良机,在编排诗歌、配乐赋音时,他就将拜伦的《竟然攫去你娇艳生命》和《在约旦河岸》等与其具有颠覆犹太复国主义思想的音乐词曲对应,以示个人的宗教情感与信仰态度。

首先纳森选用了一首非常传统的音乐《锡安及其城池》(*Zion and its Cities*)来阐释拜伦在诗歌中所表达的犹如圣城耶路撒冷一般凋谢的至爱形象,而这个至爱最多只能得到瞬息哀悼便最终被遗忘。纳森从系列《锡安颂》中选用了挽歌的形式来应和拜伦的诗歌。《锡安颂》是为了纪念圣城毁灭而作的,曲调和语气都极其悲伤。拜伦的《竟然攫去你娇艳生命》是对因失去至爱而产生情感冲突的戏剧化再现。诗歌首节描述的是哀悼者在面对至爱的死亡时,因确信他的爱会与宇宙万物融为一体而获得了某种程度的慰藉:

> 竟然攫去你娇艳的生命!
> 你岂应负载沉重的坟茔?
> 你在草茵覆盖的墓园,
> 让玫瑰绽开最早的花瓣,
> 野柏在幽暗中摇曳不定。[①]

被草茵、玫瑰和野柏环绕和覆盖的墓园,在哀悼者的眼里和心里并不幽冷可怖,但是带有明显疑虑的一句"你岂应负载沉重的坟茔?"却让人不得不怀疑哀悼者的信念是否真的那么坚定。

对哀悼者并不自信的怀疑在诗歌的第二节得到了印证。渐渐地,哀悼者似乎明白了一个道理,慰藉和宽心其实都是一种人为的假象,对至爱的回忆只能靠"梦幻哺育的思绪":

> 往后,傍着那溪流碧绿,
> "悲哀"会时时低垂着头颈,

---

① 拜伦:《拜伦诗选》,杨德豫译,广西师范大学出版社 2009 年版,第 54 页。

> 用梦幻哺育深沉的思绪，
> 步子轻轻的，走走停停，
> 仿佛怕惊扰逝者的宁静。①

　　诗歌的最后一节既是转折点又是结论处。哀悼者最终确信，唯一能让自己从丧亲之痛中解脱和解决的最佳之道只有忘却：

> 去吧！ 也明知眼泪没有用，
> 死神对悲苦不闻不问；
> 那时我们就该停止伤恸？
> 哀哭者就该强抑酸辛？
> 而你——你劝我就此忘怀，
> 你面容惨白，你泪痕宛在。②

　　既然"眼泪没有用"，那就干脆"停止伤恸"吧！ 更有甚者，九泉之魂也劝他"就此忘却"。对于痛定思痛后所得来的领悟，哀悼者在此显示出的依然是无奈和苦寂。

　　纳森选用《锡安颂》的音乐来配拜伦的诗歌时，曾向后者问询过诗歌的含义：

> 　　我将音乐的曲调呈送给阁下审阅，并询问该诗如何才能与某种《圣经》主题相吻合。阁下沉思良久，最后说道："每一个思绪都有他的所指，对这种心无苦难牵挂的人是极少见的，对我来说这是一种属于我的苦难。"阁下显得有些激动，继续说道："她是谁并不重要，也许关于诗歌中的她所遗留下来的只有我经常沉迷的一种情感吧！"③

　　《在约旦河岸》接续了《竟然攫去你娇艳生命》中哀悼的语气和怀疑的态度。

---

① 拜伦：《拜伦诗选》，杨德豫译，广西师范大学出版社 2009 年版，第 54 页。
② 拜伦：《拜伦诗选》，杨德豫译，广西师范大学出版社 2009 年版，第 54 页。
③ Isaac Nathan, *Fugitive Pieces and Reminiscences of Lord Byron*. London: Wittaker, Treacher and Co., 1829, p. 30.

为此,纳森采用的光明节传统曲目《万古磐石》(*Ma'oz Tsur*)来和乐。① 单从主题上来看,拜伦的诗歌和希伯来的《万古磐石》都包含有犹太复国主义原型的意味。但是纳森音乐的悲悼性与拜伦的诗歌言辞却构成一种对传统曲目快乐期盼氛围的抵牾,从而暗示了一种对无视耶路撒冷犹太人的上帝的控诉之情。诗歌的第一节展示了一幅后流亡时代的中东图景,诗句中现在时的时态运用表明,上帝业已沉睡,雷霆早已沉寂,他的宝座也失去了应有的高尚纯洁之性:

> 在约旦河岸,阿拉伯骆驼队踯躅;
> 在锡安山上,邪教徒向邪神祷祝;
> 在西奈悬崖,太阳神信徒顶礼——
> 连那儿,上帝呵,你的雷霆也沉寂!②

而在诗歌的第二节,诗人用一种十分匪夷所思的话语指明,上帝的那些被污脏的地方曾经是他向以色列人显灵之地:

> 在那儿,你的手指灼焦过石板!
> 在那儿,你的形影向子民显现!
> 你的光辉,披裹着火焰的袍子,
> 你的真身,谁见了也难逃一死!③

在传统诗歌话语里,数典忘祖、忤逆上帝、玷污圣地之罪都应该由具有原罪的人来背负,并需要靠最终的赎罪以获解脱。但是在本诗的第三节,那个讲述者非但没有谴责忘记上帝的人们,而且将罪责反过来扣在上帝的头上,因为这个上

---

① 歌名"Ma'oz Tzur"就是诗歌的开头,意即"万古磐石"或"堡垒磐石",通常被认为是指向上帝的一种隐喻。整首圣歌以诗歌形式讲述了犹太历史,庆祝犹太人从四个古老的敌人那里被解救:法老、尼布甲尼撒、哈曼和安条克四世。像很多中世纪的犹太礼仪圣歌一样,诗的字里行间皆可看到《圣经》文学和拉比解读的风格。这首诗歌讲述了在各个不同的历史时期,犹太社区是如何从那些敌人的迫害下被解救的。整首诗歌的第一节和最后一节使用了现在时态,第一节里的现在时态表达了重建圣殿的渴望,并且表现出不断叫嚣的敌人必将被彻底击败的信念,最后一节的现在时态则再次昭告那些迫害犹太人民的敌人必将遭受神谴。近几年来,人们通常只吟唱该诗六个章节中的第一节。

② 拜伦:《拜伦诗选》,杨德豫译,广西师范大学出版社 2009 年版,第 51 页。

③ 拜伦:《拜伦诗选》,杨德豫译,广西师范大学出版社 2009 年版,第 51 页。

帝显然忘却了他对子民的义务。面对忘却义务、寡恩薄情的上帝,叙述者的终极问题是,这个沉睡的救世主还要听任他的子民流浪多久?

> 哦,愿你的目光在雷电中闪耀!
>
> 斩断压迫者血手,扫落他枪矛!
>
> 你的土地——让暴君踩躏多久?
>
> 你的殿宇——荒废到什么时候?①

纳森将拜伦的这首诘问连连的诗歌放在对犹太复国主义的怀疑话语背景中,将一个关乎该主义的基本问题呈现给世人:犹太人是应该不折不扣地笃行犹太复国主义,还是应该将这种信仰转化为回归耶路撒冷的一个隐喻阐释而最终在流散中建立真实的生活图景呢?

诗歌《在约旦河岸》配上纳森的《锡安颂》曲调,构成了犹太复国主义对昔日黄金岁月丧失的哀悼。而纳森将《她走来,风姿幽美》与自己特选音乐的适配,又从很大程度上反映了弥赛亚主义中的消极思想,实际上构成了对这种思想的消解。对犹太人来说,一个人间的大卫家系的继承者将要带领流放的犹太人重返家园耶路撒冷。与犹太复国主义类似的是,受过启蒙的犹太人倡导的是一种弥赛亚主义的隐喻式信仰,将启示录式的理想转化为现世真实生活的实现。

纳森为《她走来,风姿幽美》所配的音乐是"Lekha Dodi",这是一首庆祝弥赛亚与神之显灵神秘结合的曲子,一种"神在"(Divine Presence)的女性显现。这个曲子与 16 世纪的诗人阿尔卡贝斯(Solomon ha-Levi Alkabez)所作的一首诗歌内涵相似。和其他的犹太玄学家一样,阿尔卡贝斯将即将到来的安息日拟人化为女性的"神在",她与弥赛亚的结合据说可以复归一个完整的宇宙。在犹太玄学家那里,男女之间性的结合——通常在星期五的晚上发生——不仅实现了繁殖和丰饶,而且对弥赛亚和"神在"的结合多有裨益。

在如何将诗歌与曲调和谐统一时,纳森用《她走来,风姿幽美》的首节来暗示弥赛亚主义所创作的虚假的静态,非但没有促进情感和思绪的发展,反而对他们起到了阻滞作用,而那个被理想化的女性形象也渐渐沦为一个男性业已不再的状态——一个"神在"的缺失:

---

① 拜伦:《拜伦诗选》,杨德豫译,广西师范大学出版社 2009 年版,第 51 页。

> 她走来，风姿幽美，好像
>
> 无云的夜空，繁星闪烁；
>
> 明与暗的最美的形象
>
> 交集于她的容颜和眼波，
>
> 融成一片淡雅的清光——
>
> 浓艳白天得不到的恩泽。①

在接下来的诗节里，"风姿优美"走来的那个抽象的象征之物，那个堪与神在媲美的形象，没有丝毫的具体特征或纤毫毕现之感，所有关乎她的特征都是"无名"的，所有高尚集结的场所无非一"神圣寓所"而已：

> 多一道阴影，少一缕光芒，
>
> 都会有损于这无名之美：
>
> 美在她的绺绺黑发间荡漾，
>
> 也在她颜面上洒布柔辉；
>
> 愉悦的思想在那儿颂扬
>
> 这神圣寓所的纯洁高贵。②

关于诗歌描摹的那位女性，除了用神态娴静、容颜俏丽、风姿幽美等抽象喻词之外，别无其他深入骨髓的特征留给任何一个读过此诗的人，一如那个流亡途中的所谓"神在"形象。诗歌结尾处的看似升华点睛之笔，其实在纳森的"神在"音乐主题的衬托下，演变成了当下犹太人的一种生存状态：

> 安详，和婉，富于情态——
>
> 在那脸颊上，在那眉宇间，
>
> 迷人的笑容，照人的光彩，
>
> 显示温情伴送着芳年，
>
> 显示她涵容一切的胸怀，

---

① 拜伦：《拜伦诗选》，杨德豫译，广西师范大学出版社 2009 年版，第 47 页。
② 拜伦：《拜伦诗选》，杨德豫译，广西师范大学出版社 2009 年版，第 47 页。

　　　　她葆有真纯之爱的心田！①

　　没有丝毫的具象与果敢，诗歌主题形象幻化成了纳森与拜伦眼中的犹太生活实体形象，他们在流放中依然未获得任何解放的可能。

　　在探讨了英雄主义与宗教信仰、个人理性、复国主义等宏阔话题之后，纳森又将注意力转向了拜伦诗歌中那些可以用来与自己的音乐融洽配合，以示其作为一个英国犹太人对种族地位与国家身份认同的困惑与理解。这种合著中的"私利性"选择并无可指责之处，因为创作本身即是对经验、认知、见解和困惑的抒发，所谓"作家的白日梦"与此有异曲同工之妙。但是既然是合著作品，纳森对于严谨与务实、私心与利他、音乐与诗歌等的极度合拍的考虑也是这个合著工程成功的保证。

　　在作为合著成果的最后章节部分，纳森的重心的确转向一个比较个人化的话题：作为英国犹太人的身份认知与确立。在种族和国家身份产生冲突和嫌隙的时候，年轻的纳森曾经放弃了犹太音乐而青睐世俗音乐。但就家庭宗教信仰而言，纳森的妻子皈依了基督教，他的孩子也是作为基督徒而抚养成人的。但是他的第二个妻子却没有签订犹太婚姻协定，纳森的大部分音乐作品都是非犹太教的。在他移居到澳大利亚之后，纳森致力于土著音乐并最终成了澳大利亚的音乐之父，然而他本人却一直保持犹太人身份。这种国家与宗教信仰身份之间的冲突，可以从为拜伦所写的诗歌配乐中管窥一二。

　　纳森为《哭吧》和《我灵魂阴郁》所选的音乐是"Yom Kippur"，即犹太赎罪日②仪式音乐。将宗教主题音乐与带有诉罪、忧郁和祈祷主题的诗歌并置，从一定程度上反映了编选者对自己可能犯下罪责的忏悔。纳森运用了悔罪祈祷时所放的"Kol Nidre"即悔罪祈祷曲为《我灵魂忧郁》配乐。而悔罪祈祷曲放送或唱诵的目的就是向上帝起誓，求得宽恕，以赎罪责，并最终荡清祈祷者的良心。③《我灵魂忧郁》中的叙事者大有悔罪祈祷曲中的祷告者对减轻痛苦和忧郁的追

---

① 拜伦：《拜伦诗选》，杨德豫译，广西师范大学出版社 2009 年版，第 48 页。
② 赎罪日（Yom Kippur, the Day of Atonement）是犹太人一年中最重要的圣日。该节日降临在新年过后的第 10 天，这一天是犹太人一年中最庄严、最神圣的日子。对于虔诚的犹太人教徒而言，这还是个"禁食日"，要在这一天完全不吃、不喝、不工作，到犹太会堂祈祷，以期为他们在过去一年中所犯的或可能犯下的罪过赎罪。
③ See Morris Silverman, ed., *High Holiday Prayer Book*. Bridgeport: The Prayer Book Press, 1951.

求。据纳森回忆,拜伦在创作此诗时,非常专注于其中忧伤情绪的表达:

> 民间流言中或报刊上经常出现关于拜伦勋爵特立独行的消息。据
> 说在有些时候或某些场合这种个性会发展到精神错乱和智力受伤的地
> 步!而这种传闻对拜伦本人来说除了聊以愉悦别无其他用途。关于这
> 种情势,拜伦曾萌发了尝试在疯癫状态下创作的念头,迫不及待地抓起
> 笔,两眼空洞地盯着白纸,突然灵光闪现,一挥而就七纸文章,字字原样
> 从不修复。上述诗行[指《我灵魂忧郁》]即是见证。他还不忘对我说:
> "如果此诗为我疯癫时所作,无疑音乐应是你疯癫时所配。"①

拜伦的诗分为两个小节,其紧凑的形式与《圣经》中对于痛苦疯癫的描述几
无二致。第一节中叙者明确暗示,只有大卫的音乐才能减轻扫罗的痛苦:

> 我灵魂阴郁——快调好琴弦,
> 趁我还受得住聆听乐曲;
> 用温柔的手指向我耳边,
> 弹弄出喁喁怨诉的低语。
> 只要这颗心还有所希图,
> 乐音会再度把它诱导;
> 只要这双眼还藏着泪珠,
> 会流出,不再把脑髓煎熬。②

忧郁的灵魂并不是只有自己才能感受到,对上古先人指导乐音的渴望其实
是在暗示一种对当下的绝望和无力。所以在有所图的灵魂深处还是看不见照亮
个人身份的光。接着在第二节里,期盼者对所求音乐有了明确的交代:

> 让琴曲旋律深沉而激越,
> 欢快的调门请暂时躲开;

---

① Isaac Nathan, *Fugitive Pieces and Reminiscences of Lord Byron*. London: Wittaker, Treacher, and Co, 1829, p. 37.

② 拜伦:《拜伦诗选》,杨德豫译,广西师范大学出版社 2009 年版,第 55 页。

乐师呵，让我哭泣吧，否则，

沉重的心呵，会爆成碎块！

它原是悲哀所哺育，后来

长期在失眠中熬受着痛楚，

命运给了它最坏的安排，

碎裂，——要不，被歌声收服。[①]

"深沉""激越"和"欢快"是祈祷者对音乐的具体要求。唯有此种音乐方能直抵他受苦的内心。无独有偶，此诗与纳森为《希伯来歌曲》第一版所写序言中关于音乐的描述相映成趣。纳森在序言中指出，音乐可以引发一种悲怆和狂野的情绪，这应该成为犹太人宗教歌曲的主旋律。

《哭吧》虽然在主题上与犹太复国主义类型的诗歌接近，但是在悔罪祈祷曲音乐的映衬下，其中圣城耶路撒冷的失去之主题则让位给了渴望赎罪的主题。拜伦诗歌的开头两句是在《圣经·诗篇》第 55 章第 6 节的"我说：'我有翅膀像鸽子，我就飞去得享安息'"这个模式的基础上改编而成的：[②]

哭吧，为巴别河畔哀哭的流民：

圣地荒凉，故国也空余梦境；[③]

哭吧，为了犹达断裂的琴弦；

哭吧，渎神者住进了原来的神殿！[④]

拜伦在模仿《诗篇》时特意将其中的虚拟语气改成了挽歌的调子。那么，原诗中的期盼与祝愿也就幻化成了虚妄和痛苦。在哀悼先前的圣城耶路撒冷业已灰飞烟灭的同时，[⑤]第二节的开篇便有一个疑问产生了：一个新的耶路撒冷今安

① 拜伦：《拜伦诗选》，杨德豫译，广西师范大学出版社 2009 年版，第 55 页。

② 原文为：And I say, "Oh that I had wings like a dove! For then would I fly away, and be at rest."本书所用《圣经》的引文［中英文］均出自：《圣经·简化字现代标点和合本》，上海：中国基督教协会，2000 年版。

③ 原文为：Oh! Weep for those that wept by Bable's stream, / Whose shrines are desolate, whose land a dream. See Lord Byron, *Byron's Hebrew Melodies*. Thomas L. Ashton. Ed. Austin: University of Texas, 1972.

④ 拜伦：《拜伦诗选》，杨德豫译，广西师范大学出版社 2009 年版，第 50 页。

⑤ 公元前 586 年，耶路撒冷被迦勒底王国攻陷，大批犹太人被掳到巴比伦。

在？以色列子孙到哪里去洗净他们流血的双脚？

> 以色列上哪儿洗净流血的双脚？
> 锡安山几时再奏起欢愉的曲调？
> 犹达的歌声几时再悠扬缭绕，
> 让颗颗心儿在这仙乐里狂跳？①

对家园丧失、身份难留、救星未出的哀悼，在第三节得到了进一步强化。对新的耶路撒冷出现的向往被一句"以色列只有坟墓"给彻底葬送了：

> 只有奔波的双足，疲惫的心灵：
> 远离故土的民族哪会有安宁！
> 斑鸠有它的窠巢，狐狸有洞窟，
> 人皆有祖国——以色列只有坟墓！②

从纳森的视角来看，拜伦此诗的前两节与悔罪祈祷曲的音乐调子互相应和，而第三节则是一种在此基础上的话语信息传递，其语调清晰、用意明确，意在表明复归耶路撒冷的不可能性。所以从这个意义上来讲，它其实是对悔罪祈祷的情感价值的再现。

正如上文所深刻讨论和精心论证的一样，对于《希伯来歌曲》合著中的宗教因素和建立在宗教基础上的四大主题，坊间已有公认。除此之外，歌曲集中还有哪些基于合著风格之上的此主题呢？聚焦诗歌作者拜伦的作品，抒情诗风与记忆也是其中不可忽视的主题。

1814年当纳森将合著歌曲集的注意力转向拜伦时，他的宏伟计划是否能够最终圆满完成其实存在一个很大的变数。因为在1814年以前，拜伦还是一个在抒情诗歌领域名气卑微、读者稀少的诗人，而纳森计划中的与其音乐相配的诗歌却恰恰需要出自名家之手，最好是能引人入胜。当纳森将赌注压在"当世第一诗人"身上时，他似乎毫不在意后者的抒情诗歌短板。他不但要借此展示个人的复杂宗教观念，同时还要以此合著力作挽回家庭经济颓势。而拜伦呢？他的合著

---

① 拜伦：《拜伦诗选》，杨德豫译，广西师范大学出版社2009年版，第50页。
② 拜伦：《拜伦诗选》，杨德豫译，广西师范大学出版社2009年版，第50页。

动机除了上文所述的关涉宗教性的方面之外，难道就没有其他用意吗？

对于拜伦与纳森合著原因的解释有多种多样。有人说："是为了向世人证明他与自己虔诚的新娘是十分相配的。"①还有人说是为了"进一步展示他对弱小民族的同情"②。汤姆·莫尔（Tom Moore）认为，在拿破仑被驱逐和法国战败的背景下，拜伦被浓厚的民族主义情绪感染，所以此时与纳森合著这种具有民族主义和身份认同的诗歌极易引起大众的关注。③

拜伦曾说："谈到《圣经》，我不仅是一个热情的读者，还是一个经文的崇拜者。"④单从歌词的视角出发，《希伯来歌曲》就是犹如《圣经》经文一样的抒情诗，其中有些片段直接取材于《圣经》。所以，歌曲计划中包含着拜伦意欲回归 1806年到 1808 年间他主创抒情诗的时期，以及他急切地想以一个作者的身份回归大众视野的心绪。歌曲集计划的实施前后不到一年，1814 年 9 月就真正开始进入初创时期了。实际上它的合著工作早在 1813 年 11 月就已经启动了。但是它的彻底完工还是被拖到了 1829 年。是年纳森对歌曲集进行改编，其中有些主题也做了一些调整。

当拜伦在 1806 年到 1808 年间以一个抒情诗人身份在公众视野出现时，他对这种类型的创作怀有一种别样的情怀和特殊的记忆。虽然 1807 年《闲散的时光》（*Hours of Idleness*）出版后不久即遭到了《爱丁堡评论》（*Edinburgh Review*）上刊载的文章的猛烈抨击，但是拜伦随后创作和出版《恰尔德·哈罗德游记》第一、二章所引起的轰动表明，他的成功和在英国诗坛上渐露锋芒在很大程度上也得益于抒情诗这个体裁。在这个宏观的创作背景下，拜伦持续创作《希伯来歌曲》，不可避免地包含着他对抒情诗创作的涓滴感悟和将记忆本身转化为另一种抒情模式的心理。

个人记忆是更广阔的集体历史的解说和合成之物，在"希伯来"的历史上这种记忆的作用尤其明显。而在合著的集体艺术展示上，记忆的参与也是不可小视的一个方面。剑桥学派的创始人之一、历史学家约翰·波考克（John G. A.

---

① Stuart Curran, *Poetic Form and British Romanticism*. New York：Oxford University Press，1986，p. 58.

② Joseph Slater，*Byron's Hebrew Melodies*. Studies in Philology，49（1952）：92.

③ Tom Moore，*Notes from the Letters of Thomas Moore to His Music Publisher James Power*. Thomas Crofton Croker，Ed. New York：J. S. Redfield，1953，p. 46.

④ Lord Byron，*Byron's Hebrew Melodies*. Thomas L Ashton，Ed. Austin：Univrsity of Texas，1972，p. 67.

Pocock)认为,作为政治或历史时期一种特殊模式的记忆,与在作品中可以突出自我、标新立异的记忆是不一样的。[①] 拜伦在早期的抒情诗歌创作中并没有关注到记忆功能的这种区分。与波考克所区分的记忆类型不同的是,拜伦"所创的《希伯来歌曲》从其特殊的模式来看,几乎是他的又一个版本的《闲散的时光》"[②]。

在 1806 年到 1808 年间创作抒情诗歌阶段,拜伦基本上是以一个血气方刚的青年的反讽模式而引起公众关注的。1809 年到 1814 年之间,拜伦的诗歌人物几乎毫无例外都是一个叙事角色。但是从 1814 年开始,拜伦诗歌中的叙事之音正慢慢与抒情腔调相融合,使得其诗歌题材和范围更加宽泛和宏阔。1814 年第 7 版《恰尔德·哈罗德游记》中就有 29 首抒情诗歌。这种做法与《圣经》材料的编译者们所通行的手法一样,他们经常会将一首抒情诗无缝衔接进一篇叙事作品中去。正如给《希伯来歌曲》提供诸多文本素材的《撒母耳记》一样,其中就有很多用来强化叙事的挽歌和颂诗。和《撒母耳记》中那些即使无名但依然可以被识别为大卫的叙事声音不同的是,《希伯来歌曲》中的叙事声音往往很难被识别成作者自己的声音,有时甚至无法识别。尽管这些抒情诗中声音是个体化的,却不是个性化的。纳森随后对此做了一些澄清:在歌曲集中拜伦无意使自己的识别标签"拜伦性"成为抒情诗歌的情感化指称,"勋爵大人以如此遥远的距离去触动一个被视为极具个人指称的主题真是太出人意料了"[③]。

拜伦将创作记忆和个人标识符码进行改装,尽量避免使歌曲集中的叙事声音个性化。他的创作技巧之一就是采用某些固定手法,如艺术跨越性、泛指性和非局部性手法等。较为经典的例证就是《她走来,风姿幽美》中那些屡被征引的字句,就不一定是"写于在位于伦敦赛摩尔路希特维尔女士(Lady Sitwell)居所看见威尔莫特夫人(Mrs. Robert John Wilmot)后的一个早上"[④]。在诗歌的意象、形式和音律安排上,拜伦从莫尔的《爱尔兰歌曲》(*Irish Melodies*)中受益颇

---

① John G. A. Pocock, *Modes of Political and Historical Time in Early Eighteenth-Century England*. Ronald Rosbottom, Ed. *Studies in Eighteenth-Century Culture*. Madison: University of Wisconsin Press, 1976, p. 89.

② Lord Byron, *Byron's Hebrew Melodies*. Thomas L. Ashton, Ed. Austin: University of Texas, 1972, p. 65.

③ Isaac Nathan, *Fugitive Pieces and Reminiscences of Lord Byron*. London: Wittaker, Treacher and Co., 1829, p. 65.

④ L. M. Findlay, *Culler and Byron on Apostrophe and Lyric Time*. Studies in Romanticism, 24 (1985): 345.

多。《希伯来歌曲》的总体风格与"民族歌谣风格"（national-melodies style）在精神内涵上也保持了高度一致。所谓"民族歌谣风格"指的是一种以纪念和庆祝为主的抒情风格，其核心是纪念性的。

在《希伯来歌曲》中，记忆或纪念模式是以一种更加复杂的形式出现的。拜伦关于自我的理想一直深深植根于记忆的底部，这个地方就是《她走来，风姿幽美》里那个女士思想的"神圣寓所"，就是《君王行吟诗人哭诉的竖琴》里那个声音的天堂。这些寓所与纳森所提供的那些古时的音乐一起相互映照，构成了歌曲集中层层递进的高峰。在合著的精神需求和作品的风格融合上，拜伦对抒情体例的记忆和延续与纳森为此所配的古典音乐高度融合，既保证了合著的本质又对合著中的政治性隐喻施加了影响。《我灵魂忧郁》是从对《撒母耳记》上卷第16章第14到23节的戏剧化改写而来。① 而纳森为此配上的音乐听上去像从记忆深处涌来的赎罪誓言。拜伦对《圣经》的戏剧化运用使其没有原封不动地搬用其中的人物，在他的诗歌中大卫依然没有姓名。所以拜伦的诗歌还称不上是具有净化功能的一首希伯来歌曲，因为净化作用与歌曲本身还是具有一定相对性的。扫罗告诉他的行吟诗人，不屈从于歌曲就是通达知恶之路，但是他却除了沉默之外无法摆脱困境，因此扫罗的"歌曲"不是净化性的，大卫的歌曲也不是供吟唱的。拜伦的戏剧化运用本身是在一个高度个性化记忆领域内对生活实践的探寻。

《传道者说：凡事都是虚空》是一首对《圣经·传道书》高度浓缩的抒情诗。诗歌首节是对昔日美好时光、荣耀繁华的记忆：

> 我有过荣名，才智，爱情，
> 青春，健康和精力；

---

① 《圣经·撒母耳记》16：14—23 原文大意为：耶和华的灵离开扫罗，有恶魔从耶和华那里来扰乱他。扫罗的臣仆对他说："现在有恶魔从神那里来扰乱你。我们的主可以吩咐面前的臣仆，找一个善于弹琴的来，等神那里来的恶魔临到你身上的时候，使他用手弹琴，你就好了。"扫罗对臣仆说："你们可以为我找一个善于弹琴的，带到我这里来。"其中有一个少年人说："我曾见伯利恒人耶西的一个儿子善于弹琴。是大有勇敢的战士，说话合宜，容貌俊美，耶和华也与他同在。"于是扫罗差遣使者去见耶西，说："请你打发你放羊的儿子大卫到我这里来。"耶西就把几个饼和一皮袋酒，并一只山羊羔都驮在驴上，交给他儿子大卫送与扫罗。大卫到了扫罗那里就侍立在扫罗面前。扫罗甚喜爱他，他就做了扫罗拿兵器的人。扫罗差遣人去见耶西说："求你容大卫侍立在我面前，因为他在我眼前蒙了恩。"从神那里来的恶魔临到扫罗身上的时候，大卫就拿琴用手而弹，扫罗便舒畅爽快，恶魔离了他。

> 葡萄常使我酒杯泛红，
> 有俏影相偎相倚；
> "美"曾像阳光，朗照我心房，
> 我灵魂格外温柔；
> 享人间珍品，拥天下宝藏，
> 我曾像帝王般富有。[①]

对这些无限美好的记忆和无上荣光的召唤真的能使人忘却烦恼，并真情实意而又满怀期待地展望一个美好的未来吗？诗歌的第二节给出了答案：不能！因为在记忆深处，美好与痛苦相伴、欢情与苦味相掺：

> 如今我极力搜寻记忆，
> 把往事一一清点，
> 看此生有哪些珍奇的经历
> 吸引我重温一遍。
> 没有哪一天，没有哪一时
> 欢情不掺上苦味；
> 也没有哪一件华美的服饰
> 不曾磨损而破碎。[②]

为什么昔日精神、灵魂上富足无比的记忆变得如此苦痛、不堪回首了呢？诗歌最后一节道出了个中缘由：

> 田野的毒蛇，术士有本领
> 防止它将人荼毒；
> 可是，当蛇虫盘曲在心灵，
> 谁能够将它制伏？
> 它不肯倾听理智的声音，
> 也不受乐曲引诱；

---

① 拜伦：《拜伦诗选》，杨德豫译，广西师范大学出版社 2009 年版，第 61 页。
② 拜伦：《拜伦诗选》，杨德豫译，广西师范大学出版社 2009 年版，第 61 页。

　　　　它无尽无休地噬啮着灵魂，

　　　　灵魂却必得忍受！①

　　记忆是不充分的，对努力生活的探寻总是湮没在层层否定之中，记忆构成了一个十分精致的陷阱。其实在《野羚羊》的最后一节中关于"侮弄"的类比也和这里的记忆赋格化有着异曲同工之妙。《我这副受苦的皮囊冷却》中的时间被拜伦做了空间化的处理。诗人将死后的灵魂旅程展现在读者面前：它穿越无限的回顾，"只要精魂纵目一扫视，/历历前程就毕露纷呈"②，一直到最后的彻底灭迹和消散："一种无名的、永恒的存在，/何物死亡！早浑然忘却。"③在拜伦的这种抒情诗歌里，"无名"永远是一种否定性的存在模式，而永恒的存在只不过是一种"物"而不是"存在"。在《哭吧》里面，有一个满含同情心、非希伯来族群的观察者注意到，希伯来人的政治合法性不过来源于他们记忆的连续性而已，而他们所能记忆起来的只有一件事："人皆有祖国——以色列人只有坟墓。"

　　《耶弗他之女》除了上文从拜伦式英雄主义的视角解读之外，在关乎记忆与历史和政治的关系上，这首诗也是一部对命中注定的悖论的戏剧化再现。当耶弗他遵照当初立下的誓言，将自己的独生女献祭给上帝的时候，诗中的那个无名的讲述者，也就是耶弗他的女儿，用歌谣的形式对她的父亲说："仍望你以我为荣。"英语原句是："Let my memory still be thy pride."④这里的"memory"和"pride"在文法和历史语境中构成了具有悖论的一对表达。耶弗他女儿的本意是在自己行将慷慨捐躯之时安慰一下造成这种局面的父亲，以此来强化他的信仰，即他做出的决定是正确的和必要的。她所说的记忆和她父亲需要的记忆是截然不同的东西。所以在此时刻她必须以父亲应该记住她为记忆的核心——她的勇敢、无私和孝顺，而不是她本人真的记住了发生的事情。"但是这两个在记忆之名下包含不同实质内容的东西对她的父亲来说却是合谋折磨他的共犯。不管耶弗他在何种名号下获得了军事胜利，他那无名的女儿才是供人瞻仰的对象，

---

①　拜伦：《拜伦诗选》，杨德豫译，广西师范大学出版社 2009 年版，第 61、62 页。

②　拜伦：《拜伦诗选》，杨德豫译，广西师范大学出版社 2009 年版，第 63 页。

③　拜伦：《拜伦诗选》，杨德豫译，广西师范大学出版社 2009 年版，第 64 页。

④　George G. Byron, Isaac Nathan, *Hebrew Melodies*. Thomas L. Ashton, Ed. Austen：University of Texas Press，1972，p. 122.

所以荣誉与不仁将永远缠绕在一起构成耶弗他生命中不能承受之重。"①

《我们在巴比伦的河边坐下来哭泣》取材《旧约·诗篇》②,讲述的是已经成为俘虏的犹太人拒绝向征服者歌唱的决心。当圣城被毁、家园丧失的时候,犹太人只能坐在巴比伦的河滨哭泣。尽管如此,他们依然坚持为自由而歌的秉性,不向异族强权低头:

> 看河水自由流淌,
> 我们止不住伤悲;
> 叫我们唱歌,——休想!
> 岂肯让异族扬威!
> 要我为敌人弹唱,
> 情愿让右手枯萎!③

昔日的神山或耶和华的圣山已经丧失了王权,成了一个凝结不动的静态死山,而对过去荣耀的召唤也在这种静态意识下变得停滞下来。这首诗中的主体歌者也从最初的复数"我们"演变成了结尾的单数"我"。同舟共济的努力慢慢滑向了无可奈何的个体哀叹。集体记忆的分散和个人记忆的加强,也将抒情意味浓厚的家园沦陷的悲哀化整为零地植入活生生的个体内心深处。

拜伦通过创作《希伯来歌曲》中的抒情诗来构建拜伦主义,以及在此基础上写出"希伯来"意味,其中一个最为明确的技巧就是要避免任何情感指称。最初选择与纳森合著时,他也许会想以诗歌与音乐的联姻来达到这个目的。不管其初衷如何,拜伦在以抒情诗的形式讲述犹太人的家国情怀时,其中抒情与记忆的分量与作用依然是不容小视的。

拜伦的想象力与灵视性成就了《希伯来歌曲》。总体来说,《圣经》故事和犹太人的历史构成了他的那些具有戏剧性的抒情诗的基础。歌德曾说过,拜伦应

---

① Lewis G. Johnson, *Memory and Truth in Literary Works*. New York: Chelsea Hoise Publishers, 1998, p. 197.

② 据《旧约·诗篇》第 137 篇记载:我们曾在巴比伦的河边坐下,一追想锡安就哭了。我们把琴挂在那里的柳树上。因为在那里,掳掠我们的要我们唱歌,抢夺我们的要我们作乐,说:"给我们唱一首锡安歌吧!"我们怎能在外邦唱耶和华的歌呢? 耶路撒冷啊,我若忘记你,情愿我的右手忘记技巧。

③ 拜伦:《拜伦诗选》,杨德豫译,广西师范大学出版社 2009 年版,第 71 页。

该以将《旧约》戏剧化为己任。① 而拜伦真正地践行了像歌德所说的那样从事戏剧创作工作，其实正是从这些戏剧抒情诗的创作开始的。《希伯来歌曲》在浪漫主义抒情诗歌的发展史上起了非常重要的作用，拜伦的这些抒情诗开启了"抒情诗组织以简单的叙事结构为主，向非连续性、非叙事为主的结构转化的先河"②。对于浪漫主义抒情诗，人们也许忘了其精髓和影响，因为大家都觉得其中的那些矫揉造作的场面，阻碍了进一步细读的欲望。而对于拜伦的抒情诗，读者觉得"他不太情愿走出自己而多描绘他人，以己之标准来装扮别人"③。但是当我们将《希伯来歌曲》放在一个更加广阔的文学史视域中来解读，并考虑到他的合作伙伴是一个音乐家的话，一个才华横溢、独具匠心和思虑周全的拜伦形象就会在脑海里浮现。他的这些抒情诗都是"19世纪优秀诗歌的典范，其中叙事者和叙事材料完美地结合在一起，并不留凿痕地穿行于每首诗歌之中"④。

　　拜伦的这些具有抒情风格的组诗配上纳森精心挑选的具有宗教含义的音乐，使得《希伯来歌曲》成了那个时代的丰碑之作，他们合著的结果便是通过诗歌与音乐的共鸣而丰富了歌曲集的情感范围。正如杰弗里（Francis Jeffrey）所说："《希伯来歌曲》表达了以往认为只能由短小诗行中的回顾或抽泣才能营造的情感的深度与力量。在歌曲集里，拜伦以其杰出而独特的篇章，完美地实现了这个夙愿。"⑤在另外一位19世纪的批评家诺伊尔（Roden Noel）看来，"拜伦在戏剧上的实力，是靠用抒情的方式将人物的精华倾倒进一个至高的境界，从而达到对他们无上强烈的个性的塑造"⑥。从众多批评家的论述中可以归纳出拜伦所创《希伯来歌曲》的主要特色：深度、力量和强度。这些抒情作品所必须具备的品质在拜伦的笔下都展露无遗，并对后来的许多作家产生了巨大的影响，为浪漫主义诗歌的发展做出了巨大的贡献。

---

①　Quoted in Henry Crabb Robinson, *On Books and Their Writers*. Vol. 1. London: Dent, 1938, p. 372.

②　Karl Kroeber, *Romantic Narrative Art*. Chicago: The University of Chicago Press, 1960, p. 51.

③　Earl R. Wasserman, *The Subtle Language: Critical Readings of Neoclassic and Romantic Poems*. Baltimore: The Press of John Hopkins University, 1959, p. 252.

④　Patricia Ball, *The Central Self: a Study in Romantic and Victorian Imagination*. London: Bloomsbury Academic, 1968, p. 184.

⑤　Quoted in A. Janowitz, *Lyric and Labour in the Romantic Tradition*. Cambridge: Cambridge University Press, 1998, p. 216.

⑥　Roden Noel, *Essays on Poetry and Poets*. London: Napu Press, 1886, p. 57.

　　《希伯来歌曲》是一部真正的诗人和音乐家之间的合著佳作。但是迄今为止，浩繁的评论都集中在拜伦创作的诗歌上，只有少数几个评论家曾经关注过其中为诗而配的音乐曲调和这些曲调的作者。所以，歌曲集从未得到过一个真正全面的评估，它的原初目的和广义上的文化内涵也从未被真正挖掘过！无论文学的，还是历史的、神学的或音乐的解读，都只是对《希伯来歌曲》做了只见树木不见森林式的批评。至于说纳森本人创作音乐时的那些宗教礼仪语境，能关涉到的批评更是少之又少。在一个全面而广阔的文学史视野里解读《希伯来歌曲》，不仅需要关注合作中的创作心理和个人诗性、音乐性的特质，更需要对出于不同目的、发自不同心愿、达成不同效果的合著中的语境因素进行理据齐全的廓清。

# 第九章 塞尔沃尔与柯尔律治的合著

## 第一节 塞尔沃尔简介

约翰·塞尔沃尔(John Thelwall)出生在伦敦市的考文特花园,父亲约瑟夫·塞尔沃尔(Joseph Thelwall)是一个丝绸商。1772 年塞尔沃尔的父亲去世,全家旋即陷入了经济困境。1777 年塞尔沃尔不得不辍学帮助母亲经营家庭的丝绸生意。尽管儿时就显示出了对阅读的极大兴趣和天赋,但是因为家庭经济原因,塞尔沃尔基本上无法使自己对阅读的兴趣得到满足,甚至后来成为一个裁缝学徒的理想也未能实现。他还曾经尝试通过做律师事务所的小职员来谋生,但是他的为人处世风格和怪异的秉性最终使他丢了这份工作,万般无奈之下,塞尔沃尔只能依靠写作谋生了。

作为编辑和记者,塞尔沃尔还是相当成功的。这段职场生涯中的闪光点主要是以他作为积极政治活动分子为特征的。正值法国大革命前夕,塞尔沃尔"对法国革命者提出的学说十分迷醉"[①]。于是他在伦敦各种激进协会上发表演说,与激进派人物图克(Horne Tooke)等人为友,还在 1792 年共同发起成立"伦敦通信俱乐部"(London Corresponding Society)。1794 年他和图克、哈代(Thomas Hardy)一起因为发表演说声援被捕的政治积极分子而入狱。在伦敦塔和纽盖特等人关押一段时间以后,三人都被无罪释放。即便如此,塞尔沃尔依然被政府官员视为英国最危险的人物而被跟踪。1795 年皮特政府的《叛国法案》(The Treason Act)和《煽动聚会法案》(The Seditious Meeting Act)获得皇室批准后,塞尔沃尔随即将自己的演说主题从当代的政治评论转向了罗马史等领域,以逃避审查和牢狱之灾。

---

① T. Seccombe, *John Thelwall*. Stephen L., Lee S, Eds. *Dictionary of National Biography*. London: Smith Elder & Co., 1900, p. 375..

即便塞尔沃尔激越评论的风向标转向了古罗马历史,但是他依然未能逃出保皇派的口诛笔伐。万般无奈之下他只好离开伦敦到英国其他地区游历。塞尔沃尔在英国东部的多场演说曾遭到了愤怒的暴民的延阻。1798 年塞尔沃尔最终决定退出政治舞台。两年后塞尔沃尔以一个演说艺术家、修辞学指导老师的身份重回大众视野,并因此而挣得盆满钵满。1818 年塞尔沃尔买下了杂志《优胜者》(*The Champion*),以此为基地频频号召议会进行改革。1819 年在一次喧闹的选举中,塞尔沃尔竟然以一贯的干练和犀利之风再次向民众展示其不灭的政治关怀。在讲到近 20 年远离改革声援与斗争时,他的解释是自己对政府的"穷追猛打十分厌倦了",对他们置自己在改革事业上的雄心与能力于琐屑和怀疑的境地十分痛心,所以就暂时回归家庭生活了。现在他又一次站立在公众面前,从未改变、从未倾覆,而更加自信和有力了!在被问及如何才能被公众记住的话题时,他的回答是,在他辞世后将有一块纪念的墓碑记载他为后世所做的奉献,碑文应该是"此处长眠着约翰·塞尔沃尔,其人格和政治品行从未被怀疑过"。

但是鉴于其激烈的风格和政治性见解与《优胜者》这份中产阶级杂志格格不入的窘境,不久他便陷入了亏损巨大的境地。于是塞尔沃尔在步入老年之时,还不得不再次踏上巡回演讲之路,并于 1834 年在巴斯的一次演说时平静地离开人世。不管国家媒介还是地方杂志都没对塞尔沃尔的葬礼进行过报道,甚至在他离世后的七个月里,他最后寓居的地方都没有进行过一次悼念活动。塞尔沃尔的遗孀和他的几个朋友想在伦敦为他竖一座纪念碑,但结果只是临时建造了一个小石碑而已。虽然树敌无数、被政府屡屡通缉,塞尔沃尔在一些开明、激进的学者、政治家和批评家眼里依然是一个"英国最重要、最勇敢的激进政治理论家",一个在伦敦每周两次面向近千人激情演说的人:

> 他将使人与野兽区分开来的科学的最完美一面带给民众。在他的演说词里,英国人民感受到至高的美和国族语言的能量。只有他自己的热情才堪与他雄辩的演说能力相匹敌,他为了促进自己的同胞享有无上的自由所作的努力更是坚定而无所畏惧的。[①]

---

① E. P. Thompson, *The Making of the English Working Class*. Pelican: London, 1968, p. 173.

## 第二节 塞尔沃尔与湖畔派

对塞尔沃尔这样一个通才式、有巨大争议的人物单纯进行历史重要性维度上的评价是十分不足的。从一个更大的历史维度和文学史视野来看,他是一个具有浪漫主义思想的启蒙思想家和社会活动家。从文学的诞生、思想的交锋、观点的碰撞、论见的抵牾和经典的形成等角度出发,在精细文学的研究,史料和作品细读的基础上去研究作为政治家—文学家的塞尔沃尔,就会发现他与时代文学的内层关联和外在展现。他与柯尔律治等人的文学合著史实也是浪漫主义文学研究领域不可或缺的一环。在仔细研究塞尔沃尔与柯尔律治等人的合著之前,一段他与湖畔派之间的交往和互动历史需要进一步缕述和解析。当塞尔沃尔的名字再次进入公众视野的时候,我们不能只把他当作一个著名的演说家、一个伦敦通信俱乐部的理论家而已。他作为一个诗人、小说家和戏剧家的身份更值得为具有宏观文学视域的浪漫主义研究者所重视。关于这段历史上他与湖畔派——主要是与柯尔律治和华兹华斯——之间的文学联系,尤其是在《抒情歌谣集》的初创时期,发生在他们之间的那些与浪漫主义合著文学因素相关的东西需要深入的研究和反思。

1803 年 11 月,塞尔沃尔在前往苏格兰进行关于演讲艺术的讲座途中在哥拉斯米尔(Grasmere)和凯兹威克(Keswick)做了短暂停留。这次逗留开启了他与华兹华斯和柯尔律治之间非凡的文学友谊之门。正值塞尔沃尔因遭受国内政治迫害和被当局驱赶等原因而退出政治舞台沦为名气卑微的演说家和教育家时,华兹华斯和柯尔律治则一跃成为那个时代最顶尖的诗人兼文学批评家了。这个英国文学史上小概率偶然事件的发生看似纯属偶然且意义琐屑。在"内在化"批评和"原创性"理论大行其道时,学术界对此关注的程度几乎为零,对塞尔沃尔与湖畔派两位主力干将之间的交往也未能给予足够的重视和研究,所以关于他们之间——主要是他与柯尔律治之间——的文学合著更是鲜有提及。在合著研究原则和精神实质的指导下,重新发掘塞尔沃尔本人的文学创作,以及他与华兹华斯和柯尔律治之间的合作交流,将对浪漫主义研究方法的创新和视角的科学转化,以及最终对经典生成的研究都会产生积极的影响。

大量的文史材料的发现和合著作品的细读表明,塞尔沃尔的诗歌不仅具有湖畔诗人们的原创性和远大抱负,而且他与华兹华斯诗人圈的交往也是十分广泛和历久弥新的。1803 年塞尔沃尔在哥拉斯米尔和凯兹威克两地的逗留其实并不是一个率性而为的小概率事件。此后不久塞尔沃尔便举家搬迁到了肯德尔（Kendal）附近，他们在此居住了一年左右，塞尔沃尔也获得了继续自己的诗歌创作和巡回演讲的机会。更为重要的是，他从此得以和华兹华斯、柯尔律治继续始于 1796 年的面对面交流和深入会谈。1796 年到 1805 年的十年是英国浪漫主义文学辉煌的开端，在此期间塞尔沃尔与华兹华斯和柯尔律治等人合作著述了许多伟大的篇章。在柯尔律治的热情带动和引领下，在塞尔沃尔不遗余力的互动下，英国文学史上"文学—政治三人组"（literary-political triumvirate）之间的通信、谈话和直接合作直接促发了至少一种重要浪漫主义诗歌体裁——"谈话诗"，两卷诗歌——《抒情歌谣集》和《写于隐退时期的诗歌》（Poems, Chiefly Written in Retirement），以及后来才被发现的塞尔沃尔本人的《诗集》手稿等作品的诞生或进一步充实与完善。① 塞尔沃尔在 1803 年到 1805 年间一共写过大约 25 首诗，这些诗歌都是基于华兹华斯诗歌的风格与模式而创作出来的，并最终构成了他的德比诗稿的主体。② 在肯德尔居留的那段时间里，塞尔沃尔与华兹华斯和柯尔律治构成的文学—政治三人组各自从合而不同的共处与独思中获得了灵感、汲取了养分而终成一家之言。选择这个与湖区接近、与文坛魁首为邻的小镇，塞尔沃尔可谓用心良苦，但结果却与众不同。

如果说英国浪漫主义永远与一个叫湖区的地方不可分割的话，那么肯德尔对塞尔沃尔来说就是那块敲开其诗歌创作之门的砖头，是一个"直达湖区的通道"（gateway to the Lakes）③。当塞尔沃尔在此镇停留的时候，那里已是一个吸引伦敦名流光顾、吸引游客购买书籍和其他商品的好地方。200 多年前肯德尔镇以其流动性、社会性和商业性而迥然区别于其他周边小镇时，她还是一个介乎传统乡村与高速发展的纺织集镇之间的桥梁。那里所蕴含的乡村传统和自然静谧都是华兹华斯和柯尔律治所满心期待的东西，在他们的诗歌里这些正在被工业文明所侵蚀的因素也频频出现。这个一只脚正在踏进工业社会的门槛，而另

---

① 塞尔沃尔《诗集》中的那首名叫《序曲》（"Proem"）的诗与华兹华斯的《序曲》（The Prelude）在多个方面相互呼应。参见：Judith Thompson, An Autumnal Blast, a Killing Frost: Coleridge's Poetic Conversation with John Thelwall. Studies in Romanticism, 36, 3 (Fall 1997): pp. 427—56.

② 根据笔迹和其他传记文献推测，塞尔沃尔德比诗稿的前两卷都是这个时期创作的，塞尔沃尔本人曾打算在 1805 年出版这些诗稿。

③ 历史上，肯德尔一直使用这个别称来吸引游客，今天这里已经变成了一个不大不小的城镇和交通枢纽，每年有数以万计的游客前来观光，这里出产的薄荷饼和鞋子非常有名。

一只脚依然留在诗情画意的乡村风光中的小镇,将传统文学与流行文化间并不和睦的关系集于一身,并以其愉悦性和跨越性而定义着浪漫主义的实质。

在社会结构上肯德尔也是似乎一个门槛。当工业革命在英国如火如荼地进行时,肯德尔因其位置和历史的特殊性依然保持着政治独立和阶级流动等特点,她同时还缺失像伦敦那样的大都会和纽斯泰德那样的大庄园所拥有的士绅和贵族居民。除了大量的手工艺人和独立的商人之外,这里的主要家庭都是像教友会和卫理公会那样的非国教派。所有这一切与中心英国的不同表明,肯德尔从来就不是一个既定的典型英国城镇。相反,那里有数量繁多的宗教、教育和慈善机构,各式友好协会、商业协会、阅读俱乐部、新闻社、自然历史组织和为数不多的机械学院。① 哥拉斯米尔宁静而永恒的田园风格是华兹华斯诗歌创作的灵泉,肯德尔所具有的蒸蒸日上和活力四射的文化社会性对塞尔沃尔来说则是丰盈思想的源泉。从这种对居所选择的相关性上可以看出塞尔沃尔追随湖畔派的用意和决心,以及他本人作为政治活动家和浪漫主义诗人的内心追求。当这段看似与内在性创作心理无关的物理场所选择的历史再次进入我们的视野时,发生在他们之间的文学合著活动也就容易为我们所理解和接受了。

再细查一下塞尔沃尔的思想源泉。教友派和非国教派向来是他的忠实拥趸,不管世事如何变迁、世风如何转化,这些人支持、帮助和拥护塞尔沃尔的初心不变。塞尔沃尔的政治演说,他对社会、道德和语言的探究,以及对改革的伸张,都是建立在"同样一个统治一切进步性的准则基础上"②。他认为教育事关社会进步,而不是一架仅供个人向上攀爬的梯子。他所做的那些演说讲座也致力于营造一种"适用的流畅性,以使像肯德尔这样的劳动阶级社区可以融入他们长期被剥离的那些以政治权利和知识权威为主的圈子"③。塞尔沃尔的政论性演说是其思想的基石,而这些基石的奠定则始于和强化于他在肯德尔的生活。

塞尔沃尔从他的演讲中发展出来的诗歌声音和写作技巧不但充实和完善了自己的文学作品,而且启发了柯尔律治后来对系列"谈话诗"的创作。后者的那些堪称浪漫主义诗歌史上的新颖和传奇作品大多是在和塞尔沃尔交谈之后创作

---

① J. D. Marshall, Carol Dyhouse, *Social Tradition in Kendal and Westmorland*. Northern History, 12 (1976): 128.

② John Thelwall, *A Letter to Henry Cline*. Monthly Magazine, 8—12 (1801): 8.

③ John Thelwall, *Rights of Nature*. Gregory Claeys, Ed. *The Politics of English Jacobinism: Writings of John Thelwall*. Pennsylvania: Pennsylvania State University Press, 1995, p. 399.

的。在英国诗歌史上,柯尔律治的谈话诗要比塞尔沃尔早先或同期创作的诗歌名气大很多。但是前者的有名之诗很多都是为了应和后者的无名之诗而作的,像《午夜寒霜》(*Frost at Midnight*)与《一场秋天的风暴:致命的寒霜》(*An Autumnal Blast, a Killing Frost*)应和,《离开一幽所有感》(*Reflections Upon Leaving a Place of Retirement*)与《爱国者之思》(*A Patriot's Feeling*)应和,《夜莺》(*The Nightingale*)与《离开格洛斯特郡的伯顿斯》(*On Leaving the Bottoms of Gloucestershire*)应和等。艾布拉姆斯认为,柯尔律治的谈话诗开启了一种"更为伟大的浪漫主义抒情诗风,在诗文之中存在着一个位于冥思意识和沉默听者之间的持续的对话"①。塞尔沃尔的同类诗歌体裁则显得更加开放,更加关注其中声音的调控而不是思想的互通。他的谈话诗读上去更加具有社会性和灵动性,他的自然"领域悦纳异己,/那里的茂林既不孤独,/也未让位于虚幻的静寂",而是和"更加神圣的遥远的轰鸣,/相互辉映"。②塞尔沃尔一生曾屡次搬迁,居留过许多城镇乡村,结交了众多当地民众。他的谈话诗里充满了对那些在他流亡和奔波期间倾尽地主之谊招待他的城镇和家庭的感恩之情。他笔下的莫菲尔德(Mirfield),自然风光美不胜收,"缪斯女神也惊叹不已,/那儿好客的屋檐/是她们通用的名字"③。在肯德尔,那里"静谧的楼房里,寓居的都是/自信、和平和好客"④。

在知遇感恩和兼济天下的谈话诗中,塞尔沃尔表达了对地域风情和当地民众的由衷的赞美。这种语调和他作为一个改革主义者所发出的政治理想之声构成了差异悬殊的对照,就像社会田园主义中那些同小镇与纺织厂交相辉映的"静谧的楼房",同大都市里那些"浮夸的楼房"的对照一样。在冷漠空虚的都市森林里,"恬静的幽谷矗立着高塔,/那是疯长的工厂的骄傲。/富饶将干净的村庄扫

---

①　M. H. Abrams, *Structure and Style in the Great Romantic Lyric*. Frederick W. Hilles, Harold Bloom, Eds. *Sensibility to Romanticism*. London: Oxford University Press, 1965, p. 521.

②　John Thelwall, *Poems, Chiefly Written in Retirement*. London: Woodstock Books, 1989, p. 137.

③　John Thelwall, *Poems, Chiefly Written in Retirement*. London: Woodstock Books, 1989, p. 297.

④　John Thelwall, *Poems, Chiefly Written in Retirement*. London: Woodstock Books, 1989, p. 299.

荡,/用童工填满所有厂房"①。正是这种"静谧"与"浮夸"的对照,构成了塞尔沃尔政治演说的主体。谈话体田园诗与社会主义原型的政治分析之间相互挑战和抵牾,构成了他在18、19世纪之交创作田园诗和谈话诗的基础,并对他的改良主义美学起到了提升和润色的作用。

塞尔沃尔的这种静谧与喧哗、小镇与都市、内心与外界等的对照和品评不独出现在他自己的作品中,也不限于个人诗歌题材的扩展和完善。他对"心灵、自然和社会"的应答、改良式的重新赋格,不但有助于华兹华斯和柯尔律治对《抒情歌谣集》和《隐士》(The Recluse)的创作计划的制订,而且使自己的这种有机融合思想回荡在湖畔派诗人的作品中。约翰斯顿(Kenneth Johnston)认为,塞尔沃尔的《漫游者》(The Peripatetic)就为华兹华斯的《隐士》提供了创作模型②,斯克里夫纳(Michael Scrivener)暗示过,"塞尔沃尔的《漫游者》和《步行远足》(Pedestrian Excursion)几乎建构了整个《隐士》"③,戴维斯(Walford Davis)也曾发现了塞尔沃尔的《诗集,写于隐退期间》与《抒情歌谣集》之间的诸多相似之处。④

塞尔沃尔曾在一封写给妻子的信中说道:"在一片野外的谷地,我和柯尔律治、华兹华斯一起漫步,我们这个文学—政治三人组高谈阔论,历数时代大作与人物,时时迸发出阵阵激越的诗情,又在我们的心中哲化为恬静舒心的状态。"⑤从创作背景、原发心绪和作品诞生来看,塞尔沃尔与华兹华斯和柯尔律治之间的"抒情对话"实际上已经构成了他们三人之间的合著谈话。塞尔沃尔通过对三人合著和浪漫主义精髓的理解与运用,最终克服了他那个时代多数作家难以企及的在自然与历史、孤独与群居、诗歌与政治之间的二分主义。

在肯德尔居住期间形成并在随后的交往过程中强化的塞尔沃尔所谓的"文学—政治三人组",不仅表明和确定了他与湖畔派的文学关系,而且同样因他在政治和社会问题上的独到见解而影响了湖畔派。在数次与华兹华斯和柯尔律治

① John Thelwall, *Poems, Chiefly Written in Retirement*. London: Woodstock Books, 1989, p. 126.

② Kenneth Johnston, *Wordsworth and the Recluse*. New Haven: Yale University Press, 1984.

③ Michael Scrivener, *Seditious Allegories: John Thelwall and Jacobin Writing*. Pennsylvania: Pennsylvania State University Press, 2001.

④ Walford Davis, *Presences that Disturb: Models of Romantic Identity in the Literature and Culture of the 1790s*. Cardiff: University of Wales Press, 2002.

⑤ Quoted in Steve Poole, ed., *John Thelwall: Radical Romantic and Acquitted Felon*. London: Pickering & Chatto, 2009, p. 166.

在谷底漫步时,一个个柯尔律治式的漫步者、华兹华斯式的诗人、塞尔沃尔式的隐士便竞相诞生了。塞尔沃尔在肯德尔的居留和亲炙两位湖畔派大师,最终达到了他所预设的目标:重燃他的文学—政治热情,再创文学—政治辉煌,重回浪漫主义重要作家行列。

塞尔沃尔与湖畔派的交往和合作不仅体现在心灵的沟通、创作的启发和观念的交换上。除了上述他们作品之间的彼此影响,甚至是某些细节的共用,具体到诗歌中的行文措辞或意向援引等方面,他和华兹华斯、柯尔律治之间亦有惊人的相似之处,这也充分表明他们在文学合著上达成的共识。暂以华兹华斯的《迈克尔》(*Michael*)为例,以示湖畔派与塞尔沃尔之间的文学影响和合著互通。为了展示相似的程度和影响的深度,下面的二人诗行的对照将直接选用原文。相较之下,我们可以清楚地看到,塞尔沃尔于 1797 年创作的《离开格洛斯特郡的伯顿斯》对华兹华斯于 1800 年创作的《迈克尔》的影响到底有多大!

| *On Leaving the Bottoms of Gloucestershire* ① | *Michael* ② |
| --- | --- |
| Here holier Industry … by midnight taper, patient, plies, Her task assiduous | By the light of this old lamp … late into the night, The House-wife piled her … work |
| The distant hum, that, as from nectar'd hives, Came whispering on the breeze | The cottage …, Murmur as with the sound of summer flies |
| Cottage lamp as an earth star, far described, By the lone traveler | From this distant light … so far seen, The House … was named the Evening Star |

湖畔派领袖华兹华斯在与塞尔沃尔的交往中,不单是向对方输出自己的思想和诗情,同时也从互动对象那里吸纳了可以为己所用的成分。在比《离开格洛斯特郡的伯顿斯》的创作晚了 3 年的《迈克尔》中,华兹华斯就成功地对塞尔沃尔的诗歌成分和语言要素等进行了专门化处理,主要是对后者的拟人化抽象思维进行了个性化改编,并对其诗歌用语进行了自然化运用,在深层交流和诗性合著的基础上,华兹华斯又成功地完成了一部个人经典诗歌的创作。

塞尔沃尔曾经提出过一个"新型逍遥学派"(new peripatetic)的计划。这个

---

① John Thelwall, *Poems, Chiefly Written in Retirement*. London:Woodstock Books, 1989.

② William Wordsworth, *The Complete Poetical Works of William Wordsworth*. Andrew J. Ed. George. London:Macmillan, 1999.

计划的核心是将"对自然的激情和与劳动阶级的历史、现实生活相关的每一个事实都结合起来"①。这个哲学之思被塞尔沃尔本人运用到了自己的相关诗作之中，主要是《离开格洛斯特郡的伯顿斯》之中。很显然，当他和华兹华斯进行多次对谈，并率先推出包含新型计划的诗歌以后，后者对此计划的感受和在创作《迈克尔》时的参考运用是非常显而易见的。

　　关于华兹华斯和柯尔律治之间的文学合著和批评论争已经存在着不可计数的讨论。但是关于塞尔沃尔的《关于自然和演说科学主体的绪论》(*Introductory Discourse on Nature and Objects of Elocutionary Science*)和华兹华斯的《抒情歌谣集·序言》之间的深层联系，关于塞尔沃尔的《致亨利克莱恩的信》(*A Letter to Henry Cline*)与柯尔律治的《文学生涯》之间的互通与关联，都很难在学界与民间搜寻得到。在讨论湖畔派对塞尔沃尔的影响，或者说塞尔沃尔受益于同华兹华斯和柯尔律治的交往和结友这个话题时，人们似乎忘了他们之间的良性影响是双向的，他们在政治思想和文学创作上的互动堪称合作著述式的典范，应该用文学合著的观点和理论来客观探析。正如研究华兹华斯的民主"演讲诗学"时最好一窥其与塞尔沃尔的政治文学演说一样，任何对文学—政治三人组的合著研究必须以双向互动、取长补短和彼此提升为出发点。华兹华斯在语言、自然法则的基本理论、思维的互动、诗歌的疗伤价值等方面都蕴含着塞尔沃尔在其演说中提到的相关理论。华氏的运用只是在理论上比他更加科学化了，并使之从理论转向了实践的运用和检验。在《抒情歌谣集》的序言中华兹华斯曾说，他的那些诗歌中的主要原则是"追寻我们自然的基本法则"，以期探讨"人和自然之间的相互作用"。② 在此之前，塞尔沃尔在演说中已经提出过自己的主要原则，那就是"在相互作用的基本法则下，努力提升口头语言"③。华兹华斯将诗人定义为一个对众人说话的人，而塞尔沃尔本人就是这样一个人。对他来说，诗歌不是简单的模仿而是一种实际语言行动，不仅可以将普通众人理想化，而且可以给他们以力量。在《关于自然和演说科学主体的绪论》中塞尔沃尔就直言不讳地提出：

---

　　① 　John Thelwall, *A Pedestrian Excursion through Several Parts of England and Wales during the Summer of* 1797. Monthly Magazine, 12 (1800): 532.

　　② 　William Wordsworth, *Preface to Lyrical Ballads*. In *Lyrical Ballads*, 1798—1805. George Sampson, Ed. London: Routledge, 1923, p. 6.

　　③ 　John Thelwall, *Introductory Discourse on the Nature and Objects of Elocutionary Science*. London: Pontefract, 1805, p. 8.

演说是一种艺术，一种将我们的思想和情感，或者他人的思想和情感，首先传递给我们周围的人，让他们了解这些用以表达情感和思想的语句的主旨和意义。同时，演讲还是对他人的思想——包括情感、想象、激情——的激发和强化，他们可以自然地以此为伴。①

当文学合著的视野尚未离开湖畔派的小圈子时，诗人之间的灵感催发和相互启发是必不可少的。华兹华斯认为，"我心灵之长河的这一段源自，/那方的泉水"②，而"那方的泉水"是否真的只来自林泉或柯尔律治的深不可测的忽必烈汗式的山洞，还是一件值得怀疑的事情。如若没有塞尔沃尔和他们之间事实上或创意上的合著，华兹华斯和柯尔律治的浪漫主义创作未必能最终成为跨越时代的经典。在传统浪漫主义诗学视域里，塞尔沃尔也许毫无踪迹可寻，他的角色和身份定位也并不是经典诗人或有名的文学家。但是1803年到1804年在肯德尔的居留，以及与华兹华斯和柯尔律治的面面交流，对塞尔沃尔本人和英国浪漫主义文学源流来说并不是一件可有可无的事情。他不但留下了足以影响两位湖畔派大佬的文学—政治原则，而且从形式到具体行动上都参与了和他们之间的合著佳话。塞尔沃尔的演说不但在传递自由之精神，而且以谈话诗等形式拓展了浪漫主义诗歌的视域，并将男性友谊和文学合著的精神在以六大经典诗人为主的文学框架内进行了复兴和再创。从这些意义上来说，塞尔沃尔与湖畔派之间的关系是良性互动和彼此借鉴的，在他们之间发生的文学关系是在保持各自特色前提下的一种合著行为。

## 第三节　塞尔沃尔与柯尔律治之间的思想共识

略论塞尔沃尔与湖畔派——主要是与华兹华斯和柯尔律治——的关系，并不能掩盖史上对他在浪漫主义诗学成就经典的过程中那被曲解或湮没的史实。概而论之，塞尔沃尔的确是1798年标志着浪漫主义文学发轫的《抒情歌谣集》的

---

① John Thelwall, *Introductory Discourse on the Nature and Objects of Elocutionary Science*. London: Pontefract, 1805, p. 2.

② 华兹华斯:《序曲或一位诗人心灵的成长》，丁宏为译，中国对外翻译出版公司1999年版，第38页。

合作方：他在肯德尔期间所做的谈话诗及与柯尔律治之间的通信，对后者在此期间创作素体诗贡献颇丰；他与华兹华斯长诗《隐士》的创作计划的启动有着密切关系；他和柯尔律治一样都曾对《远足》（The Excursion）一诗的创作奉献灵感和辞章架构；他的"逍遥主义""自然与社会"和"历史与现实"结合的观念同在华兹华斯和柯尔律治的诗歌中回响。

细察塞尔沃尔与柯尔律治之间的交往和最终的文学合著行为的产生，在浪漫主义文学史上意义重大。这不但是复归以史为据、以文为本的文学研究的真实体现，也是对浪漫主义文学经典化研究视角的扩大和补充，是对新世纪"重回经典"和"摒弃情感反应模式"的浅层文学研究的呼应。塞尔沃尔与柯尔律治之相识、结友到合著的过程也是他们之间相互品评、审读和接纳的过程。这个时间并不太长的过程，始于1795年，加深于1797年，而成熟于1803年。

1795年是塞尔沃尔与柯尔律治开始相识，并在相关思想上逐渐取得共识，乃至最终达成一致的年份。这是导致他们在后期关于诗歌创作的指导原则、诗人关注的主要焦点和诗人在世的主要职责等重大浪漫主义者终生思考的问题上进行交流和合作的起点之年。是年，柯尔律治刚刚与莎拉·弗里克（Sara Fricker）结婚。在尽享新婚之喜时，柯尔律治却陷于一种空前的焦虑与纠结之中。是重新返回为争取自由和获得真理的斗争，还是退回个人安逸的生活，成了那一年的一个难题。当时英国的政治环境和文人的自由追求之举到了史上几乎最为糟糕的地步。多位伦敦通信俱乐部领袖被关进了伦敦塔，哈代、塞尔沃尔和图克等人被羁押两个月才被释放。这件事情之后哈代便从通讯社退出，重建自己的制鞋工厂。塞尔沃尔也做出了同样的选择。在向外界做出解释的时候，塞尔沃尔如是说：

> 公民们，理由很简单：一些朋友的建议——当然我曾经从他们那里获得了很多良策和关于爱国主义的道理，关于法律之不公的反思，因被控叛国而想到的对充满变数的未来的检视，对个人审慎的行为所做的提前判断。这些都是阻止我进一步发挥一个伦敦通信俱乐部成员作用的理由。但是我将永远坚守那些与你们息息相关的基本原则。①

---

① John Thelwall, *Peaceful Discussion，and Tumultuary Violence the Means of Redressing National Grievances*. London：H. D. Symonds，1795，p. 2.

令塞尔沃尔一直担忧的并不是他们的政治宣言或行为准则,而是其他成员毫无节制的激情和冲动可能带来的又一次牢狱之灾。但是他从伦敦通信俱乐部的退隐并不意味着他政治生涯的结束,1795 年 2 月他又开始了自己的演说。看似独立而理智的系列演说,并没有使塞尔沃尔作为 1795 年前后伦敦最有名的激进分子的身份有任何褪色,每晚前来听其演讲的人数超过 500 多人。因为有前车之鉴,塞尔沃尔主张改革的演说在相对温和的形式下进行得比较顺利。尽管如此,当局依然派人跟踪他,并经常在官媒对其进行曲意诽谤。塞尔沃尔意欲继续改革的愿望总是与随时可能发生的人身安全威胁相抵触。这种困境也是1795 年前后追求自由的、激进的文学家们的共同噩梦。对如此境地柯尔律治也是感同身受。

正值文学和政治演说的黄金岁月,柯尔律治却像塞尔沃尔一样时常遭受保守的、富有敌意的政府和听众的干扰。他曾告诉朋友戴尔(George Dyer):"我现在非常害怕,暴民与政府,蠢蛋与流言,海报与新闻,都在密谋对我下手。"①此后不久他又对好友说:"我被强令发表关于道德和政治的演讲,并要表明自己在其中有犯叛国的罪状。"②柯尔律治在布里斯托尔的演讲活动与塞尔沃尔在伦敦的演说活动非常相似。在思想内容和形式上二人的演讲也达到了形神一致的地步。1795 年两人都在不同的俱乐部和社团里进行相似的关于社会改革和文学批评的演讲,并在此期间彼此关注,相互影响,直到后期的结友与合著。

1795 年 12 月塞尔沃尔在演讲时对《叛国法案》进行了猛烈抨击:"大卫·休谟会因为其自由联邦的理想而被施以绞刑,戈德温也提出过这种理想——正如柯尔律治在他的《抗议》中所提出的一样,未来的为这些理想欢呼的人可能都会被关押、绞死。"③塞尔沃尔在此所提到的柯尔律治对《叛国法案》的谴责确有其事。在当年 12 月的一次演讲中,柯尔律治就针对该法案向公众发表了自己的观点:"强行公布要让我们视为真理的法案本身就是违法的。现在不管是谁,哪怕是在给朋友的信中或在普通的交谈中吐露出民主制乃是政府机构的最佳选择的

---

①　Samuel Taylor Coleridge, *The Collected Letters of Samuel Taylor Coleridge*. Vol. 1. Oxford: Oxford University Press, 1956, p. 152.

②　Samuel Taylor Coleridge, *The Collected Letters of Samuel Taylor Coleridge*. Vol. 1. Oxford: Oxford University Press, 1956, p. 155.

③　John Thelwall, *Peaceful Discussion, and Tumultuary Violence the Means of Redressing National Grievances*. London: H. D. Symonds. 1795, p. 121.

话,那他就会被定为叛国罪。"①塞尔沃尔对柯尔律治的此番言论做出了积极的回应,因为柯尔律治认为,"塞尔沃尔就是那个可以说出大众心声的人,那个亿万人民的代言人"②。在关于民主、开化和激进的改革等问题上柯尔律治简直就是他的知己。

在随后的时间里,柯尔律治时常给塞尔沃尔写信,以表达自己在政治观点和文学创作等方面与他的共鸣和对他的赞同。在柯尔律治看来,他们"都在用相同的方法以期达到相同的目的",所以"他们就没有理由成为陌路之人"。③ 塞尔沃尔也对柯尔律治的演说内容和政论思想表达了相同的赞许和支持。在共同反对《叛国法案》等政治活动中,他们的文友情谊得到了进一步加深,为日后的会面和文学合著打下了良好的基础。1795年到1796年,是塞尔沃尔与柯尔律治在政治改革、文化精进和文学创作等方面渐趋取得一致看法,并努力身体力行的年份。

在共同的理想和追求夯实了交友情谊的前提下,塞尔沃尔与柯尔律治之间的长期交往、创作互信,乃至最终的文学合著,都从理论变成了现实。除了各自关注并研读对方的政论演说之外,二人在借鉴和品评对方诗歌创作上也有浩瀚的文史依据。柯尔律治从很早的时候便觉察到了塞尔沃尔在激进政治—文化运动中所扮演的重要角色。对伦敦通信俱乐部成员因叛国罪而被捕的事情,对塞尔沃尔的推出和专心致力演讲艺术的传播,对其在监禁期间所创作的诗歌等,都进行了密切关注,有时甚至会研读塞尔沃尔的诗歌并做专业的评论。在1796年11月写给塞尔沃尔的信中,柯尔律治说道:"我现在已经拥有你全部的作品,只是你那关于动物权利的文章我尚未找到。我还买了你诗集的首版。起初,我觉得我们在诗学趣味上应该一致的。接着我便发现,事实果真如此。"④

---

① Samuel Taylor Coleridge, *Lectures 1795 on Politics and Religion*. L. Patton, P. Mann, Ed. Princeton: Princeton University Press, 1971, p. 289.

② Samuel Taylor Coleridge, *Lectures 1795 on Politics, Religion*. L. Patton and P. Mann, Ed. Princeton: Princeton University Press, 1971, p. 297.

③ Samuel Taylor Coleridge, *The Collected Letters of Samuel Taylor Coleridge*. Vol. 1. E. L. Griggs, Ed. Oxford: Oxford University Press, 1956, p. 204.

④ Samuel Taylor Coleridge, *The Collected Letters of Samuel Taylor Coleridge*. Vol. 1. E. L. Griggs, Ed. Oxford: Oxford Oniversity Press, 1956, p. 258.

## 第四节　塞尔沃尔与柯尔律治的合著实例

　　塞尔沃尔与柯尔律治之间的文学合著实际上开端于 1795 年。1794 年塞尔沃尔和其他伦敦通信俱乐部成员曾以叛国罪被羁押。在收押期间塞尔沃尔虽然不能如往常一样口若悬河地发表演说，却从未停止过文学创作。他不但写演讲稿，还写了很多诗歌，用他自己的话说是为了"打发那些寂寥难耐的孤独时日，但有些还可以用来聊以自慰"①。这些狱中杂技就构成了后来出版的《英国人的自然和宪法权利》（The Natural and Constitutional Rights of Britons）和《写于监禁时期的诗歌》（Poems Written While in Close Confinement）的主体。尽管戏称是打发时日和聊以自慰的作品，但是在创作初期，塞尔沃尔还是极尽审视之能事，并将后世读者的品评纳入了严肃的考量。在被政治义务严严实实地包裹住的情况下，塞尔沃尔的文学创作欲望和鼎盛于当代、辉耀于后世的理想却从未消失。当他的狱中杂诗在 1795 年即将付梓的时候，塞尔沃尔并没有把它们交给普通的书商，而是交给了当时出版界名气颇高的、具有激进主义思想的出版商来出版发行。此举不但可以确保他的出版收益，更为重要的是可以将他作为诗人的称号广而告之，并最终在民间和文学界得到认可。而这些狱中杂诗的发表对关注作者已久的柯尔律治来说就像"一颗新星"向他的"视野流进来"，②启发和影响了他对谈话诗的创作。从个别诗歌的撰写过程与主题内涵来说，他们就像在进行初始的合著行为。

　　在塞尔沃尔的《写于监禁时期的诗歌》中有一首叫《牢房》（The Cell）的小诗。该诗写于 1794 年 10 月，初次发表在《早报》上：

　　　　阴郁的地牢恐怖有毒，
　　　　爱国者平静毫无畏惧，
　　　　外表依然开朗愉悦——
　　　　微笑着——胸怀美德神佑！

---

　　① John Thelwall, Preface to *Poems Witten While in Close Confinement*. London: Daniel Isaac Eaton, 1795, p. 2.
　　② 济慈:《济慈诗选》,屠岸译,人民文学出版社 1997 年版,第 48 页。

地面潮湿污秽墙壁斑驳，

窗户摇摇欲坠铁栅高耸，

无赖看似惊骇让人颤抖，

他们的思想却不出甜素。


但他丝毫不惧无名指控，

（赤胆忠心献给自由人民）

他们的时日从不虚度，

常回归往昔自查醒悟，

检视自己内心，方见

那些带来欢愉的体物。①


塞尔沃尔的这首诗歌聚焦爱国者的美德，同时又对非常糟糕的牢狱状况和有恃无恐的无赖、流痞进行了一番描述。塞尔沃尔不只关心莫须有的叛国罪本身，还详述了监狱的物质状况和他与高墙之外的激进运动的关系。对"恐怖的地牢"和"潮湿污秽的地面"等牢狱的恶劣生活现状的控诉是当时激进运动者揭露当局残暴的手法之一。在被收押不久，塞尔沃尔和其他伦敦通信俱乐部成员就曾抱怨："监狱的环境实在出乎我们任何人的意料。刚一进去我就备感厌恶和震惊。以前我曾听说过牢房和地牢，也曾在大脑里对它们进行过勾勒。但是这个地方是如此糟糕，如此污秽，如此令人厌恶，是我从来都没有想到过的。"②超越这些对恶劣监狱环境描写的是塞尔沃尔对暴君和无赖恶行的控诉和对爱国者的自由思想伸张。

关于地牢和牢房的诗歌早在 17 世纪就有诸多呈现，那时最有名的牢狱诗歌莫过于骑士派诗人拉夫莱斯（Richard Lovelace）的《狱中致阿尔西亚》(To Althea form Prison)。其中的著名的"石墙构不成监狱，/铁栅构不成牢笼"已成为举世闻名的绝唱。他在诗歌的最后宣称："如果吾爱自由，/我心亦无羁绊；/天使翔于高空，/独享自由永远。"③不过在拉夫莱斯的牢狱诗中，那回响在诗人耳际的、骑士派的"自

①　John Thelwall, *Poems Witten While in Close Confinement*. London: Daniel Isaac Eaton, 1795, p. 9.

②　H. C. Thelwall, *The Life of John Thelwall*. Vol. 1. London: J. Macrone, 1837, p. 429.

③　Richard Lovelace, *To Althea from Prison. The English Anthology*. Vol. 3. J. Ritson, Ed. London: Batsford, 1929, p. 141.

由"(libertie)，与贯穿塞尔沃尔诗歌的爱国情操还是有很大不同的。爱国是一种
"美德"(virtue)，一种对民主思想和激进革新具有重要启示意义的个人意识。但是
在塞尔沃尔看来，自由依然是一种政治可能，而不是政治学领域的超越。

　　柯尔律治对塞尔沃尔的这首《牢房》诗，以及该诗的创作背景都十分熟悉，尤
其是对塞尔沃尔被无罪释放后所处的那种介乎隐退和抗争之间的痛苦抉择之心
更是感同身受。所以在此期间发生在他们之间的关于退出运动旋涡和持续身先
士卒的讨论，毫无疑问应该成为柯尔律治创作谈话诗的显性文史背景。汤普生
(Judith Thompson)就认为，他们的讨论"一直延伸到了柯尔律治的谈话诗创作
和塞尔沃尔的《写于隐退时期的诗歌》。柯尔律治的视域得到了发展和纵向扩
展，他的理想浪漫主义在谈话中历经考验而艰难获得。而且他们之间的交谈在
唤醒意识和构建启示方面具有公众性和政治性，尽管其中的表达是私人性
的"①。柯尔律治从塞尔沃尔的牢狱诗歌创作中得到的启发，以及在后者类似主
题诗歌的借鉴，乃至交流与隐性合作上，有具体诗歌作品可以用来做实例分析。
第一首是来自《抒情歌谣集》里柯尔律治的戏剧《奥索里奥》(Osorio)中的《地牢》
(The Dungeon)，第二首是谈话诗《这椴树凉亭——我的牢房》(This Lime
Bower My Prison)。

　　柯尔律治和华兹华斯于1798年计划推出两卷本《抒情歌谣集》。第一卷包
含两部戏剧：华氏的《边境居民》(The Borderers)和柯氏的《奥索里奥》。《地牢》
就是《奥索里奥》中的一首两节诗。该诗的第一节主要针对修监造牢就能够治愈
所有的犯罪理想的发问和抱怨：

> 祖先制造这处所，为全人类
> 传递了我们的友爱和智慧，
> 针对冒犯我们的可怜兄弟，
> 大多或许无辜，可能有罪？
> 这是唯一的拯救，仁慈的上帝？②

---

① Judith Thompson, *John Thelwall*: *The Peripatetic*. Wayne State: Wayne State
University Press, 2001, p. 129.

② Samuel Taylor Coleridge, *The Complete Poetical Works of Samuel Taylor
Coleridge*. Vol. 1. Oxford: Oxford Claredon Press 1912, p. 121.

　　柯尔律治的语气并不激烈,反抗设立牢狱关押无辜兄弟的决心看上去也并不充足。但是其只言片语的诘问和似是而非的用词凸显了他对当局随意捕捉无辜人士投入大牢的做法颇为忧虑。这与塞尔沃尔在牢狱诗中所表达的爱国者无端被囚禁,无赖们颐指气使、心无怜悯的语调近乎一致。在诗歌的第二节,柯尔律治谴责和抱怨的语气转向了对自然恩惠和治愈能力的恳请:

　　　　啊,自然,还是用其他的布施,
　　　　治愈那迷途和心绪紊乱的孩子:
　　　　将你纤柔的影响力向它们倾尽,
　　　　你的光色、美形还有芝兰之气,
　　　　树林,和风和水流的悦耳之音。
　　　　……
　　　　凭慈善的抚慰来自博爱与美好,
　　　　他的暴戾之性得到治愈和协调。①

　　这首《地牢》诗是非常明显的对监禁及其后果和如何治愈的一种白描,尽管在第二节诗人转向了自然以求终极解决之道,但是其字里行间的那份对现实的不满和对牢狱设立的怀疑依然展露无遗。相较之下,《这椴树凉亭——我的牢房》则写得更加隐讳和深刻。

　　从语言层面上来看,《这椴树凉亭——我的牢房》是一首极具个人化和居家气息的诗歌。据作者自己回忆,该诗源自 1797 年 7 月中旬兰姆姐弟拜访他时的一个事故。届时华兹华斯和他的妹妹多萝西来到柯尔律治的乡间寓所,商议与他合著出版《抒情歌谣集》的事情,兰姆姐弟也同时来访。在他们逗留期间,柯尔律治的妻子不小心将他的脚给烫伤了。一天傍晚,柯尔律治的访客们都外出游览许久未归,诗人独自坐在花园的凉亭里,思忖良久颇有感触,遂写下了这首素体谈话诗。

　　塞尔沃尔的《牢房》在创作时间、主题内容和形式风格等方面都可以作为柯尔律治这首诗的注脚。柯尔律治本人曾在创作这首谈话诗之前谈到对塞尔沃尔写于纽盖特的诗集的印象:"有几首十四行诗我非常喜欢,每当我读你的诗觉得

---

　　① Samuel Taylor Coleridge, *The Complete Poetical Works of Samuel Taylor Coleridge*. Vol. 1. Oxford: Oxford Claredon Press, 1912, p. 122.

欢愉之时,我就会停下,想象一下你当时被监禁的情形。"①塞尔沃尔的《牢房》发轫于诸多与个人有关的故事、经历和期盼。他还在 1795 年的诗歌和散文作品里多次描述纽盖特监狱高耸、潮湿的砖墙,以及被囚禁于此的那种孤寂状态。而唯一能让在"牢房"里的人有所舒展和突破禁忌状态的妙方就是凭借想象的力量,以期对人间的温情和社会的美好进行内心观照。在柯尔律治谈话诗的开篇,叙事者发出了几乎与此雷同的感悟:

> 也好,他们都走了,我可得留下,
> 这椴树凉亭便成了我的牢房!
> 我早已失去了美的风致和情感——
> 这些呵,哪怕我老得眼睛都瞎了,
> 也还是心底无比温馨的回忆!
> 此刻,我那些不可再得的友人,
> 在松软湿润的荒野,在山顶近旁,
> 正怡然漫步,也许,还盘旋而下,
> 走向我说过的那片呼啸的山谷。②

"不再可得的友人"在这里显得有些突兀和令人诧异。其实他之所以能将脚伤与死亡联系在一起,正是受了塞尔沃尔在 1794 年的境遇的影响。塞尔沃尔的牢狱诗对柯尔律治创作这首谈话诗的深层影响不仅体现在柯氏诗歌的开篇上,其内容暗示、意象运用和思想表达早在 1797 年兰姆姐弟离开柯氏居所、塞尔沃尔前来拜访时就得到了强化。柯尔律治曾在与塞尔沃尔面对面交流时鼓励他选择宅居园林、远离都市喧嚣的生活。他甚至为塞尔沃尔选好了一处乡间小屋,但是唯恐后者会打扰到自己的另一位好友,旋即建议他取消前往入住的想法。这种出尔反尔的做法和背信于朋友的行为,后来在柯尔律治于 1797 年 10 月写给塞尔沃尔的信中得到了体现,因为他在该信里引了一部分自己的《这椴树凉亭——我的牢房》:

---

① Samuel Taylor Coleridge, *The Collected Letters of Samuel Taylor Coleridge*. Vol. 1. Oxford: Oxford University Press, 1956, p. 307.

② 华兹华斯、柯尔律治:《华兹华斯　柯尔律治诗选》,杨德豫译,人民文学出版社 2001 年版,第 287 页。

肃立无言,思潮涌溢;环视着

浩茫景色,直到万物都俨如

超越了凡俗的形体;全能的神明

为缤纷色相所掩,威灵仍足以

令众生憬然于他的存在。①

　　柯尔律治为什么要在书信里附上与收信人有同样主题诗歌的一部分呢? 这或许反映了柯尔律治对泛神论表述的某些不安。因为在塞尔沃尔的信仰里,物质主义和自由追求并不相悖,只要"检视自己内心",任何人都可以得到"那些带来欢愉的物体"。他的纽盖特诗集里曾经有过一首与此基调相同的诗歌,诗人在诗歌的结尾处直言:"什么是地牢? 还有那忧郁的 /孤独,他同样可以将其 /从自我转变成有知性自然。"②而关于"知性自然"的物质主义观点,一直是塞尔沃尔在此期间的作品主题之一,也是他和柯尔律治的交流中提及较多的诗性话语。所以当柯尔律治在谈话诗中既表述了被囚禁的忧郁情绪,又想在与塞尔沃尔的思想"合著"的基础上进行自我言说时,他还是有所思量的。他的关于同情固化的观念尽管与此有相近之处,但是柯氏的知性自然是建立在有神论的基础上的,所以与塞尔沃尔的物质性自然属性还是略有不同的。

　　塞尔沃尔的纽盖特诗集和他的积极主义的思想明显地强化了柯尔律治关于罪责的感悟,同时对他的消极倾向和玄学观念产生了某些挑战。在创作《这椴树凉亭——我的牢房》时他不但意识到自己与塞尔沃尔在知性自然观上的差异,更为重要的是他对牢狱诗的主题和内涵,对"幽禁"状态的诗性表述和反思又不得不回归某些塞尔沃尔的模式。在浪漫主义诗学伦理的发展领域内,"想象的拒绝理论"在柯尔律治与塞尔沃尔的牢狱诗创作中初现端倪。柯尔律治在书信里向塞尔沃尔传递了自己对监禁状态的感悟,但是又不情愿承认对他类似主题的改写,所以便出现了类似置换或拒绝的行为。然而,他诗歌中回响的塞尔沃尔式的《牢房》旋律却并不能被彻底置换,也无法用语言拒绝。合著的影子在两首诗歌背后如影随形。柯尔律治的监禁想象来源于塞尔沃尔的实际囚徒生活,但是柯

---

　　① 华兹华斯、柯尔律治:《华兹华斯 柯尔律治诗选》,杨德豫译,人民文学出版社 2001年版,第 289 页。

　　② John Thelwall, *Poems Witten While in Close Confinement*. London:Daniel Isaac Eaton, 1795, p. 22.

氏的以部分置换代替自然自我的创作方法又使该诗打上了浓重个人特色的印记。在极力打破监禁塞尔沃尔的囚笼界限的同时,柯尔律治却不乏在此过程中丢弃个人政治抱负之虞。

## 第五节 《湖中仙女》与《克丽斯德蓓》的隐性合著

柯尔律治与塞尔沃尔合著的第二个典型案例出现在他的未能完成的长篇叙事诗《克丽斯德蓓》与塞尔沃尔的三幕戏剧传奇《湖中仙女》(*The Fairy of the Lake*)的创作上。这两部作品在诞生背景、主题内容和创作细节等方面有惊人的相似性。在这两部作品中,两位作者通过多次私谈和彼此参悟,不约而同地转向了与英国的民族兴起和独立息息相关的亚瑟浪漫传奇的文学形式,用一种堪称"白日梦"的方式对他们那个时代的自我决定和自由崩塌进行了诗意再现。在一种恐慌和变节的文化氛围中,在合作著述有风险、公开宣示须百倍谨慎的关口,他们借此得以形成一套在心理、社会和语词错位上的清晰的个体经验。在宏观文学史视域下,对这两部心照不宣的合著作品进行细查便可发现,他们的发轫与成型都与当时的国内政治背景、作家创作舆情与文友文化密不可分。与柯尔律治和华兹华斯的显性、长期和影响剧烈的文学合著不同的是,柯尔律治与塞尔沃尔的这次合著依然是在比较隐蔽的情况下,近乎以润物细无声的方式进行的。但是这种合著的结果在浪漫主义文学史上却产生了不可低估的影响。在深入细致地进入二人的作品创作合著之前,有必要先对战时有关英国浪漫主义的政治评判时局和文友文化等方面进行一个概略回顾,以资充实和解析他们合著的背景、形式和内容。

在 1800 年前后的英国,任何合作行为都有被视为给文学和政治权威带来巨大威胁的可能。西基对此有全面论述:

> 在政治领域,对族长式等级制家庭范式的革命性重塑的要求,经常被视为是对政治权威唯一性的挑战。因此,对作者独立父权制的重塑行为也被视为是对著述行为唯一性的威胁。合作经营的行为引起了作者们的焦虑,因为这明显会导致人们对权威的诞生和现状进行质疑。合作行为一旦产生,接踵而来的疑问就是,权威真的是原发的和不可剥夺的吗?相反的认识就会油然而生:他们是与其他人和力量一起被建构的,他们总是片面的,永远不可能被一方所控制,在解构面前他们也

是不堪一击的。①

正如塞尔沃尔他们所组织的伦敦通信俱乐部在后来受到政府的监视，成员受到跟踪甚至收押一样，在 18 世纪末期"通信交往已经被视为一项政治话题，书信被视为集体政治活动的媒介，报刊上的相互交流活动，则有被视为与远在法国的英国敌人勾结以发动企图颠覆政权的革命活动的危险"②。更令合作或结盟合伙之道雪上加霜的是 1793 年《叛国通信法案》（*Traitorous Correspondence Bill*）的公布和实施。根据这一法案，任何被怀疑有不当企图的交流通信都将被邮政监视。

在这种政治时局背景下，无论是对作为伦敦通信俱乐部领袖的塞尔沃尔，还是对在浪漫主义诗坛正酝酿开山之作的柯尔律治来说，创作生涯的关键节点已经到来了，虽然其过程繁复、举步维艰。在数次通信和彼此暗地交流之后，1797 年塞尔沃尔终于来到柯尔律治寓居的小屋，从而开始了数十天的亲密交流，也最终宣告了二人最具有实质成果的文学合作行动的实现。在促膝交谈的十天里，他们彼此成了诗学乃至整个文学领域内相见恨晚的知己。有前期书信交流为基础，这次渴盼已久的会面实现了艰难时局下的思想交融和观点碰撞。但是这种交流和后来合著的风险不止来自国内的政治时局，还有在文人和著述传统中腹背受敌的文友文化，这种文化与上文讨论过的文人圈子的手稿交流和聚集讨论密切相关。

文友交往以手稿的互享和小圈子之间的读论为基础。而在文友文化腹背受敌的情况下，合作著述显得举步维艰而又弥足珍贵。条件愈艰苦、过程愈艰险，成果也就愈加珍贵。书信来往被监视，交流聚会被审视，合著身份被怀疑，这些不利的政治时局和浪漫主义时期的创作伦理构成了柯尔律治的《克丽斯德蓓》和塞尔沃尔的《湖中仙女》成为互文的背景。

在政论和文学界都有上佳表现的塞尔沃尔，一直对与柯尔律治的合作持非常乐观的态度。尤其是当他在柯尔律治的劝说下宣布退出政治舞台归隐山林著书立说时，塞尔沃尔更是将未来与柯尔律治的合著可能性进行了理想化推定和

---

① Alison Hickey, *Coleridge, Southey, and Co.: Collaborative and Authority*. Studies in Romanticism. 37 (Fall 1998), p. 307.

② Mary Favret, *Romantic Correspondence*. Cambridge: Cambridge University Press, 1993, p. 33.

实际行动化策划。他的这一思想可以从个人书信中寻得证据。在一封写于阿尔佛斯顿的信中，塞尔沃尔将他和柯尔律治、华兹华斯比作在政治、诗歌和哲学领域内等同的"三合一"。他们的所有文学情趣与哲学思考，"足令国之领袖嫉妒，令城市居民惊叹"①。在塞尔沃尔的脑海里，他与柯尔律治的联手必定会再燃内心的冲动，照亮来世的诗魂。

因为在屡禁不止的公开演讲中经常表达的激进思想和对当局政策的疑虑，柯尔律治在 1797 年前后对塞尔沃尔的激进主义及其作为伦敦通信俱乐部领导人所阐发的各种理论一直给予高度关注。在政治义务和创作规划上的艰难抉择，在自我意识与职业道德上不可调和的矛盾，在柯尔律治和塞尔沃尔身上都有相同的体现。在与塞尔沃尔的交往过程中，柯尔律治一方面努力平复在日渐活跃的理智情绪面前快速失去政治意识而产生的愧疚感，另一方面又必须在合著的双重道德标准下进行创作。这一切的困顿和抉择都在被视为与《湖中仙女》具有合著性质的文本中有突出体现。

《克丽斯德蓓》第一部的创作适逢柯尔律治与塞尔沃尔在 1797 年到 1798 年通信和面对面交流的蜜月期。该诗的诞生既是诗人在《文学生涯》中所提出的"描写那些超自然的或者至少是带有浪漫气味的人物和性格"的践行，又是和塞尔沃尔的思想进行碰撞与对其审慎运用的结果。诗歌首节中有一个意象曾经出现在柯尔律治的谈话诗《午夜寒霜》和《孤独中的忧思》（Fears in Solitude）之中，那就是猫头鹰的叫声：

> 半夜了，城堡上钟声敲动，
> 猫头鹰叫起来，把雄鸡惊醒：
> "嘟——喂！嘟——呜！"
> 雄鸡也叫了——又叫了一声，
> 刚睡醒，迷迷糊糊。②

这个柯尔律治心目中的异教徒象征是与塞尔沃尔坚定的无神论信仰有一定

---

① John Thelwall, *letters of John Thelwall and Henrietta Cecil Thelwall*. Damian Walford Davies, Ed. *Presences that Disturb: Models of Romantic Identity in the Literature and Culture*. Cardiff: University of Wales Press; 2002, p. 296.

② 华兹华斯、柯尔律治：《华兹华斯　柯尔律治诗选》，杨德豫译，人民文学出版社 2001 年版，第 323 页。

关联的,而这个意象又和传统意义上的基督教背叛意象——公鸡的鸣叫紧密相连。在塞尔沃尔的论著中也同时存在这种意象的展现。在他的一部被视为极具煽动性的讽喻作品里,塞尔沃尔描述了曾将一只不可一世的斗鸡(gamecock)给斩首了的情节。此事不但让他在 1794 年的审判中吃尽苦头,还差点让他前期的奋斗功亏一篑。还有一个与此相关的说法是关于风信鸡式(weathercock)的骑墙派伯克(Edmund Burke)的。塞尔沃尔说,当此人"不再变化多端时,最为表里不一"①。在塞尔沃尔与柯尔律治交往期间各自的作品里同时回响着类似的关于鸟鸣的意象。除了猫头鹰之外,其他的如云雀和画眉等,也都曾出现在二人主题类似的同一时期的作品里。无论是在《漫游者》中,还是在柯尔律治的谈话诗中,这些意象构成了关于奴隶制、监禁状态、自由和诗学话语的关键性强化哲思。尤其是在后者的几首谈话诗中,这些意象既是对塞尔沃尔相关主题诗歌的回应,又是对它们的审视和回溯。在《夜莺》的开头出现的关于夜莺的啼鸣,几乎构成了《克丽斯德蓓》中故事发生的场景和基本情势:无人居住的房子、空旷的花园、半夜鸟鸣和废弃的古堡。这些虚构的成分又与诗人曾经居住过的环境构成平行对照,强化了诗歌创作的可信度和权威性。

在《克丽斯德蓓》中,原先只是带有戏谑性逾越倾向的环境被诗人进行了功能性改造,其中的鸟鸣研究和结局断言转向了吉凶预兆式的呈现。"那里极具哥特特征的树林和林中的鸟类承载了满满的负能量和凶兆意象,同时使诗歌的发展方向渐渐转向了污邪的政治隐喻之中。"②在一片鬼魅之气中,"俊俏的小姐,克丽斯德蓓,/……今天,她半夜来到荒郊,/是来为远方的情郎祷告"③。在如此阴森可怖的林中,克丽斯德蓓陡然听见一声哭叫,而"这声音仿佛在老橡树那边,/在又粗又大的老橡树那边"④。这里克丽斯德蓓听到传出哭叫的"又粗又大的老橡树"带有浓重的战时焦虑隐喻。"橡树与英国的爱国主义和抵抗精神间深厚的联系,使得它在面临入侵时又带有一丝脆弱的象征韵味。'英国的橡木之

① John Thelwall, *Rights of Nature*. Gregory Claeys, Ed. *The Politics of English Jacobinism: Writings of John Thelwall*. Pennsylvania: Pennsylvania State University Press, 1995, p. 413.

② Norma Sherrod, *A Study of Literary Rhetoric in Romantic Poetry*. Lexington: The University of Kentucky Press, 1998, p. 127.

③ 华兹华斯、柯尔律治:《华兹华斯　柯尔律治诗选》,杨德豫译,人民文学出版社 2001 年版,第 324 页。

④ 华兹华斯、柯尔律治:《华兹华斯　柯尔律治诗选》,杨德豫译,人民文学出版社 2001 年版,第 325 页。

心'（Heart of Oak）①装备的武器却使他们自己折戟沉沙,所以这里的象征直指威胁的阴险与诡异。"②

　　柯尔律治的森林和那里的"橡树"并不简单地具有宏观英国文学史视野中的一般隐喻,他的林木刻画和林中鸟鸣素描都与塞尔沃尔在《漫步者》中所提到的类似意象有极大的亲和感与互文性。这样的应和与互动在《午夜寒霜》中也有体现。在《漫步者》中,作者对粗大的橡树同样做了细节化处理:

> 那边的橡树,
> 裸露的枝条在冰冻的溪面上,
> 冰雪覆盖向前伸展,闪着微光。
> 悬挂的垂冰闪闪发亮,看那儿!
> 莫名狂喜地盯着,让我转移目光,
> 那儿枝丫杂陈,恣意伸张,
> 盘桓扭曲缠绕,层层折叠,
> 缠绕住毒蛇,把它高举空中,
> 它弧状脖颈横在行人路中央。
>
> 如此静谧的美妙,敬畏的美好,
> 威武树林矗立,突破云雾
> 爱国美德的赤裸形体,
> 在这遭受考验的时刻
> 肃穆的高塔,争斗的咆哮气势,
> 号叫着穿越这颤抖凄凉的天气,
> 橡树岿然耸立,——被弃但崇高
> 那是人世隐秘的爱和未来的希冀。③

　　在塞尔沃尔对橡树的性格和状态以及生存环境的描写中包含有诸多对立的

---

① *Heart of Oak* 是"二战时"英国皇家海军的军歌。

② James Mulvihil，*"Like a Lady of Far Cuntree"*：*Coleridge's "Christabel" and Fear of Invasion*. *Papers on Language and Literature*，44. 3（summer 2008），p. 259.

③ John Thelwall，*The Peripatetic*. Judith Thompson，Ed. Detroit：Kessinger Publisher，2001，p. 169.

因素:凶毒与美好、男性与女性、光明与黑暗、压迫与爱国等。而他的具有爱国本体色彩的橡树,显然影响到了柯尔律治对那个有变形能力的女子吉若丁的形象塑造:

> 她光着脖子,光着胳膊,
> 没穿鞋,脚上有淡蓝的筋络;
> 头发里缀饰着宝石颗颗,
> 星光点点,光华四射。[①]

这个形象与塞尔沃尔笔下那棵"被弃但崇高"的赤裸橡树非常接近。鸟与树的意象在《克丽斯德蓓》中其实只是构成诸多两党意象的常用对照形象而已,它们的塑造与运用反映的是柯尔律治与塞尔沃尔之间合作的双重后果思虑,而这种考量是在国内对任何有叛国嫌疑的通信实施愈加残暴和偏执的政策,对法国入侵的危险和内部敌人的兴起愈加警觉和打压行为愈加残酷的背景下才做出的。这既是一种对照,又是柯尔律治创作此诗时的内心感悟。就像克丽斯德蓓带着吉若丁走向她的闺房时两种灯火的对照一样鲜明:

> 她们俩一道走过厅堂,
> 脚步虽轻,也出了声响;
> 炉火昏惨惨,就要熄灭,
> 残火周围是白灰碎屑;
> 但女郎一来,炉中便闪现
> 一条火舌,一团烈焰。[②]

这种由吉若丁引起的火舌(tongue of light)与火焰(fit of flame)所指称的那股具有反抗精神的活力与克丽斯德蓓闺房里的那盏"昏昏暗暗"(burns dead and dim)的银灯构成了强烈的对照。

柯尔律治的意象选用与他在 1796 年前后和塞尔沃尔进行书信交流的内容

---

① 华兹华斯、柯尔律治:《华兹华斯 柯尔律治诗选》,杨德豫译,人民文学出版社 2001
年版,第 326 页。

② 华兹华斯、柯尔律治:《华兹华斯 柯尔律治诗选》,杨德豫译,人民文学出版社 2001
年版,第 330 页。

是并行不悖的。他构造的关于火的意象与政治行为主义的程度高低有关。他曾在一封信中对自己为何隐退到斯托威（Nether Stowey）①做了一番陈情自辩，坚持自己的隐退与脱党变节毫无干系："我与公共生活格格不入。但是我寓居小屋的烛光可以照亮远方。你还在义无反顾地高举火炬吗？"②在写这封信前，柯尔律治还曾写过一首十四行诗给塞尔沃尔，以表达自己决意跟随他炽热的积极主义者风格，并对自己的犹如克丽斯德蓓闺房银灯般"昏昏暗暗"的热情进行了自我批评："剑桥的浅流孕育我叛逆的青春，/对女性的爱销钝了迟缓的忧伤/首次因你的风范而在爱国热情中发光。"③

作为首次向塞尔沃尔起誓跟从其"风范"的诗作，《克丽斯德蓓》开篇就将自己隐藏的勇气以诗意的形式从紧闭的心房释放出来，同时还将一位明艳的、被武士威逼吓唬的局外人纳入其中。被驱赶的吉若丁的处境与在英伦各地被反动媒介和当局到处攻击和噤声的塞尔沃尔的处境近乎相同。而摆脱那些袭扰后的爱国者塞尔沃尔则给住在阿尔佛斯顿和斯托威的华兹华斯和柯尔律治带来了"一团火焰"。为了欢迎这个指路者和爱国者的到来，柯尔律治便以诗歌寓言的形式让克丽斯德蓓为其修剪昏暗的银灯，"一经她修剪，灯就亮起来，/悠悠荡荡地来回摇晃"④。这个极具《圣经》原型意味的意象，将诗人意欲融于激进爱国者行列的急切感和对其未来的不确定感连在了一起。

在吉若丁经过之时，昏暗的炉火会闪现"一条火舌"。诗人选用"火舌"作为人间异类所带来的奇妙变化，与他这个时期的诗歌中屡屡出现的"声音"或"鸣叫"构成了富有语言和心理意味的双重逻辑对应性。而当克丽斯德蓓窥视吉若丁脱衣，并被她的魔力所迷惑时，吉若丁说道："你的抗争是徒劳，/别的事你无能为力，/唯一可行的是宣告：/在那片昏黑林子里。"⑤"宣告的能力"（power to

---

①　1797 年柯尔律治移居这里，此处离华兹华斯兄妹居住的阿尔佛斯顿只有三里之遥。在这里柯尔律治完成了包括《老水手行》《克丽斯德蓓》和几首谈话诗在内的重要作品。

②　Samuel Taylor Coleridge，*The Collected Letters of Samuel Taylor Coleridge*. Vol. 1. Oxford：Oxford University Press，1956，p. 164.

③　Samuel Taylor Coleridge，*The Collected Letters of Samuel Taylor Coleridge*. Vol. 1. Oxford：Oxford University Press，1956，p. 264.

④　华兹华斯、柯尔律治：《华兹华斯　柯尔律治诗选》，杨德豫译，人民文学出版社 2001 年版，第 289，331 页。

⑤　华兹华斯、柯尔律治：《华兹华斯　柯尔律治诗选》，杨德豫译，人民文学出版社 2001 年版，第 335 页。"唯一可行的是宣告"原文为：For this is alone in / Thy power to declare. 可以理解为在吉若丁的魔力下，克丽斯德蓓所剩下的唯一能力是宣告。

declare)"在柯尔律治表达焦虑自责和犹豫反省的诗歌中透露出了深沉的政治声索的味道"①,这种能力正是 18 世纪 90 年代冷战时期的关键所在,也是导致塞尔沃尔成为浪漫主义时期的公众偶像、替罪羊和爱国者的最核心因素。纵观塞尔沃尔作为诗人、政治活动家和演讲艺术先驱者的一生,无不是在以宣告能力为主要武器的基础上而完成的,就像那道在昏暗中闪亮的火舌,或是在幽暗深处鸣啼的声音一样,不管如何被压制和戕害,都会在不同媒介中发声、闪耀,以期完成对自己权利的声扬。

塞尔沃尔与宣告能力的关系对处于同样境遇的柯尔律治来说有重要的参考价值和关键节点的借鉴意义。就像他本人对寓居小屋的烛光的隐喻式运用一样,柯尔律治时常在跟随那内心炽热的导师拨亮昏暗的银灯和退居斯托威甘愿在昏暗的银灯下自怨自艾之间进行痛苦抉择。柯尔律治与塞尔沃尔的初识、通信、深交到促膝交谈的整个过程既是以宣告能力为主题又以它为共同的技巧。对这种思绪和认知,柯尔律治在《夜莺》中用比较隐蔽的方式进行了展示,表明他们之间充满活力而又无比复杂的言语交换,两个人"此一唱彼一和,互相逗引着:/小小的口角,变化多端的争执,/佳妙动听的喁语,急速的啼唤"②。这种唱和、口角和争执对相互敬仰和彼此关照的塞尔沃尔与柯尔律治二人来说,便是他们交流期间的主旋律,也是他们在思想触发和作品撰写上进行合著的明证。吉若丁与克丽斯德蓓的偶遇再续前缘,也反映了柯尔律治对战时塞尔沃尔宣告能力的矛盾心态。

吉若丁初遇克丽斯德蓓时的语气极富变化而又收放自如,从"微弱而甜润"到"低声细语",从"殷勤恳切"到"语气谦卑"等不一而足。柯尔律治对词语的这种精挑细选的做法,是在表明一种与塞尔沃尔宣告能力相符的态度。这些灵活多变的语词不仅针对塞尔沃尔本人,而且与激进的政治话语有关。如此变幻莫测的策略与克丽斯德蓓的具有浪漫主义特色的严肃性之间构成了鲜明的对照,在她的语词里几乎都是类似"说道""答道"和"祈祷"之类的、没有任何修饰语的表达。在语言运用的灵活多变方面,克丽斯德蓓不知道会被吉若丁甩出多远!克丽斯德蓓在语言运用上非常有限的创新性,恰是温和的都市反对派所持有的

---

①　David Duncan, *Figurative Linguistic Foundation in Coleridge's Poetry*. London: Chatto & Windus, 1999, p. 81.

②　华兹华斯、柯尔律治:《华兹华斯　柯尔律治诗选》,杨德豫译,人民文学出版社 2001年版,第 386 页。

更加拘谨和平和话语的表征。这些反对派一方面在政府的冷战中沦为受害者，另一方面又和伦敦的激进派保持结盟阵线，他们之间的联系和友谊就像柯尔律治与塞尔沃尔之间的关系一样，常常在变换的环境下接受检验。

与塞尔沃尔合作的愿望之中又夹杂着敬而远之的心绪，与之结盟的朋友又因其激进的思想而被审视。这种矛盾心态在《克丽斯德蓓》中化为了在声音和身份上彼此对立的、变化多端的动力体系。在诗歌第一部的结尾，克丽斯德蓓被吉若丁的魔力控制，她的宣告能力也彻底丧失，只能"挨着她跪下，/蓝盈盈的两眼仰望苍天"，直到"睡着了，沉入可怕的梦境"。[①] 但是即使是在梦中她依然感知到自己在林中所做的一切充满了羞辱和悲哀。在吉若丁的床边所发生的骇人之景和吉若丁难以名状的心情，构成了对两位身份和处境各不相同的女士之间关系的描述和心理挣扎的暗示。如此处理恰恰反映了诗人对与塞尔沃尔结盟的深层政治考量。就在塞尔沃尔离开斯托威不久，柯尔律治就立即给他写了一封信，对前者提出的在自己身边一起工作、共同进退的殷切希望给予了理智的拒绝：

> 来吧！但不是现在——两三个月以后吧！你先在布里奇沃特（bridgewater）暂住，让那里的居民熟悉你的外貌和名字。等到妖魔化的东西消失了，等到人们开始接纳你，不再视你我为洪水猛兽，不再将你的口袋视为法国军队的潜伏地而是诗歌的藏身所，到那时你就可以安家了。我在此非常明确但又非常悲哀地表明，你住在这里将是百害而无一利。[②]

这封书信与《克丽斯德蓓》中的妖魔化意象和其中对来自个人或国家的危害的轻描淡写如出一辙，诗人自己与希冀前来为伍的伙伴的关系被刻画成了类似克丽斯德蓓和吉若丁的关系。

《克丽斯德蓓》第一部于 1798 年 7 月完成后，读者对其后续的发展一直处于一种悬疑的状态。这种状态对一直期望能和柯尔律治合著的塞尔沃尔来说几乎一模一样。在一年前离开斯托威之后，塞尔沃尔就不再对能和柯尔律治进行更

---

① 华兹华斯、柯尔律治：《华兹华斯　柯尔律治诗选》，杨德豫译，人民文学出版社 2001 年版，第 333、336 页。

② Samuel Taylor Coleridge, *The Collected Letters of Samuel Taylor Coleridge*. Vol. 1. E. L. Griggs, Ed. Oxford：Oxford University Press，1956，p. 204.

加深入持久的合作持确定无疑的态度,对于是否能重回斯托威就更加怀疑了。
而当《克丽斯德蓓》的第二部于 1800 年秋季完成时,他们之间曾被视为居心不良
和痛苦万分的合著就似乎朝着分崩离析的后果而去。随着激进派的解散或转向
地下活动,以及柯尔律治业已动身奔赴德国与湖区,[①]塞尔沃尔所满心渴望的深
层合著前景就愈发显得渺茫了。鉴于批评界对他们前期合作的过分关注,而对
塞尔沃尔的明显忽略和对柯尔律治的倾情溢美,塞尔沃尔似乎从 1797 年后就不
再和他心目中的理想诗人和最佳合著者有进行合作和交流的愿望了。但是细查
二人在随后的所谓交往间断期的生活和创作就会发现,他们依然频繁出现在各
自的想象和再现中。

　　在完成《克丽斯德蓓》第一部不久,柯尔律治就向世人公开了自己和激进的
政治活动家、诗人塞尔沃尔的密切关系。通过在《反雅各宾》(Anti-Jacobin)上刊
登诗歌《新道德》(The New Morality),柯尔律治进一步巩固自己与塞尔沃尔的
政治—文学盟友的关系。稍后不久,他还和华兹华斯兄妹一起去威尔士拜访了
塞尔沃尔在莱依思温(Llyswen)的新家。华兹华斯在《远足》第二至四部中还回
忆了他们一起连续数日散步和交谈的情形,政治—文学三人组不但谈到当下的
时局和文学发展走向,同时还对文学批评和诗学创作的合著行为进行了深入探
讨。正是在这次聚会中《克丽斯德蓓》的第一部得以像其他浪漫主义诗歌的初创
和流转一样在文友圈子里被诵读和品评。塞尔沃尔对该诗赞赏有加,而且非常
惬意地感觉到其中诸多与他自己的《湖中仙女》相互叠加指称的东西。

　　柯尔律治从德国返回后,并没有立即前往湖区与华兹华斯会合,而是又度过
了一年职业生涯上的摇摆不定期,一直在华兹华斯式隐忍的退居生活和塞尔沃
尔式的高举火炬、闪亮于公众视野的生活间纠结踯躅。可以肯定的是,他在此期
间所创作的诗歌大部分依然是塞尔沃尔式的风格。这些侧面推理或正面创作都
是 1798 年到 1800 年柯尔律治与塞尔沃尔在思想认识和创作合作上保持深度联
系的明证。在一段短暂的通信中断和联系疏松之后,1800 年,在完成《克丽斯德
蓓》第二部不久,柯尔律治便率先向塞尔沃尔发去了书信。当华兹华斯拒绝在
《抒情歌谣集》中收录此诗时,柯尔律治急切地想通过其他文友寻求在合著中如
何摆脱华氏日益增长的独霸局面的良策。他在这种情况下写给塞尔沃尔的书信

---

　　①　1798 年 9 月到 1799 年 8 月,柯尔律治在德国度过了其生命历程中非常具有转折意义
的将近一年时间,这是柯尔律治首次直接介入德国知识分子的生活,这段经历对他自己的诗学
思想和创作心理产生了巨大的影响。

显得无比热情,开头尽是"温馨的回忆",中间充满了"文友情谊",结尾又是对彼此的丧子之痛施以悲情。① 他还想象"两个孩子能像他们的父亲一样在一个更加幸福的地方相聚交流"②。

除了对昔日合作互信的温馨回顾之外,柯尔律治在 1800 年写给塞尔沃尔的书信最主要的功能就是提供了一个犹如他在《克丽斯德蓓》中构造的合著隐喻。同年12 月柯尔律治给塞尔沃尔又写了一封信,并提出了一个文学批评史上的新词:

> 写信给我讲讲你最近有什么特别事情发生。我指的是你的现状,你有没有在心中召唤出宗教信仰,或者像一个腹语艺人(ventriloquist)一样能随时抛开个人情绪,向着没有自己的空间喊话,然后还能像聆听真理一样去收听。③

柯尔律治在多个场合使用了"腹语艺人"或"腹语艺术"(ventriloquism)这个词,尤其是当他在和华兹华斯进行合著《抒情歌谣集》时,这个词的出现明显地与他们合著作品的作者身份焦虑有关。④ 不过作为柯尔律治的基本文学批评原则之一,"腹语艺术"概念的首次出现还是在他和塞尔沃尔的通信之中,象征着塞尔沃尔的角色犹如在骚塞和华兹华斯中间的诸如导师/兄弟/诗敌等系列形象一样,令柯尔律治在他的创作生涯中需要屡次抗争而去获得一个属于自己的身份和声音。他有时就像克丽斯德蓓一样,"麻木而顺从地依样模拟,/那阴沉、奸邪、憎恨的神气"⑤。这种情形与柯尔律治和塞尔沃尔合作时被妖魔化的状态几无二致。

在与华兹华斯和塞尔沃尔的合著过程中,柯尔律治始终经历着一种身份和声音的缺失之憾。在《克丽斯德蓓》的第二部,诗人就以利奥林爵士、罗兰勋爵和

---

① 1799 年柯尔律治的儿子贝克莱(Berkeley)和塞尔沃尔的女儿玛利亚(Maria)相继去世。

② Samuel Taylor Coleridge, *The Collected Letters of Samuel Taylor Coleridge*. Vol. 1. E. L. Griggs, Ed. Oxford: Oxford University Press, 1956, p. 369.

③ Samuel Taylor Coleridge, *The Collected Letters of Samuel Taylor Coleridge*. Vol. 1. E. L. Griggs, Ed. Oxford: Oxford University Press, 1956, p. 369.

④ See Margaret Russett, *Meter, Identity, Voice: Untranslating "Christabel"*. *Studies in English Literature*, 43.4 (Fall 2003): 773—797.

⑤ 华兹华斯、柯尔律治:《华兹华斯 柯尔律治诗选》,杨德豫译,人民文学出版社 2001年版,第 349 页。

吟游歌手勃雷西等三人的关系来作为他们之间关系的影射。当利奥林爵士听到吉若丁讲述自己的家世时,他突然被震动了,并念叨起一个名字——罗兰·德沃勋爵,想起了他们的往事:

> 年轻的时候,他们是知己;
> 但流言蜚语戕害了友谊;
> 恒久的交情只应天上有,
> 人间处处是荆棘成堆;
> 年轻人浮躁,对着好朋友
> 也会恶狠狠暴跳如雷。
> 照我猜想,利奥林与罗兰
> 偶然间发生了口角争端;
> 他们本来是最亲的兄弟,
> 却互相辱骂,互相鄙弃;
> 两人分手了——再不见面!
> 然而,双方却同样发现
> 心境空虚,甩不掉悲苦,
> 隔绝未能使创伤平复;
> 好似山崖被劈成两半,
> 阴沉的海水便流注其间。[①]

　　这种兄弟阋墙的意象常常被拿来当作柯尔律治与华兹华斯关系紧张并最终导致 10 年后二人分道扬镳的真实写照。但是早在他拒绝《克丽斯德蓓》的 1800 年夏天,华兹华斯的性格更接近吟游歌手勃雷西。而利奥林爵士和最亲密兄弟之间的关系决裂又非常富有逻辑地指向了新近发生的柯尔律治和塞尔沃尔之间的关系断裂。这种理解的直接依据是塞尔沃尔在此期间所创作的诗歌中那些类似风暴的海域和断壁林立的悬崖的意象。从桑盖德(Sandgate)的那些"恣意突出""横亘冒进"的悬崖,到沙莱(Shale)"斑驳的世界里的狂野的形象和巨鳄般的

---

　　① 华兹华斯、柯尔律治:《华兹华斯　柯尔律治诗选》,杨德豫译,人民文学出版社 2001 年版,第 341 页。

峭壁"，再到"粗粝的伤疤"和"阴冷的绝壁"等意象的塑造，[①]都指向塞尔沃尔行将抵达柯尔律治家门时，国内纷繁的改革时局和两人之间叵测的交流情形。为了回应塞尔沃尔的这些政治或诗学感悟意象，柯尔律治在《克丽斯德蓓》中也塑造了一系列具有寓言色彩的意象和人物角色。

1800 年底到 1801 年初，柯尔律治通过书信开始表达想和塞尔沃尔进行政治观点和诗学创造上的和解和合著之愿。正如《克丽斯德蓓》中的利奥林一样，柯尔律治也希望通过下一代来达成这种和解。在表达彼此的丧子之痛后，他又将此期间的书信主题转向了他们的在世子嗣。他把自己的孩子德温特（Derwent）称呼为"婴儿社区的良好代表"，并向塞尔沃尔又得一女莎拉·玛利亚（Sara Maria）表示祝贺。[②] 柯尔律治的妻子名叫莎拉·弗里克，而塞尔沃尔的家族里本来没有叫 Sara 的人或遗留的传统。柯尔律治的女儿也叫萨拉·柯尔律治（Sara Coleridge）。这种命名的相似性共同指向了一种信念和理想的重生，重生在各自的后代和个人作品的隐喻上，以期最终达成完美的合著。

利奥林爵士与罗兰勋爵的和解在象征意义上指向了柯尔律治与塞尔沃尔之间的和解，那么吟游歌手勃雷西的介入又似乎指向另一个中介物、一个三人合作和潜在对手的出现。勃雷西在《克丽斯德蓓》的开篇便占据了话语的中心地位，像在与柯尔律治的合著中一样，华兹华斯也逐渐将"命名"权和话语权掌控起来。就像身处阿尔佛斯顿的华兹华斯一样，勃雷西一开始不但容忍而且几乎参与了"三名司罪的阴魂"之间的喋喋不休，以及"魔君的大肆讥笑"和"平静气氛中，喧腾的欢笑"。[③] 但是当他再次出现在男爵的所谓庄严仪式中时，勃雷西却一改往常对魔鬼的怜悯和同谋，而是凭着自己的有限判断来决定一切。然后他便以自己的梦境来向男爵阐释当下的状况和他们所遇到的少女吉若丁的身份。他在自己梦中见到一个名叫"克丽斯德蓓"的鸟儿"婉转悲鸣，扑腾着翅膀"，于是前去看个究竟：

　　　　我到了那儿，左看右瞧，

---

① John Thelwall, *Poetical Recreations of the Champion*. London：The Champion Press，1822，pp. 122—159.

② Samuel Taylor Coleridge, *The Collected Letters of Samuel Taylor Coleridge*. Vol. 1. E. L. Griggs, Ed. Oxford：Oxfrod University Press，1956，pp. 376—379.

③ 华兹华斯、柯尔律治：《华兹华斯　柯尔律治诗选》，杨德豫译，人民文学出版社 2001年版，第 338、339 页。

> 看不出那鸽子为什么哀叫；
> 想起它女主人心肠那么好，
> 我便弯下腰，去看个分晓：
> 原来是绿莹莹小蛇一条，
> 在它的脖子、翅膀上盘绕，
> 像周遭的青草一样绿莹莹，
> 缩着头，紧挨着鸽子的头颈；
> 它随着鸽子而扭动、起伏，
> 两个的脖子都胀得老粗！①

　　这种两个头颈的缠绕和扭动可以是灵性互动的象征，当然也可视为大祸临头的凶兆。但是那个吟游歌手却毫不犹豫地将其阐释为邪恶、肮脏和有辱圣洁的场面。于是他便发出了一系列基于误解、偏见和犹如腹语艺术般的反击活动。

　　1801年柯尔律治出于希望迅速和塞尔沃尔达成和解、重返合著舞台的书信起到了重新召唤文友回归的作用，而且在此后的两年里他们之间的友谊和合作也一直进展得非常顺利，以1803年秋天塞尔沃尔举家搬到湖区定居为标志，柯尔律治与塞尔沃尔的文友合作终于达到了一个空前的高度。在那个政治与文学均经历一个世纪转折的时候，他们二人的合著行为显得既难能可贵又符合他们创作的历史必然，这一点在塞尔沃尔的《湖中仙女》上有绝佳的体现。

　　在谈到《湖中仙女》的创作时，塞尔沃尔以第三人称的形式进行了一番回顾：

> 30年前他便有一个创作民族史诗的计划。22年前他真的开始创作了！但创作伊始他便意识到这绝非一件自由自在的差事。出于烦闷的内心和对自己与这个世界的芥蒂，他愤愤地说，好吧，让我来将这种史诗搞乱，把主题换成鬼怪传奇。命运和魔鬼驱使着他，提线木偶的操纵者拨弄着他那自主的手指，他便文思泉涌，素体诗作奔涌纸上。②

---

① 华兹华斯、柯尔律治：《华兹华斯　柯尔律治诗选》，杨德豫译，人民文学出版社2001年版，第347页。

② John Thelwall, "An Essay on Human Automationism". *Poetical Recreations of the Champion*. London：The Champion Press，1822，pp. 115.

在经历将近 17 个星期的马拉松式的创作之后,塞尔沃尔终于在居心叵测的传奇魔法手指的主导下完成了《湖中仙女》。至于是否这个时段正是柯尔律治和华兹华斯前来拜访塞尔沃尔在莱依思温的新家之时已是不可知的事情。但是作者自述的创作成因中的颠覆传统和被控授意的因素,还有那关于作品的神怪性质,以及其介乎史诗和传奇之间的变形形式等,都不得不让人想起柯尔律治的《克丽斯德蓓》。诗剧形式的《湖中仙女》发表于 1801 年,它构成了一个塞尔沃尔起初谋划传奇式哥特小说与他后来实际撰写的史诗模式之间的连接体。

《湖中仙女》的创作时间刚好位于《克丽斯德蓓》的第一部和第二部之间,对柯尔律治在 1800 年所提出的腹语问题是一个较好的回应。当塞尔沃尔在 1797 年被柯尔律治从他和华兹华斯主导的文友圈子向外排挤时,塞尔沃尔正在"向着没有自己的空间喊话",并急切地想要将合著的理想变为现实,想在他的"多灾之年"(annus horribilis)撰写一部寓意深刻的著作,一部可以与浪漫主义文学著述史上的"奇迹之年"构成正反面的奇异之作。在随后沉默的合著过程中,塞尔沃尔于 1801 年发表了他的里程碑式的诗作《写于隐退时期的诗歌》,小说《收养的女儿》(The Daughter of Adoption),还完成了后来未能出版的 6 部史诗和新近发现的两卷诗《有感于自然风景的诗歌》(Poems, Chiefly Suggested by the Scenery Nature)。在这些充满雄心壮志、堪称浪漫主义文学精品,却又屡遭忽视的作品中,随处可见塞尔沃尔与柯尔律治和华兹华斯之间的互文性对话和柯氏所谓的腹语文字游戏。这些相互指称和互文对话里有他们惯用的如"风暴""海洋""海难""森林""魔咒""大风"和"河流"等意象,有他们偏爱的如"积极主义与隐退思维""语言与权力"和"自然与历史"等主题,还有像能够变形或闺蜜类的人物角色。所有这些在政治—文学三人组中可做互文的内容相互缠绕,就像勃雷西梦中的那条缠绕在鸽子脖子上的蛇一样,虽然显得诡异,却具有丰富的寓意和魅力。柯尔律治和塞尔沃尔之间所存在的复杂的合著关系在《湖中仙女》和《克丽斯德蓓》上体现得更加丰富具体。

完成于 1801 年的《湖中仙女》并没有单独出版,而是放在作者的《写于隐退时期的诗歌》中付梓推出的。这是一部关于公元 5 世纪亚瑟传奇的情景剧。由于作者当时身处不利的政治时局下,加上该剧在当时被认为具有挑拨性,所以未能获得上演的机会。剧本由三幕构成,形式是一个哥特传奇。全剧充满了篡权复仇、结盟谋反和情欲劫杀等情节。塞尔沃尔在将柯尔律治的骑士文献机制进行历史化的同时,主要采用了亚瑟传奇中的人物和挪威及威尔士神话中的故事。在第一幕的开篇,撒克逊的女巫罗威纳(Rowenna)嫁给了不列颠国王沃特根

(Vortigen)，但是她意图推翻自己的丈夫并想获得亚瑟的爱。通过使用巫术她掌握了一些关于她的爱情和亚瑟未来的信息。在一场针对沃特根的政变中，亚瑟和他的圆桌骑士把罗威纳的父亲给杀了，但是国王沃特根却将他自己的女儿格温纳维尔(Guvenever)掳走欲行乱伦之举。罗威纳此时非但不替父亲之死悲哀，反而因为得知其父并非亚瑟亲手杀害的事实和后者对格温纳维尔的爱而欣喜若狂，并心生一计意欲赢回亚瑟的爱心。

罗威纳通过巫术让魔鬼帮助她将亚瑟擒获，正当她要献媚迷惑亚瑟时，湖中女仙降临，将亚瑟和他的手下悉数救走。接着罗威纳便向沃特根下毒，因为她相信，只要国王死了她的使命也就完成了，她就能如愿以偿地和亚瑟结婚。但是亚瑟不但猛攻她的城堡，决意救回格温纳维尔，还对她进行了讥讽。罗威纳恼羞成怒，下令将关押格温纳维尔的城堡付之一炬。亚瑟最信任的圆桌骑士崔斯坦(Tristram)不幸遇害。怒不可遏的亚瑟为了报复罗威纳，下令将城堡的剩余部分全部烧毁。罗威纳在火海中丧生，垮塌的城堡沉没于护城河，从河里跃出一辆由天鹅拉动的马车，里面坐着湖中女仙、崔斯坦和格温纳维尔。原来他们都被湖中女仙救了回来。亚瑟最终得以与格温纳维尔团聚，并被封为真正贤德的不列颠骑士。塞尔沃尔该剧的结尾犹如《克丽斯德蓓》的开头，都是通过一个正面人物或英雄角色的帮助而完成对城堡的渗透。这次是一个类似吟游诗人的崔斯坦和一个快乐的魔鬼共同完成对敌人城堡的渗透，但艰巨任务的最终完成尚需湖中女仙的介入及其魔法的施展。

在《湖中仙女》中，罗威纳一直在掌控整个局势的发展，她召唤魔怪为自己服务，并以此来解读和书写自己的命运。和吉若丁比起来，罗威纳更加有魅力，心理更成熟，心智也更复杂。在塞尔沃尔的作品中，罗威纳显然是第一个具有魔幻色彩的"共谋者"。从一开始她就拥有权力，同时又在话语权威上略显不足。这种形象与塞尔沃尔的处境和合著时的纠结心理何其相似！尽管掌控着国家，但是罗威纳只能和敌人联手方可实现自己的目标。和懦弱的叛国者、她名义上的丈夫在一起，罗威纳实际上在绝望地渴求能和新的、真正的英国王者亚瑟结盟。从这个意义上来讲，如果柯尔律治在那个时期所面对的敌人是塞尔沃尔式的雅各宾主义的话，那么塞尔沃尔所面对的就是柯尔律治式的变节脱党。这种夹杂在文本里的忧虑从罗威纳的第一次独白中可见端倪：

撒克逊之名于我毫无指称，
在崩塌的不列颠塔上立名。

竟无体面的自我就要倾倒，

征服的利剑，无边的魔力

统统受困于那变节的内心，

那是属于亚瑟的灵魂。(《湖中仙女》:5)①

通过刻画罗威纳对知晓自己命运的挣扎心理，以及描写她为了赢得亚瑟的青睐而做出的不懈努力，塞尔沃尔实际上将权利的三重危机、诗歌和原则等几方面的因素进行了戏剧化再现。而这些因素都与他和柯尔律治的合著密切相关，而且每一个方面都戴着作者精选的面具，体现的是 1797 年他对柯尔律治的造访及其后果的矛盾心态。

在戏剧的第一幕中，当罗威纳需要制作她的恐怖外衣和惊恐气氛时，塞尔沃尔使用了《克丽斯德蓓》中相同的午夜鸟鸣的意象，"命运之神的粗粝的乌鸦叫声"与"猫头鹰的叫声"相伴(《湖中仙女》:7)。除此之外还有三种声音的相互应和：

米德加德的巨蛇②，凶猛可怖

血盆大口可吞噬万物。

剧烈扭动鳞片覆盖的身躯，

在它的地盘自然也自甘俯首，

众神和海拉③也加入了悲啾。

听！ 地狱猛犬不停嚎叫，

莱芬恩的尖叫，芬里尔的嘶吼！④⑤

---

① John Thelwall, *The Fairy of the Lake*, in *Poems*, *Chiefly Wrillen in Relirement*. London: Woodstock Books, 1989, p. 217.

② 米德加德的巨蛇(Midgard's Serpent)，是北欧神话中的怪物，破坏及灾难之神洛基女巨人安格尔伯达(Angerboda)的次子。这条巨蟒头尾相衔，环绕着整个北欧世界，象征永恒。

③ 海拉(Hela)，北欧神话人物，死亡之国的女王，是邪神洛基(Loki)和女巨人安尔伯达的幺女，被诸神之王奥丁(Odin)丢入悲哀和被诅咒之地"死人国度"(Niflheim)，于是她便和爱犬 Garm 统治了这黑夜和死亡之国。海拉把病死和因衰老而死的人都安置在自己的领地里。

④ 芬里尔是北欧神话中的恶狼。破坏及灾难之神洛基和女巨人安格尔伯达一共生了三个可怕的子女——死亡女神和冥界女王海拉，尘世巨蟒，以及巨狼芬里尔。

⑤ John Thelwall, *The Fairy of the Lake in Poems*, *Chiefly Wrillen in Relirement*. Lodon: Woodstock Books 1989, p. 21.

在《克丽斯德蓓》的第一部，正值夜半：

猫头鹰叫起来，把雄鸡惊醒：
"嘟——喂！嘟——呜！"
雄鸡也叫了，——又叫了一声，
刚睡醒，迷迷糊糊。
有钱的男爵——利奥林爵士
有一条看家狗，掉光了牙齿，
趴在它窝里（石头墙下方），
听钟声一响，它也就开腔：
……①

猫头鹰、雄鸡和看家狗这三种动物的声音也相互应和着。在他们交流合作的关键节点上出现的创作对应，非常有力地指向了塞尔沃尔和柯尔律治的合著情思与创作哲理。当罗威纳强行从海拉那里得到了关于自己命运的预言"亚瑟将亲手点燃火焰，/我的所有悲伤都将在烈火中消散"②，塞尔沃尔实际上是在将柯尔律治对他的所谓"魔鬼思绪"进行反向联通。就像利奥林爵士和吟游歌手一样，罗威纳的走火入魔和误入歧途全都起源于她自己的欲望和傲慢。一直被预言误导，被虚假的真相所驱使，她选择与敌人联手的结果便是自己最终葬身亚瑟亲手点燃的烈火。

罗威纳对未来的错误判断是她"双重—面目命运"（double-visag'd Fate）的症候之一。包括戏剧中的其他人物以及人物的语言、场景或情节在内的戏剧要素都有类似雅努斯面具的特性，即可以有不止一种解读方法。对于剧中罗威纳的创造者塞尔沃尔来说，她一方面象征的是塞尔沃尔本人在诗学和政治上的权利幻想，她的覆亡对应着塞尔沃尔对内心深处最为认可的文友柯尔律治的误读。罗威纳另一方面又直接与由柯尔律治及其"无边的魔力"所象征的

---

① 华兹华斯、柯尔律治：《华兹华斯 柯尔律治诗选》，杨德豫译，人民文学出版社 2001年版，第 323 页。

② John Thelwall, *The Fairy of the Lake*. in *Poems*, *Chiefly Wrillen in Relirement*. London：Woodstock Books，1989，p. 30.

变节诱惑相连。罗威纳拥有那些"古老的话语"和"魔幻的数字"[1]，而且对她的超自然能力的刻画和双重性格的描写被作者用来与《克丽斯德蓓》对应，但更夸张的方式在该剧中一一展现。凭着她柔美的、让人毫无戒备的居家之调和那"甜美的内容"与"柔和的邀约"，[2]罗威纳谱写了一张足以使人变节加盟的浪漫主义塞壬之歌（Siren's song），诱惑当时的人中龙凤加入主张革新的多数派。而革新派的主张一如柯尔律治那样，选择让自由之火熄灭"沉入自我中心的享乐之中"[3]。

作为罗威纳心中虽属异类却是最理想的结盟者的亚瑟，其实也是有双重面具的。他在塞尔沃尔的笔下化身为另一个捍卫不列颠自由的自我形象。他与罗威纳之间欲拒还迎的关系，是塞尔沃尔本人对柯尔律治的无边魔力欲亲近又排斥的真实写照。作为一个孤独的、不可一世的超能英雄，他出入险境，在"巨石和林木间挥舞宝剑"[4]，为格温纳维尔的命运奔走叹息，但最终依然无法挽救她的生命。他甚至无法找到囚禁自由仙灵的城堡，更不用说跃上城墙放火救人了。他就像柯尔律治一样对"垂着滴露的鸦片"[5]毫无抵抗之力。又近乎克丽斯德蓓，在罗威纳的巫术下放下了手中利剑。最后只好独自屈蹲在一棵枯老的橡树上，"坐着独自冥想，/脑子里都是虚空的道德，/和删减的至善至美"[6]。这样的性格描写、心理剧颤和矛盾冲突，实际上应和的是塞尔沃尔从早期的爱国情怀到从政治—文学三人组抽身离去的转变。

和克丽斯德蓓不同的是，亚瑟后来重拾勇气再次阐发他的心里之音。就像塞尔沃尔放弃柯尔律治的诗学原则，远离他的那种浪漫主义范式的"无边的魔力"一样，亚瑟最终坚持了自己的理想：

---

① John Thelwall, *The Fairy of the Lake*. in *Poems*, *Chiefly Wrillen in Relirement*. London: Woodstock Books, 1989, p. 3.

② John Thelwall, *The Fairy of the Lake*. in *Poems*, *Chiefly Wrillen in Relirement*. London: Woodstock Books, 1989, p. 52.

③ Samuel Taylor Coleridge, *The Collected Letters of Samuel Taylor Coleridge*. Vol. 1. E. L. Griggs, Ed. 1956, p. 289

④ John Thelwall, *The Fairy of the Lake*. in *Poems*, *Chiefly Wrillen in Relirement*. London: Woodstock Books, 1989, p. 43.

⑤ John Thelwall, *The Fairy of the Lake*. in *Poems*, *Chiefly Wrillen in Relirement*. London: Woodstock Books, 1989, p. 49.

⑥ John Thelwall, *The Fairy of the Lake*. in *Poems*, *Chiefly Wrillen in Relirement*. London: Woodstock Books, 1989, p. 50.

　　因为你恣意的歌调，就全然被捕获

　　……

　　我站着毫无能力，但可以蔑视我的内心，

　　对你谄媚的巫术，我决意放弃，

　　然后，躲进隐士的洞穴——

　　去除我的性别，

　　以黑黢黢的形体，艰苦的劳作，

　　污秽而卑劣的联盟，生命的渣滓，

　　尽是耻辱①

　　决心虽大意志亦坚，但是就像罗威纳一样，亚瑟依然无法独立实现自己的目标。他急需一个伙伴，一个可以助他东山再起的合作者。

　　为了达成所愿、实现理想，塞尔沃尔便在《湖中仙女》里依靠对《克丽斯德蓓》的修正和翻转，凭借着对最忠心可靠的朋友的重塑而实现这个目标。于是崔斯坦便应运而生。在第二幕的开头他便和亚瑟一起出场，并在第三幕里取代亚瑟成为一号骑士，继而又取代罗威纳成为整个剧本里最富魅力的角色和推动剧情发展的力量。他的魅力和气势与亚瑟的一切构成截然不同的对照。后者有远大宏图，总是高傲沉静；而他却精力充沛，嗜酒喧腾，充满煽动意味的智慧。在塞尔沃尔的眼里他代表的是低级、讽刺的精神，是一个富有平民主义的缪斯。

　　在第二幕里有几个可以显示崔斯坦独特性格和重要作用的情节：当亚瑟被罗威纳的诗意符咒所控制时，他的所有圆桌骑士也都被罗威纳的秘密同谋英卡布斯（Incubus）施法噤声，此时只有那个嗜酒如命的亡命徒崔斯坦依然故我。当亚瑟出神地盯着圣烛上的字符时，崔斯坦则被刻在一个酒桶上的魔幻字符所吸引。这个情景就像塞尔沃尔在1797年初到柯尔律治的小屋时一样，崔斯坦先是敲击一下酒桶，然后才发现：

　　空的，空的！空如一个虚假的朋友。

　　当必要之事迫在眉睫时他却在祈祷、说教。

---

　　① John Thelwall, *The Fairy of the Lake*. in *Poems*, *Chiefly Wrillen in Relirement*. London：Woodstock Books, 1989，p. 55.

他的满嘴荒唐言空洞无物。

圆桌,啊! 圆桌也是一样的空洞![①]

但是在崔斯坦低身饮酒时,他也被藏在酒桶里的英卡布斯抓获封冻了。所以在他身上,塞尔沃尔添加了一种对合著(合作)起因的质疑和对其后果的担忧。但即使他通过合著谋求诗名的追求最终封存了他的命运,这种追求的后果也还是非常具有释放和解脱的效果。崔斯坦嗜酒被俘,却重获声音、再战死敌。在第二幕结尾他一度麻木无助,但在第三幕开头他又重获生机和智慧,并获得了一个在性格和能力上几乎与英卡布斯相同的角色的帮助,这个角色就是斯考特(Scout)。当崔斯坦被英卡布斯捕获并被极力折磨到几无生存时机的时候,斯考特便应运而生前来帮助他斩妖除魔。斯考特既是英卡布斯的对立面,他的身上又包含了后者的诸多品性。塞尔沃尔对这两个戏剧角色的创造可谓用心良苦。他将个人煽动意味浓厚的寓言转化为柯尔律治式传奇的谋划,也最终在这两个角色上得以实现。在他和湖畔派尤其是和柯尔律治的合著过程中,斯考特之于崔斯坦,就像崔斯坦之于亚瑟、亚瑟之于罗威纳、《湖中仙女》之于《克丽斯德蓓》。一个个讽刺意味浓厚的变形角色既担当助手,又充当敌人!

通过将英卡布斯/斯考特与崔斯坦戏谑地连接在一起,塞尔沃尔重新改写了他和柯尔律治之间的合著。正如《湖中仙女》第三幕开始时所展现的那样,崔斯坦和斯考特/英卡布斯结为同盟,那些被视为变节的形象有可能会成为秘密的帮手。当崔斯坦接近罗威纳城堡的高墙时,四周埋伏的兵士将火把投向他。正当他万念俱灰时,湖中仙女从他仰慕已久的缪斯之水中升起,将他们救起。崔斯坦还得到可以坐在缪斯马车的奖赏:"在那高塔耸立之地,湖中仙女驾车而临,旁边坐着格温纳维尔,后面是崔斯坦。马车到达岸边,斯考特从后面游将过来。"[②]这个景象在文学合著的结局中是最理想的状态。共同坐在缪斯的马车上驾临彼岸也曾是柯尔律治和塞尔沃尔对合著的共同期盼。塞尔沃尔将崔斯坦置于缪斯的马车上的目的是在和柯尔律治的合著中转败为胜,并最终获得吟游诗人那样的

---

① John Thelwall, *The Fairy of the Lake*. in Poems, *Chiefly Wrillen in Relirement*. London: Woodstock Books, 1989, p. 36.

② John Thelwall, *The Fairy of the Lake*. in Poems, *Chiefly Wrillen in Relirement*. London: Woodstock Books, 1989, p. 85.

荣耀。他不但想以此填满柯尔律治留下的空白，还在努力化解他们合著政治与诗学观念中遗留的问题。在克服了个人的变节和著述身份的心魔之后，他在1798 年到 1805 年的创作中再续辉煌，为浪漫主义文学宝库奉献了许多一度不为人知的佳作。

# 第十章　戴维与华兹华斯的合著

## 第一节　戴维的科学生涯

拜伦实现了与音乐家纳森之间的合著,柯尔律治实现了与政治活动家塞尔沃尔之间的合著。由此可见,浪漫主义文学的合著是形式多样、内容丰富、影响深远的。除了文学艺术、文学政治之联姻外,华兹华斯与汉弗莱·戴维(Humphry David)之间的文学合作也在浪漫主义文学合著史上投下了一抹亮丽的色彩。

作为英国首屈一指的化学家,戴维先后于 1801 年在皇家学院讲授化学,1803 年当选为英国皇家学会会员,1807 年出任该学会秘书,1812 年受封为爵士,并在同一年出版了《化学哲学原理》(*Elements of Chemical Philosophy*)一书。1813 年戴维任命法拉第(Michael Faraday)作为他的助手,后来法拉第也成为世界上最著名的科学家,这其中包含着戴维的悉心教导和大力提携。幼年时的戴维好讲故事、喜背诗歌,老师认为他最擅长的是将古典文学译成当代英语。戴维的学生时代是在愉快中度过的,他有足够的时间进行思考,虽然他所在的学校并不是 18 世纪末康沃尔当地最好的中学,但是戴维却学到了多方面的知识,例如神学、几何学、七种外语和其他学科知识。他还阅读了大量的哲学著作,例如康德的先验主义书籍,他还开始练习诗歌创作。

1813 年秋天,戴维离英赴法前去游说拿破仑建立科学奖励制度。由于在电学研究方面有过重大贡献,所以戴维获得了 3000 法郎的奖金。当时英国和法国之间正在作战,但是戴维认为科学是没有国界的,所以他此后曾长期居留法国,还当选为法国科学院院士。

1820 年戴维在获悉英国皇家学会主席班克斯爵士(Sir Joseph Banks)身染重疾后,便立即赶回伦敦。在班克斯逝世不久,戴维就当选英国皇家学会主席,而且在 1820 年到 1827 年期间一直担任此职。从此以后,皇家学会便打开了招贤纳才之门,大兴科研交流之风,吸引了大量科学家。1826 年由于家庭的原因,戴维结束了最后一次的讲座。后来因为健康状况日益不佳,戴维便退出了科学研究领域,开始到欧洲疗养。1826 年戴维获得了最高的荣誉,被封为汉弗莱·戴维爵士。1829 年 5 月 29 日戴维在瑞士的日内瓦逝世,享年 51 岁。

戴维谢世后,他的弟弟为他编了一部名为《汉弗莱·戴维爵士回忆录》(*Memoirs of Sir Humphry Davy*)的传记作品,全集共有 9 卷之多,成为世界名人传记史上的重要文献之一。

## 第二节　戴维的诗性与合著运筹

戴维常常被作为一个杰出的科学家而留名后世,人们总将他那短暂而辉煌的一生与他在科学上的伟大贡献相提并论。而他的文学创作——尤其是诗歌创作——却鲜被世人提及。至于涉及他和浪漫主义诗人之间交往联系的论著,更是少之又少。科学家爱好文学并非罕事,科学与文学的联姻也并非绝无仅有。但是若论及在科学观点与诗学理论的内在联系,在浪漫主义时期的自然认知与阐释和自然诗学的观念与创作上,戴维与华兹华斯之间不但存在多重契合,而且还在科学和诗学的实践中实现了合作共创。

华兹华斯的自然哲思、诗学理论和创作实践对当下的学者来讲已是耳熟能详之说。历代读者对戴维的科学研究和辉煌成就虽有所耳闻,但对于他在文学——主要是诗学——创作上的心性成长、涓滴感悟和作品推出等方面就不甚了解了。所以在未及深论戴维与华兹华斯的文学合著之前,有必要提供他在这些方面演进的素材和重要实例。

戴维于 1778 年 12 月 17 日出生在英国一个贫穷的农夫家庭。父亲早逝后,为了生计母亲便卖掉了父亲生前的那个小小的农庄,举家搬到彭赞斯(Penzance),在母亲的养父汤金(John Tonkin)的帮助下生活。外祖父的家里比较殷实,那里的环境对幼年的戴维来说也是慰藉家痛、亲近自然的不二之选。这一时期、这一环境的生活对戴维的自然认知和后来的自然诗学思想的形成起到了启蒙和鞭策的作用,并为日后和华兹华斯在探讨人与自然的关系等话题上准备了良好的心得体会。

15 岁以后,由于家境贫困,戴维只好辍学,走上了自学成才的道路。1795 年他到彭赞斯镇的外科医生兼生理学家波拉斯(Bingham Borlase)那里当学徒,1797 年开始戴维就阅读了尼科尔森(William Nicholson)和拉瓦锡(Antoine

Laurent Lavoisier)编写的化学名著,使自己的化学基础知识得到了极大提升。在这一时期他结识了蒸汽机的发明者瓦特(James Watt)的儿子格利高利·瓦特(Gregory Watt),以及后来继戴维任过英国皇家学会主席的吉迪(Davies Giddy)。吉迪本人对戴维十分欣赏,允许戴维利用自己的各类图书,并介绍戴维到克利夫顿的博莱斯(Borlase)家族所拥有的十分完备的图书室中去阅览和收集资料。所以这一时期的戴维除了热情研读科学读物,亲力亲为科学实验之外,同时还从不间断地研读许多美好的文学作品,尤其是古典诗歌。在他的笔记中曾有这样一段记载:"通读数本著作后,我有一种需要讲述的冲动,一种满足我青春年少激情的梦想。我开始慢慢地编织故事,或许这就是那些可以造就原创性的激情吧!我从不模仿,总是想去发明,这也是我研读过的所有书本所告诉我的真理。"①这一切的学习与阅读都为日后的发明创造和文学创作打下了坚实的基础。

此后经年,戴维在科学——主要是化学——领域一路驰骋,取得了辉煌的成就。在这门学科上他一生最大的贡献就是开辟了用电解法制取金属元素的新途径。后来他又用强还原性的钾制取了硼。他对气体也进行了深入的研究,发现了有麻醉性、刺激性的"笑气"氧化亚氮。他用实验证明了氯是一种化学元素,提出酸里不可缺少的元素是氢而不是氧的理论,修正了拉瓦锡的"酸里必须含氧"的观点,他还发明了煤矿安全灯,造福于矿下工作者。戴维的这些造福人类的科研成果都是他用毕生的心血换来的。1828 年戴维病重并转到日内瓦郊区疗养,是年 5 月他的妻子和弟弟约翰·戴维(John Davy)前来探望。1829 年 5 月 29 日,伟大的科学家戴维与世长辞。

作为科学家的戴维必定为后人所记起,他那丰富的发明和实用的化学理论也造福人类无穷。但是作为诗人和文学家的戴维同样需要后人去探析、研究和怀念。在卷帙浩繁的关于科学家戴维的生平资料中还珍藏着另一个鲜为人知的文学家、诗人戴维。

戴维的名字对多数现当代的读者来说基本上等同于一个化学家、发明家、电化学的开拓者而已。如果说戴维曾经对英国最伟大的浪漫主义诗人的思想产生过不可忽视的影响的话,恐怕有很多戴维的拥趸也会大为惊讶的。对于熟知《抒情歌谣集》发轫、形成和完成之历史的读者来说,华兹华斯与柯尔律治二人之间

---

① John Davy, *Memoirs of the Life of Sir Humphry Davy*. Vol. 1. London: Longman,1836,p. 56.

的合著自是理据凿凿的事实。但是若论起华兹华斯曾经向戴维咨询过一些关于将《抒情歌谣集》的第二版扩充为两部的相关问题时，拥趸们也会有莫名其妙之惑。戴维与浪漫主义诗人之间的交往，与华兹华斯之间的创作互通和在自然哲思、诗歌原则等方面的合著，与柯尔律治和骚塞等著名诗人之间的往来等事实，其实也是英国浪漫主义诗歌史上令人欣慰和值得关注的幸事。不过令人遗憾的是，戴维水平出众、作品丰厚的诗人身份，经常淹没在他作为一个当代杰出科学家的身份之中。对戴维与浪漫主义诗人的交流和与华兹华斯之间的文学合著的论述离不开对他在诗歌创作上的前情展述，也就是作为诗人的戴维的论述。

戴维一生从未间断过诗歌创作。据他的传记作家回忆，戴维早在躬身科学事业之前就已经开始写诗歌了，而且直到他去世一直进行诗歌创作，其创作生涯长达 35 年之久。终其一生，戴维创作出了数量庞大的诗歌作品。但是在传记作家、历史学家或专家学者的眼中，这些作品的质量参差不齐，从粗鄙不堪到妙不可言等不一而足。作为戴维的好友，柯尔律治曾经盛赞过他的诗歌作品。"自柯尔律治以降的文学评论家们却并不认为戴维的诗歌作品值得严肃关注和崇高赞誉，它们充其量只不过是一个天赋异禀的业余诗歌爱好者的乘兴而为的合集。"[1]20 世纪中期以来，对戴维诗歌的赞许观念已经取代对其诗歌贬抑的态度，民间与学界的一致观点是：不管这些诗歌的特色在何处，它们都值得一读和深究。

因为文本散落和在世及辞世数年其经典未立等原因，戴维诗歌的整体性和一致性常常遭人忽视。在晚年每每无法从事科研工作时，戴维都会提笔写诗。他有一个灵感一来便信手创作的习惯。数量不菲的诗歌作品常常散见于他的日记笔记、写给朋友家人的书信和文友之间交流的手稿中。他的兄弟约翰曾以分开的三卷本的形式出版了戴维日记中的大部分诗歌。戴维在世时也见证了自己大部分诗作的付梓。

戴维对诗歌的爱好和良好的诗性感悟，在他的皇家学院演讲录中有非常直接的体现。在这些融科学与哲学于一体的诗歌中，充沛而鲜活的想象多有所见。即使是已成为生活习惯的亲友之间的通信也成了他诗歌创作的试验场，这其中不乏栩栩如生的意象和精致典雅的诗歌语言。除此之外，他仅有的两部散文作品《萨尔摩尼亚》(*Salmonia*)和《旅游中的慰藉》(*Consolations in Travel*)也都以科学与诗歌的精妙联姻手法而受到科学和文学界的垂青。戴维还曾经在小说写

---

[1]　J. Z. Fullmer, *The Poetry of Sir Humphry Davy*. Chymia, 6 (1960), p. 102.

作上小试牛刀，他的短篇小说《最后的奥多诺休斯》（*The Last of O'Donghues*）便展现了他在这方面的创作才能。

　　作为当时首屈一指的科学家的戴维自是志存高远、无人能及。但是作为佳作竞放的诗坛上的新手，他在用科学与诗学联姻的方式引人注目的同时，也经常被同时代的文学家和批评家们所嘲讽和揶揄。[①] 戴维对此等攻击和恶评不予理睬，依然按照自己的心性和在与浪漫主义诗人的交流中所得到的灵感启发进行"妙手偶得之"式的诗歌创作。在个人身份的定位上，戴维自认为他首先是一个哲学家，其次才是一个诗人。有一次给母亲写信讲述在迈克尔峰所见所感时他便对自己的身份做了一个清晰的界定：

　　　　我随信附上一些关于我出生地的新鲜诗作。但是不要以为我已经转行做诗人了！ 哲学、化学和医学才是我的主业。我经常向朋友们夸耀这里的海湾美景，他们建议我最好将这些美景入诗。[②]

　　与这种否认成为诗人的个人声明不同的是戴维的弟弟所给出的说法，他认为兄长的确认真考虑过成为一个职业诗人。戴维在给友人的书信中曾写道：

　　　　我在书信末尾附的这首小诗得到了你很高的褒奖，我恐怕名不副实啊！ 我觉得人们对我的诗歌作品给予的评价越高，我就会以更加严谨的态度创作更多的作品。但是你是不是在谬赞我呢？ 不过你能喜欢这首诗歌我还是非常高兴的，以后我会给你再寄一些的。[③]

　　如果所有收到其诗歌片段或完整文本的亲友能以激励和首肯为第一要务的话，恐怕戴维真的就成了一名专业诗人了。在他个人戏谑地认为是第二职业的

---

[①] 在 1824 年的《英国人杂志和文学记录》（*The John Bull Magazine and Literary Recorder*）上就有一篇名为"时代的骗子——汉弗莱·戴维爵士"（"The Humbugs of the Age—Sir Humphry Davy"）的文章，对戴维的诗歌作品极尽讽喻之能事。参见：The John Bull Magazine and Literary Recorder, 44 (1824)：431—442.

[②] John Davy, *Memoirs of the Life of Sir Humphry Davy*. Vol. 1. London：Longman, 1836, p. 124.

[③] John Davy, *Memoirs of the Life of Sir Humphry Davy*. Vol. 1. London：Longman, 1836, p. 186.

诗歌创作中,戴维一共为厚重而辉煌的浪漫主义诗歌奉献了三类作品。第一类是对所有接触或听闻过的亲友的悦纳异己美德进行高度赞美的诗歌,通常被戏称为"黄油—面包"礼赞诗。第二类是专门品评他人个性的诗歌,比如那些赞扬拜伦、瓦特等人的作品。但戴维诗歌的主体部分依然是那些与自然有关的作品。和他的那些浪漫主义文友一样,山川湖海、日月星辰、岩石峭壁、贩夫走卒和贵族庶民等以不同形式存在于大自然怀抱里的人与物都是他所青睐的主题。

在戴维正值青春年少时,诗歌在他的心目中就是一个可以与最先进的科学进行交流的载体。待成人以后,当他以散文体书写化学时,一个活脱脱的与自然交流的诗人便诞生了:

> 啊! 辉煌而高尚的自然!
> 我对你的崇拜难道不是
> 亘古从未有的热爱吗?
> 像个诗人、智者抑或圣人,
> 我敬仰你的鬼斧神工,
> 探寻你隐藏和神秘的轨迹。①

戴维与湖畔派几乎一致的自然观是他们之间进行亲密交流和建立在相互信任基础上的合著的根本。不仅华兹华斯与他共享这种神性自然观,而且柯尔律治、骚塞也都对此赞赏有加。柯尔律治甚至直言不讳地说:"就让戴维来修复和出版我的《毁灭者塔拉巴》(*Thalaba the Destroyer*)②吧!"③华兹华斯更是高度信任戴维,将《抒情歌谣集》第二版的标点校对和错误校读的任务都交给了他。在和伟大诗人的交往中,戴维显得十分从容。晚年与司各特和拜伦的相识,甚至激起了他在一个新浪漫主义的世界里成为一个文艺复兴式人物的欲望。

戴维的早期诗歌多已遗失。他的传记作家之一帕里斯(John Paris)在收集

---

① R. Lamont-Brown, *Humphry Davy: Science and Power*. Cambridge: Cambridge University Press, 1998, p. 9.

② 这是骚塞于 1801 年完成的 12 卷本的史诗巨制。该诗全部完成于诗人在葡萄牙游历期间,诗歌采用了不押韵诗行和非普通诗节的形式。骚塞在该诗中描述了多种超自然的灵异事件和神话。

③ John Davy, *Memoirs of the Life of Sir Humphry Davy*. Vol. 1. London: Longman, 1836, p. 56.

些许可信材料的基础上,对其早期诗歌的特色做了一个归纳:"这些诗歌充满了对发明的伟大梦想、惊人的描述能力和不羁的执行能力。"①另据消息灵通人士报道:"戴维 17 岁住在彭赞斯镇时爱上了一位法国女士,并给她写了很多十四行诗,不过都已经无法查找了。"②约翰曾经将哥哥笔记本上的一些诗歌做了整理,并以《简章》(*Prospectus*)之名出版。该诗集共包括 12 首诗,其中 6 首写于 1795 年至 1796 年,5 首曾经被骚塞出版过。

1798 年在小瓦特的举荐下戴维得以到布里斯托尔为贝多斯博士(Dr. Thomas Beddoes)③工作。在那里他得到了非常宽松的环境,可以像一个在诗坛崭露头角的年轻人一样去进行诗歌创作。他的雇主贝多斯博士本人不仅热衷诗歌评论,而且还是一个业余诗歌写手。柯尔律治、出版商普尔(Thomas Poole)、骚塞等人都与贝多斯的住处毗邻,并时常前来造访。对戴维的诗歌创作最有帮助的事情莫过于柯尔律治和骚塞两位浪漫主义诗歌巨擘会经常邀请他前往他们的文友圈子进行交流,并在诗歌创作上从不间断地对他进行激励和褒奖。戴维能成为一个业余诗人中的佼佼者,是与他的这些宝贵的生活经历、他所结交的浪漫主义诗坛领军人物分不开的。

初涉某个领域所阐发的思绪往往最能映照一个人在此方面的本真认知和心性所求。戴维早期的诗歌中那些展示一个不足 20 岁的青年的敏感、热情和大胆的情愫,既是他对现实世界的真切观瞻,也是他个人情感挣扎和生活悲喜的写照。站在一个高度理性的科学家的立场,戴维在早期诗歌中抒发懵懂、困惑和痛苦的同时,总能感受到过程的必然、结局的客观和接受的坦然。因此,这类诗歌的结尾常常是安然而自信的,那些巨大的考验也会化为更大、更好的砥砺之物,以使他在追求科学真理和诗化人生的道路上走得更稳健、更自信。

戴维在与以湖畔派为主的浪漫主义诗人交流的过程中,受到了他们追求古典、返赴自然和怜悯众生等诗学思想的高度影响,所以他崇拜的诗学泰斗也同时包含了弥尔顿、莎士比亚、斯宾塞、蒲伯和詹姆斯·汤姆生(James Thomson)等

---

① John Paris, *The Life of Humphry Davy*. Vol. 1. London: Longman, 1831, p. 24.

② John Davy, *Fragmentary Remains*, *Literary and Scientific*, *of Sir Humphry Davy*, *with a Sketch of His and Selections from His Correspondence*. London: Longman, 1858, p. 12.

③ 托马斯·贝多斯博士(1760—1808)是英国有名的物理学家和科技读物作家,生平专攻药学教学与革新试验,对结核病的研究和治疗贡献巨大。他还是柯尔律治的好友,并对后者的早期思想产生重要影响。其子托马斯·贝多斯(Thomas Beddoes)也是一个诗人。

古典诗人。弥尔顿和莎士比亚式的措辞和韵律,汤姆生式的喜迎四季之传统,都在他的笔下再现过:

> 感受到春天的美景,
> 我将旋律调到出神,
> 花环散发阵阵馨香,
> 我冲向浓阴的树林,
> 和粉红掩映的凉亭,
> 爱和舒适居住其中。①

戴维也会像其他那些常感"人生无常"的青年一样,在诗歌里提倡"及时行乐",对这个文学主题以诗歌的方式进行个人抒怀和科学解释:

> 人生不过短命花,
> 盛开时间仅刹那。
> 倏忽片景匆匆过,
> 玫瑰红颊成泥巴。
> 黑暗阴森陶瓮中,
> 快乐激情无影踪。②

时序轮回的感叹和青春年少的忧愁在戴维的诗歌中并不占主要地位。在他的青春诗作里,那些有着崇高理想和高尚心灵道德的作品才是主流。和平、智慧、快乐和理想等诸多主题,开始在青年戴维的诗歌中频频出现。而对于华兹华斯所提倡的诗人要"选择卑微和乡村的生活,……采用这些乡下人的语言"③来进行诗歌创作的原则,戴维也在用自己的方式进行应和和个性风格区分。首先他选择的歌颂对象是他所称的"天才之子们"(The Sons of Genius),他们是一群能和理智交融并掌握理智的人,他们是一群能超越财富、权利和名声而看到"美

---

① John Paris, *The Life of Humphry Davy*. Vol. 1. London: Longman, 1831, p. 29.

② John Paris, *The Life of Humphry Davy*. Vol. 1. London: Longman, 1831, p. 29.

③ William Wordsworth, *The Complete Poetical Works of William Wordsworth*. Andrew J. George, Ed. London: Macmillan, 1999, p. 103.

好、伟大和良善"的人。自然都为他们而在,宇宙变换的色彩和亲和的性格是他们快乐的源泉。① 华兹华斯在解释为何诗人要选择卑微的和乡村的生活为主题时说:

> 因为在那种情况下,心灵的主要激情找到了它们可以在其间成长的更好的土壤,而且更无所拘束,能够说出更明白更有力的语言;因为在那种生活的情况下,我们的各种基本感情都是以更纯真的状态并存,从而可以更精密地默察,更有力地传达出来,因为乡村的生活方式就是从那些基本感情中萌芽的,而且由于乡村事务的必然性,是更容易领会而且更能耐久;最后一点,因为在乡村情况中,人们的激情往往与大自然的美丽而恒久的形式结合起来。②

从这里可以看出,戴维的写作主题的内涵已经非常接近华兹华斯所提倡的诗歌主题了。从他青年时的诗歌学徒时期起,在诗歌创作的心灵感应上和付诸实施的创作实践上,戴维就已经在与华兹华斯进行非接触式的合著了。

戴维本人对科学——尤其是自然科学——的崇尚,以及对自己在这方面的天赋,矢志成为自然科学家的梦想等情思,都在他的早期诗歌中出现过。正因为如此,华兹华斯曾请求戴维给他的诗歌做"科学顾问"。戴维在专业科学领域灌注了十足精力的同时,又在业余诗歌领域倾注了充分的浪漫主义情怀。风雨如磐时,这位天之才子就会在"审视自然法则时觅得欢乐,在充满哲思的头脑中探寻宁静的诗意"。他还要"乘着牛顿般的羽翼冲上九霄,穿越明亮闪烁的星空缥缈"③。这里的"审视"(scanning)、"探寻"(exploring)和"冲上"(soaring)其实就是戴维从十几岁时就定下来的人生目标。熟知戴维晚年那部辉煌而感人的作品《旅途慰藉,或一个哲学家的最后时光》(Consolations in Travel, or, The Last Days of a Philosopher)的读者,一定对他至死不渝的探索精神印象深刻。戴维成长的地方彭赞斯镇与大海比邻,那里嶙峋粗粝的美景和气势磅礴的日出给他的自然诗歌创作提供了无尽的源泉。取法万物、自然流露的创作之风与他对华

---

① John Paris, *The Life of Humphry Davy*. Vol. 1. Andrew J. George, Ed. London: Macmillan, 1999, p. 25.

② William Wordsworth, *The Complete Poetical Works of William Wordsworth*. Andrew J. George, Ed. London: Macmillan, 1999, pp. 103—104.

③ John Paris, *The Life of Humphry Davy*. Vol. 1. London: longman, 1831, p. 34.

兹华斯的诗歌创作原则的本质领会密切相关。同时戴维与一般的自然诗人略有不同的是,他还对构造和养育这个气象万千的自然界的神奇力量和过程充满好奇之心,那些能让我们看得见的光源尤其令他心动。不仅在科学实验上,而且在诗歌创作上,戴维都对这种可以带来热和生命源泉的光源倍加着迷。他的诗歌里反复出现过"太阳之光"这个词语,这应该也是他和华兹华斯之间合著的结果,一个他从《抒情歌谣集》中借用来的精妙表述。

　　戴维的诗歌不应被他作为杰出科学家的头衔遮蔽。前期优美的自然诗歌也不能成为衡量戴维诗歌成就的主要标准。在先行吸纳华兹华斯等人的诗歌精神和创作风格的同时,戴维又将个人对自然、科学和人类关系的理解写入诗中。在逐渐摆脱青年时期诗歌创作的青涩单调之憾后,戴维开始在以风景而著名的作品里,像他的诗学偶像们一样运用科学、宇宙哲学的诸多暗指,以期丰富自己的诗歌内涵和开拓浪漫主义诗学的视野。在描写迈克尔峰周边风景时,戴维就在典型 19 世纪诗学语言的基础上运用了专业术语、古语甚至是民俗与典故:

　　　　世纪风暴侵袭依旧岿然不动,
　　　　矗立残垣碎片中任时间流逝。
　　　　(洞穴)安住粗鄙的暴风精灵,
　　　　周遭布满阴沉的片岩碎石,
　　　　岩洞四周环绕,微风和着
　　　　鸬鹚尖锐的鸣叫渐行渐失。[1]

　　在这个片段里,戴维将自然风景向着个人感悟和历史流动的内在化方向转移,其中的"片岩"(schistine)既是专业术语,又是他的家乡俗语;"鸬鹚尖锐的鸣叫"符合当地风情和实景描述。在写实和共鸣、观照和荡涤等创作环节上,青年戴维已经掌握了较高的浪漫主义诗学准则。见景生情或睹物思人的诗歌语言也已经与他不再疏远了。

　　唯有景色难成完美画卷的道理戴维自是了然于胸。华兹华斯创作于 1798

---

[1]　John Paris, *The Life of Humphry Davy*. Vol. 1. London: Longman, 1831, p. 39.

年到 1801 年的五首"露西组诗"①（The Lucy Poems）显然对戴维创作诗歌人物——尤其是女性角色——有不少影响。青出于蓝而胜于蓝，戴维并未盲目跟从他的诗歌导师而邯郸学步。作为一名集理智与认知于一身的自然科学家，戴维在他的诗歌里对他心目中理想的女性进行了有别于华兹华斯式的勾勒和憧憬。这个"天才的女子"（Daughter of Genius）对应于他早年憧憬的"天才之子们"：

> ……她诅咒，
>
> 那狭隘的习俗约定
>
> 钳制了她脆弱的性别。
>
> 原力充盈，她漫步广阔原野，
>
> 审视主导一切的原子法则，
>
> 变幻无穷，始终与生命相携。②

　　除了永恒和变化在戴维的诗歌里作为主题思想反复出现外，"光"（太阳之光）也是一个屡见不鲜的主题。在戴维的心里，光等同于他的上帝。他的诗歌在内容、立意和风格上的发展和创新与他本人关于光的信仰是殊途同归的，这个信仰就是：上帝即光！光的核心只有一个，但是光源可以来自多方：阳光、月光、星光，甚至是萤火虫的微光。在这种认知方面，戴维极大地吸纳了华兹华斯关于黄昏、星光和月光的诗意运用。早在 1798 年版的《抒情歌谣集》中，华兹华斯就将自己的两首与黄昏和星光有关的诗收编在目。③ 其中由静谧星夜和黄昏晚景所制造的关于光亮的联想意义对戴维的此类诗歌创作有不俗的影响。在他的一首

---

①　"露西组诗"是华兹华斯暂居德国期间创作的五首抒情诗：《我有过奇异的心血来潮》（Strange Fits of Passion Have I Known）、《她住在达夫河源头近旁》（She Dwelt Among the Untrodden Ways）、《我曾在陌生人中间作客》（I Travelled Among Unknown Men）、《三年里晴晴雨雨，她长大》（Three Years She Grew in Sun and Shower）、《昔日，我没有人间的忧惧》（A Slumber Did My Spirit Seal）。这些诗从表层上看都是关于诗人对一位纯洁的年轻女子露西的爱恋，以及失去挚爱后的痛苦。实际上它们表达的是诗人对能和远在英国的柯尔律治重聚的渴望之情，以及对妹妹多萝西的思念之苦。

②　John Paris, The Life of Humphry Davy. Vol. 1. London: Longman, 1831, p. 36.

③　这两首诗分别是：《反其道——一场黄昏景色》（The Tables Turned—An Evening Scene）和《黄昏写于泰晤士河上里士满附近》（Lines Written Near Richmond, upon the Thomas, at Evening）。

描写月夜的诗中,戴维写道:

> 她垂青那星空的静谧无眼,
> 明媚的夜景如盖,月之女神
> 将她哀婉的光亮轻柔地泻下。①

戴维在诗中所展现的各种形式的光源和光体受到了华兹华斯在《抒情歌谣集》的影响,但这种影响、模仿和合作并非源自心血来潮时的一蹴而就。直到他生命的尽头戴维始终对光与火焰意象情有独钟。只不过在其中后期诗歌里,光源和光体已经由原先的实物变成了比喻或类比式的各种非实物。美德就是其中一个可以发光的载体,"她那活力四射的光辉,/将柔和的余韵照在弥留者上"②。此类光源还有永恒的意愿、坚强的意志和突出的智慧。在戴维第二个时期(1801—1812)的诗歌创作中,光已经是"第一智慧"(One Intelligence)的真实显相了。

在不断的科学研究和诗学探究中,在与华兹华斯等浪漫主义诗人的交往和合作过程中,戴维的诗学思想和创作观念也在不断地成熟和精进。昔日的那些精致的古典主义成分开始消散,德与美也不再是过度拟人化的产物。经历过初期的尝试和历练,也洞察了若许科学真理,戴维开始直面自然现象,并在自己的情感人生中进行观照式写入,自然也就成了一面举在面前的镜子。这一时期诗歌中的宗教信仰展示也变得格外清晰直接。只是早期诗歌中那种客观、非个人化的气氛依然保留着。戴维前期的浪漫主义诗歌中的普众人物在其中后期的诗歌里仍然随处可见,诗人描绘的重点从简单的外貌、言行和感触开始转移到对他们的热情、坦率和仁心等内层品质的回忆上。在与贝多斯夫妇的交往中,戴维被他们出生不久的儿女所吸引,为他们夫妇琴瑟和鸣、举案齐眉的生活风格所感动,并为贝多斯夫人写了一首与华兹华斯的《廷腾寺》(*The Tinter Abbey*)在语气、语调和用词上极为相似的诗。据戴维的弟弟回忆,该诗写于 1805 年,"在一个海天相接、月色如银"③的晚上。诗歌开篇是对初次与贝多斯夫妇相遇和随后

---

① John Paris, *The Life of Humphry Davy*. Vol. 1. London: Longman, 1831, p. 41.
② John Paris, *The Life of Humphry Davy*. Vol. 1. London: Longman, 1831, p. 52.
③ John Davy, *Memoirs of the Life of Sir Humphry Davy*. Vol. 1. London: Longman, 1836, p. 62.

三人交好的回忆,然后是对八年弹指一挥、世事变迁的追思:

> 宏伟新鲜的风景和物体,
> 纷至沓来令我目眩神迷;
> 美好的景致、各异的外形,
> 不约而至,赠予无限爱心。[①]

　　戴维在诗中回顾了与贝多斯夫人度过的美好时光,从她那里学到的许多知识,以及她所树立的理想女性形象。现在当他安静地独处一寓时,昔日美好的场景又不期而至展现在他的面前。戴维睹物思人,再次想起贝多斯夫人和她家里的那个小精灵:

> 静幽时刻藏真谛,
> 鲜活记忆现往昔。
> 自然形态尤可见,
> 重重思念尽是你。
> ……
> 紫色石楠展无际,
> 惊悚峭壁与天齐。
> 碧空皓月当头挂,
> 永生回忆与你期。[②]

　　戴维经常提起他与贝多斯夫妇的交往,对贝多斯夫人更是念念不忘。在戴维的潜意识里,贝多斯夫人之于他就像多萝西之于威廉。写于 1798 年 7 月的《廷腾寺》对戴维的影响不可谓不显著,而华兹华斯对妹妹在他身心成长中的作用的袒露尤其令戴维羡慕不已。在他内容丰富而又略显枯燥的日常生活和科研生活中,戴维时常怀念甚至期望再现与贝多斯夫妇一起度过的美好时光。他在给母亲的信中对贝多斯夫人的个性和他们的至真交流进行了非常翔实而鲜活的回忆:

---

① John Paris, *The Life of Humphry Davy*. Vol. 1. London: Longman, 1831, p. 67.
② John Paris, *The Life of Humphry Davy*. Vol. 1. London: Longman, 1831, p. 75.

　　贝多斯夫人的开朗、活泼和机智无人能出其右。她是我所见过的
最受欢迎的女性之一。她有着一个杰出学者的理解力和谦谦君子的心
智。我们已经是好朋友了，她带我参观了克利夫顿（Clifton）地区所有
最美好的景色。[①]

　　"在自然景色中参悟人的主体性，在当下情感危机时回望昔日带来精神慰藉
的人物"[②]，这是戴维从华兹华斯的诗学思想里体味到的最大真谛，也是他在自
己的自然诗歌中所极力表达的思绪。

　　正如华兹华斯无论是在湖区、在国外还是在和妹妹或友人同行的游历中都
能在"强烈情感的自然流露"之下一挥而就写下千古美文一样，戴维也是所到之
处，以及在任何情之所及之时，都会当场写下或及时草拟所见所感。中后期的诗
歌创作对戴维来说并非以量取胜，而是在诗歌的整体质量上精雕细琢。为此戴
维付出了大量的时间，多数诗篇都具有内容深邃、形式考究和情感强烈之特色。
风景与人的结合开始触及诗人的内心深处，并转化为对人性、道德、永恒和变化
的哲学思考。在一首关于山峰的诗中，戴维就将自然的属性定义为恒变和不朽，
山脉的不朽来自造物主的意愿：

　　　　在强大的人类作品的残骸中，
　　　　你依然安歇千载而岿然不动。
　　　　无论电闪雷鸣抑或狂风暴雨，
　　　　还有滔天的巨浪都无法撼动
　　　　你那雄伟的气势，依然挺立，
　　　　只有造就你高度的万能之音，
　　　　方可将你夷平。[③]

　　观念的改变与心智的成熟在戴维的诗学创作上也有所体现。这种体现就是

---

① John Davy, *Memoirs of the Life of Sir Humphry Davy*. Vol. 1. London：
Longman, 1836，p. 66.

② Neil Massey, *The Psychological VIrture*. Tuscaloosa and London：University of
Albama Press, 2001，p. 25.

③ John Paris, *The Life of Humphry Davy*. Vol. 1. London：Longman, 1831，p. 117.

将对抽象和高度概括的自然的关注,转向对人类和人性的关注。在戴维的视角和关注性位移转变中,华兹华斯式的自然会给人类提供:

> 人间与天堂的混合因素,
> 在变幻的时代与气候里
> 同样事件发端迥异目的。①

戴维诗歌创作的理论认知和具体实践均在其中后期的诗歌作品中有突出体现,他对诗歌创作缘起的记述和评论则相对稀少。从他的整个创作过程和阶段性的代表作来看,戴维心中诗歌内容的两个主要方面包括:"自然的强化"和"心灵的提升"。以实现这种目标为创作使命的诗人,都会自觉地在艺术实践中去"强化自然,追求艺术,/以荡涤风气、提升心灵"②。戴维对这种成熟诗歌艺术原则的把控,离不开他与华兹华斯的交流和互动,也是他站在一个理性科学家的立场对感性自然的深刻体会。自然开始在他心中化为一个安慰天使,一片可资借鉴和学习的神圣天地。当初那种完全在机械性起源上的永恒和恒变的自然属性,现在就像华兹华斯重游怀河时的感悟一样,是在完全摆脱蒙昧和迷恋状态下的人和自然的和谐统一。

戴维在不惑之年时依然写过许多与自然相关的诗歌。在这些诗歌中,理性的类比正逐渐替代恣肆的想象,来自对科学的观照而阐发的诗歌正逐渐被对个人精神和世事大局的深切感怀之语所取代。当昔日那熟悉的参天巨石和峭壁绝顶再次出现在他眼前时,戴维眼之所及与心之所想已经与懵懂时期的迷恋有了巨大的反差:

> 地面上这些庞大的石柱,
> 只是自然界死寂的脊柱。
> 退化缓慢,但尘土尚存,
> 幻化成原子,重量一致,
> 炸裂崩析随风飘到原野,

---

① John Paris, *The Life of Humphry Davy*. Vol. 1. London: Longman, 1831, p. 137.

② John Davy, *Memoirs of the Life of Sir Humphry Davy*. Vol. 1. London: Longman, 1836, p. 121.

抑或沉于脚下肥沃地块。

无物可失，缥缈的火焰
来自遥远的下坠星光间。
穿越广阔浩瀚无际太空，
那轨迹让世人无限赞叹。①

　　"无物可失"的观念并非简单的宇宙间质量守恒定律。在戴维看来，华兹华斯式的亲和自然观念远胜冷酷无情的科学推理，否则一切都将在"物竞天择"和"各取所需"的原则下消耗殆尽，再也没人能够抬头看见星星划过夜空的美景。所以即使是亘古不变的顽石依然会化作泥土肥沃良田。在自然面前所有人都应该遵守守恒定律，切记"无物可失"的道理。作为科学家的戴维，在这类富含哲思的自然诗歌中表达了高尚的生态美学思想，而这种思想与华兹华斯在《廷腾寺》中所表述的情思达到了相互应和的地步。

　　《廷腾寺》记述的是一个故地重游的事。怀河是位于威尔士和英格兰西部的一条河流，两岸坡陡崖高，瀑布奔泻，林木苍翠，古老的廷腾寺依傍河边，风景绝佳。诗人曾于1793年8月到此游览。五年后偕其妹多萝西故地重游，抚今追昔，感受已与昔日大相径庭，"于是发为深远的幽思"，"在风景和诗性的激发下一气呵成"，②写了这首名诗。

　　全诗以"五年过去了，五个夏天和五个漫长的冬季"③起首，三次重复极言阔别之久，而旧地重游的喜悦也跃然纸上。除此之外，五年五夏五冬的重复，让人顿感时间流逝之缓，而往昔心理之不快、思绪之压抑也隐约可见；配合后面的"我再次看到"和"我再次栖息"的重复使用，诗人不但表述自己的重游之喜，同时也表达了回归自然时的心态。五年的时间似乎很漫长，历经个人不幸和政治幻灭之后，诗人似有沉重的疲倦感。面对眼前的青山绿水、古寺，诗人又惊又喜，半带痛苦的回忆。正如王佐良先生所言："回顾自己，由于在政治思想和私人生活里遭遇挫折，心灵有了创伤，能医治自己的只有大自然。"④这种抚今追昔时的感受

---

① John Paris, *The Life of Humphry Davy*. Vol. 1. London：Longman，1831，p. 151.

② 王佐良：《英国文学名篇选注》，商务印书馆1999年版，第665页。

③ 华兹华斯、柯尔律治：《华兹华斯　柯尔律治诗选》，杨德豫译，人民文学出版社2001年版，第127页。

④ 王佐良：《英国浪漫主义诗歌史》，人民文学出版社1991年版，第197页。

源于诗人成熟的内心,此时的诗人对大自然的感受已到了亲和状态。这里极言结果,过程和层次有待下文铺陈。"这里已经是幽静的野地,它们却使人感到更加清幽",诗人感受自然并融入其中,并不是青袖长袍含着善意的微笑审视自然,而是"相看两不厌,唯有敬亭山"式的两相观照、生命互动,"我见青山多妩媚,料青山见我应如是"般的互相欣赏和情感回响、重叠。

华兹华斯所提倡的人与自然的亲和状态,来源于恬静时的回想和激情的自然流露。这正与他所提倡的诗艺主张、天人关系相互协调一致。他认为,只有在宁静的情态中,"我们的各种基本感情都是以一种更纯真的状态并存,人们的激情往往与大自然的美丽而恒久的形式结合起来"[1]。华兹华斯所谓的宁静与更高的能力,是彻底摆脱物欲和主客之分的生命体验,是心灵的清爽自在,无挂无碍,不以物累,不为形拘,将世俗的生命还原为自在自然的生命本真存在的境界。所以诗人说"在尘世百态中,枉然无补的/焦躁忧烦,浊世的昏沉热病,/不断袭扰这种悸动的心房"时,"多少次我心思转而向你"。[2] 接下来诗人由睹景思情,而转入对眼前的体味和对未来的预测。因为高峻的峭壁使人产生崇高的思想,美好的形体永远抚慰心灵的创伤,大自然会永远给人类带来欢乐并影响人的信念和希望。站在怀河边,感受大自然,诗人抚今追昔,深深为大自然所迷恋,不禁想起在过去的岁月中自己与大自然的休戚相关,还有内心观照上的感悟。儿童时对大自然有着"粗野的乐趣"和"蠢动嬉戏"[3],而"这种肉眼所见和身体所感的美,只是自然之美的最低下的部分。对这种美景求之过切,就会降格成为纯粹的皮相"[4]。这是人类儿童时期对自然最纯朴的也是最蒙昧状态的反应,是"鸢飞于天,鱼跃于渊"式的自发状态,谈不上什么审美与欣赏,也无主观上的主体与对象之分,完全处在一种混沌未开的蒙昧状态。虽然因其原始的和谐而显得趋于平静,但因缺少灵性和样态而显得粗糙。人与自然不自觉地共存,双方都没有意识到对象的存在。这里没有人的主观中心化,也没有对象的客体化、异化。

---

① William Wordsworth, *The Complete Poetical Works of William Wordsworth*. Andrew J. George, Ed. London: Macmillan, 1999, p. 76.

② 华兹华斯、柯尔律治:《华兹华斯 柯尔律治诗选》,杨德豫译,人民文学出版社2001年版,第129页。

③ 华兹华斯、柯尔律治:《华兹华斯 柯尔律治诗选》,杨德豫译,人民文学出版社2001年版,第130页。

④ Ralph Waldo Emerson, *The Works of Ralph Waldo Emerson*. Vol. 1. Indiana: Indianapolis, 1976, p. 150.

对比一下戴维在其早期自然诗歌中所呈现的人与自然的状态，以及他在相关评论和书信中所表达的自然观，就可以非常明确地看到他与华兹华斯的蒙昧自然观之间的共性。这种共性其实是戴维对华兹华斯诗学认可的结果，是研读品味和蓄意追求至高自然观的必经之路。正如他的亲友所言，"戴维的诗性成长从一开始就离不开自我洞悉和与浪漫派，尤其是与华兹华斯之间的互动合作"①。上文所探讨过的戴维的早期自然诗歌无疑是对这种评论的最好注脚。当然，戴维的诗性成长和诗意成熟同样经历了类似《廷腾寺》中所见之于世的华兹华斯式的中期迷恋和后期亲和。

在《廷腾寺》的中段，诗人写道，进入青春时期"大自然主宰着我全部的身心"，对大自然的爱进而变成了"强烈的嗜欲"和"痛苦的欢乐"。② 五年前的感受，即诗人青春期的心情与其说是追求所爱的东西，不如说是逃避所怕的东西。这里的追求与逃避包含了太多的内容，从个人到社会，从历史到人生。基于对法国大革命"自由、平等、博爱"理想的向往，华兹华斯曾三去法国，并热情支持和歌颂大革命，喻之为"希望欢乐的愉快行动"。1793 年 2 月法英开战后他就与女儿再也无法返回法国与妻子团聚了。后来恐怖的雅各宾派专政和吉伦特派的被镇压，更使他陷入了巨大的迷惘与痛苦之中。自己一直梦寐以求的东西，忽然间变成了心灵的疮疤和挥之不去的梦魇。个人生活的不幸，政治抱负的幻灭，理想追求的消失，历史的捉弄，都使诗人想起了大自然。"革命太恐怖，人生多磨难，只有大自然才是永远充满活力的欢乐的、不会令人失望的归宿。"③

戴维在中期创作的诗歌中曾仿写过华兹华斯对自然迷恋时的情态，尤其是对那种"高山、巨石、幽深昏暗的丛林"④的不加区分的迷恋。试看戴维曾经的描述：

在强大的人类作品的残骸中，

---

① John Davy, *Memoirs of the Life of Sir Humphry Davy*. Vol. 1. London: Longman, 1836, p. 157.

② 华兹华斯、柯尔律治：《华兹华斯　柯尔律治诗选》，杨德豫译，人民文学出版社 2001 年版，第 129 页。

③ 王纪东：《论华兹华斯〈丁登寺旁〉的词语重复》，载《信阳师范学院学报》（哲社版）2000 年第 4 期，第 78 页。

④ 华兹华斯、柯尔律治：《华兹华斯　柯尔律治诗选》，杨德豫译，人民文学出版社 2001 年版，第 130 页。

> 你[巨石]依然安歇千载而岿然不动。
>
> 无论电闪雷鸣抑或狂风暴雨，
>
> 还有滔天的巨浪都无法撼动
>
> 你那雄伟的气势，依然挺立。①

他们二人的这种诗歌中的自然认知，依然停留在对大自然的迷恋和感官反应阶段，只不过是一种爱欲、一种体感而已。诗人自己仍是站在自然的对面，用极为渴求的眼光追寻自然中能为自己带来"情欲""嗜好"和欢乐的东西。这样的欣赏和审美仍处于主客之分状态，只是单向的移情作用，有着极大的私利性和主体性，没有超出感情的范畴。自然的价值只有为我所用时才凸现出来。反映在诗学认知境界中，也只是由蒙昧状态的自然境界进行到本能境界而已。华兹华斯和戴维的共同点反映在这里则是另一种本能境界的呈现，是为了抒怀也是为了释放情感，一个满目疮痍的人在自然中寻求一方避乱所，为此不惜将自然理想化、对象化。诗人对自然存在的意识，对大自然的全心热爱，并未彻底超出本能境界生存的界限。因为这个阶段的诗人从自然中获得的一切，无须思想来提供长远的雅兴，也无须观感以外的任何趣味。用这个标准来衡量诗人第二阶段的自然反应的话，它是一种本能状态和感性层次的单向反对。

随着童年时"粗野的乐趣"的消失和青年时"痛苦的欢乐"的消逝，诗人最后终于沉静下来，因"得到了别的能力"，而"学会了如何观察"，如何从大自然中获得"崇高肃穆的欢欣，一种动力，一种精神"，最终让诗人找到了"全部精神生活的灵魂"。② 这个难得的生命体验，这种由感官到思想上的飞跃决非一蹴而就，而是一个渐进、演化和扬弃的过程。这一阶段诗人对大自然的情感体验和人生感悟更深了，也更加贴近自然本身。在万事万物中诗人洞察到一种生命的力量。这里诗人对自然的反应和认同，有泛神论思想之迹，将自然与人类心灵紧密联系起来的思想也远远超越了泛神论范畴，对华兹华斯的自然观有着极强的阐释和促进的作用。

华兹华斯靠自己的感知、经历和洞悟，并在个人诗学原则的基础上最终实现了与外在自然和内在自然的和谐统一。而戴维在中后期的诗歌创作中，也渐渐

---

① John Paris, *The Life of Humphry Davy*. Vol. 1. London：Longman，1836，p. 171.

② 华兹华斯、柯尔律治：《华兹华斯　柯尔律治诗选》，杨德豫译，人民文学出版社 2001年版，第 131 页。

摆脱了早期对自然的蒙昧和迷恋之心，不再根据科学推理和眼之所见去书写周围的自然和人物，而是融科学、自然、人性和思虑于一体，在不失理智而又激情四溢的情绪中，慢慢找到一种向浪漫主义理想自然观位移的创作方法。这种方法的获得与他对华兹华斯和《廷腾寺》的高度信任与用心体会密切相关，也是他开启与理想诗人合作的又一个明证。自然所能给予人的甚多，但是为何人们的受益程度会有天壤之别呢？戴维和华兹华斯用他们在同步共进中所创作的诗歌回答了这个问题。正如戴维所言，"鲜活的心灵永不枯竭"，只要你能将科学、宗教和人文的因子和谐统一到个人的自然认知中去，只要你能摆脱开始时的蒙昧、行进中的迷恋，"在将人之不朽和永久的自然规律平衡地运用到诗学哲思中去"①，你就最终能够达到与自然的亲和状态。在戴维的表述中，"鲜活的心灵永不枯竭"简直就是华兹华斯的"我的生机活力不会消退"②的散文体再现，"平衡地运用"与"寓于……一切思维的主体，和谐地运转"也是一一对应的。戴维此时的诗学思想渐渐达到了浪漫主义诗学思想的顶峰。当然他个人从不否认，这种巅峰状态的到来是他和华兹华斯明暗合作的最终结果。

晚年的戴维变得越发沉静、达观而乐天知命。除了在欧陆漫无目的地游历外，疾病缠身的他开始有了向死求生的想法："我并不奢求苟活——至少就我个人而言情况如此。但是如果上帝允我再活几年，我还会发挥想象，做些于科学和人类有益的事情。"③在戴维仅有的最后诗行中，他再次安静而豁达地在仰望自然之雄浑的时候沉于平和的思想。站在特劳伦河奔涌而咆哮的瀑布面前，戴维想象到了它即将归于平静和清澈的样子，甚至还想到了：

> 在我们生命中的愉悦消散的季节，
> 当天堂之光照亮激情四溢的胸膛
> 温暖那冰冷内心深处的理智情怀。④

① John Davy, *Memoirs of the Life of Sir Humphry Davy*. Vol. 1. London: Longman, 1836, p. 196.

② 华兹华斯、柯尔律治：《华兹华斯　柯尔律治诗选》，杨德豫译，人民文学出版社 2001年版，第 131 页。

③ John Davy, *Memoirs of the Life of Sir Humphry Davy*. Vol. 2. London: Longman, 1836, p. 309.

④ John Paris, *The Life of Humphry Davy*. Vol. 1. London: Longman, 1831, p. 327.

冥想着即使奔腾不息的河流依然有戛然而止的时刻,冰冷的内心依然有阳光照射的时日等人生和世事的辩证时点时,戴维也可以做到像华兹华斯那样移情于物,同时又不止于眼前之物。思绪不但有随水流动的时候,

> 又流向未来的时间
> 寻找着无限,汹涌向前,
> 奔向无处不在、气势宏伟
> 无拘无束的永恒脑海。[①]

## 第三节　戴维与华兹华斯的合著过程

科学家戴维与人合作攀登科学高峰,并屡创佳绩服务人类社会的事例不胜枚举。作为诗人的戴维亦曾与湖畔派核心人物柯尔律治和华兹华斯有过多次交流和协同创作,并在重要诗学原则和创作实践上达成共识。从广义的文学合著来说,戴维与柯尔律治和华兹华斯——甚至更多的其他小众诗人——之间是存在着创作合著行为的。但是若论合著行为的思想影响之深远,互动之深入,协作之密切,结果之震撼者,非戴维与华兹华斯二人之间的合著莫属。他们之间的文学合著既有思想观点的交流、互换和采纳,又有具体诗歌创作的行为实践。

1800 年前后是戴维作为一颗冉冉升起的科学明星,一个在化学研究上被寄予极大厚望的新生代科学家,引起英国乃至世界科学领域人士高度关注的年份。他已有的科研成果、提出的科研理论和计划的科研宏图都使他有理由相信自己会成为那个时代首屈一指的科研尖兵。1801 年初,戴维到了伦敦,当上了"发展科学和普及有益知识学会"的助教,并在第二年晋升为教授。他仅仅用几次讲课,就赢得了杰出演说家的声誉。不久他就成了伦敦风靡一时的人物,大学生、科学爱好者乃至科学家和各界人士都来听他的讲演。在各种类型的聚会上,人们都蜂拥而至希望一睹他的风采。至高的荣誉和超乎寻常的溢美,曾让年轻的戴维一度失去了方向——无论在科学研究还是诗歌创作上。在真正成为那个时代为数不多的浪漫主义的自然哲学家、杰出的科学家—诗人之前,戴维在如何形成、强化和定义自己的视野和愿景的过程中还是显得举步维艰。他之所以能最

---

[①]　John Paris, *The Life of Humphry Davy*. Vol. 1. London: Longman, 1831, p. 328.

终排除困难、穿透遮蔽望眼的浮云而抵达理想目标的彼岸,很大程度上得益于他在此期间对华兹华斯《抒情歌谣集》中诗学思想的接纳与研习,以及他和这个时代最伟大诗人之间的合著。

1798 年 10 月 2 日戴维抵达比利斯托尔,而就在两天前英国浪漫主义文学史上最重大的事件发生了——华兹华斯和柯尔律治合著的《抒情歌谣集》第一版在英国出版了! 戴维为此书所吸引绝非是因为懵懂的心血来潮或暂时的追赶时尚。在熟悉作者华兹华斯生平的基础上,戴维不但强化了自己与他的共性,而且发自内心地情愿被其诗学原则所引领。因为他首先在华兹华斯身上看到了自己一路走来的样子:经历过远离尘嚣的乡村生活的激励,时常满怀好奇和幻想地独自一人走在田园美景中,又经常对所见风景和人物进行回想和反思,年幼写诗乃至终老。[①] 这一切与华兹华斯之间的相似性,早已构成戴维对其人其作的亲和感和意欲携手创作的冲动。

刚到布里斯托尔的戴维旋即进入了繁忙的科学研究工作之中,尤其是对未来的人生规划和顶层科研方面的设计。然而他此时所下榻的寓所克利夫顿(Clifton)的主人贝多斯夫妇却在他的文学创作和诗学追求中扮演了重要的角色。贝多斯夫人安娜是小说家埃奇沃思[②](Maria Edgeworth)的妹妹。虽然她个人并未从事专业的文学创作工作,但是贝多斯夫人对文学——尤其是诗歌——的喜爱和对杰出文人的追捧却是很早就建立起来的。而且她的同父异母的作家姐姐非常乐意向这位小妹展示文学领域的奇特,并时常向她介绍文坛的优秀人物。这次兼科学家和诗人双重身份于一身的戴维的到来,着实让贝多斯夫人备感欢欣,所以她非常高兴地向他展示了自己驻地的风土人情。在一封写给母亲的信中,戴维就毫无保留地描述了克利夫顿的所见所闻:

> 从上面俯瞰布里斯托尔和它周围的景色,那真是比喧哗肮脏的大
> 都市强上百倍! 在这里哪怕是一个较小的地方都有房屋、岩石、树木、

---

[①]　Anne Treneer, *The Mercurial Chemist*：*A Life of Sir Humphry Davy*. London：Methuen, 1963.

[②]　玛丽亚·埃奇沃思是一位英裔爱尔兰作家,以写富有想象、有道德教育意义的儿童故事和反映爱尔兰生活的小说而闻名,其作品以人物塑造和乡土色彩而著称。处女作《拉克伦特堡》(Castle Rackrent)讲述了一个爱尔兰地主家族的衰败。她还写过几部儿童作品,如《父母的助手》(The Parent's Assistant),通过有趣的故事来阐释道理。她曾被誉为"英国第一位一流的儿童文学作家"。沃尔特·司各特曾承认自己写《威弗利》时得益于埃奇沃思的作品。

乡村和城市。在我们的脚下就是那因诗人而得名的、静静流淌的埃文河。再也没有比这里更美的地方了！简直可以和我们的家乡彭赞斯相媲美。①

戴维曾在 1798 年 10 月的一封信里提道："我们刚去考特（Joseph Cottle）那里去做书籍印刷工作，筹备出版事宜将会占用我很多时间。"②他所说的筹备出版的书籍，指的就是由贝多斯等人编辑、包含戴维多篇论文的《物理化学知识辑录》(Contributions to Physical and Medical Knowledge)一书。在其中的一篇论文中，戴维以实验为依据向法国化学家安托万-洛朗·德·拉瓦锡（Antoine-Laurent de Lavoisier）的化学理论提出了挑战。他的理论是："所谓不存在的热的卡路里或热的流动，已经得到了证实。光的物质性也得到了证明。某些物体在氧化作用下会释放出光。"③当戴维此书于 1799 年见之于世的时候，他的理论受到了多方质疑和嘲讽。但是他的理论却在自己发现氧气的实验中得到了证实。他的相关论文也得到了科学界、文学界和哲学界的高度重视。本土化学家普利斯特列（Joseph Priestley）后来就撰文称："戴维先生的论文使我印象深刻，他的观点新颖而奇特。"④戴维前往比利斯托尔的真正目的是要在此进行一项化学实验。他的主要任务就是负责制出各种气体，做各种各样的实验。戴维的第一项工作就是要制出一氧化二氮并研究它的特性。为了验证该气体的特性，戴维还给自己注射了很多一氧化二氮，同时请了一些朋友呼吸该气体并做效果记录。在这些愿意接受实验的朋友中就包括骚塞和柯尔律治。戴维对自己的科学预测和实验结果非常有自信，在进行繁忙实验之余他还写了一首名为《呼吸一氧化二氮有感》(On Breathing the Nitrous Oxide)的小诗：

> 我看到那令人狂喜的唤醒物质，

---

①　John Davy, *Memoirs of the Life of Sir Humphry Davy*. Vol. 1. London：Longman，1836，p. 46.

②　John Davy, *Memoirs of the Life of Sir Humphry Davy*. Vol. 1. London：Longman，1836，p. 48.

③　Humphry Davy, *The Collected Works of Sir Humphry Davy*. Vol. 2. John Davy，Ed，1840，p. 36.

④　Anne Treneer, *The Mercurial Chemist：A Life of Sir Humphry Davy*. London：Methuen，1963，p. 39.

并不存在于疯狂欲望的幻梦中。
我的胸膛燃烧着熊熊世俗之火，
而我的脸颊泛起温暖粉红色晕。
而我的双眼闪闪发亮流光四溢，
而我的唇齿间荡漾着浅回低吟，
而我的筋骨之间充满力量精气。
感觉周遭环绕无形的强大气息。①

戴维的这首诗曾被人评论为"包含精准生理知识的科研数据之展示，但在诗学上却是一种糟糕的样式"②。从诗歌的外部结构和内在涵养上来看，如此评论都是失之偏颇的。戴维在诗中所表达的对实验结果的惊喜和一个科学家的内心感受，堪称气势强大而又情感丰富，同时也不失诗歌形式的完美。正如乔伊（Mike Jay）所言："戴维的这首诗歌记载了一种他个人对于物质世界的全新主体性的理解。关于气体的实验可以让他将感知和创造的边界拆除，并超越个人感官经验和单纯的身边物质世界。"③就像这首诗所展现的戴维在诗歌创作上的热情和潜质一样，他本人飞速发展的表现力、内心强大的挑战精神和已有的天赋，都赋予了他在诗歌创作的思想和语言上的特殊接受能力，尤其是华兹华斯在《抒情歌谣集》中所提倡和展现的那种能力。

1799 年 10 月戴维在出版商考特的引荐下与柯尔律治相识，并从此建立和保持了长久的文友关系。当年 12 月两人同在哲学家、小说家戈德温（William Godwin）位于伦敦的家里居住。柯尔律治回忆此事时曾说，"戈德温对戴维印象很好，评价颇高。他所到之处都夸戴维是他所见过的最杰出的人物。我对此不敢苟同，因为我还认识一个比他更杰出的人。不过我得承认他的确出类拔萃。"④1799 年的戴维的确配得上"出类拔萃"之称。年仅 21 岁的他"已经是一颗

① Humphry Davy, *The Collected Works of Sir Humphry Davy*. Vol. 2. London: Thoemmes Continuum, 1998, p. 108.

② Richard Holmes, *The Age of Wonder: How the Romantic Generation Discovered the Beauty and Terror of Science*. London: Pantheon, 2008, p. 260.

③ Mike Jay, *The Atmosphere of Heaven: The Unnatural Experiments of Dr. Beddoes and His Sons of Genius*. New Haven and London: Yale University Press, 2009, p. 194.

④ Samuel Taylor Coleridge, *Collected Letters of Samuel Taylor Coleridge*. Vol. 1. Eari Leslie Griggs, Ed. Oxford: Oxford University Press, 1956, p. 559.

科技新星了,他的作品在科学界和普通人中间都广受好评"[1]。戴维还在这一年出版了自己的《散文集》(*Essays*),他的诗歌作品更是在骚塞主编的《年度选集》(*Annual Anthology*)中与读者见面。

在浪漫主义诗学理念中长期存在贬抑科学——比如戴维所从事的化学研究——的倾向。初次相识时戈德温曾对戴维大加赞赏。1800年的时候柯尔律治就告诉戴维,戈德温已经开始对他进行有所保留的评价了。对此番始料未及的巨变,柯尔律治曾惊呼道:"他如此贬低一个化学天才,真的让人遗憾啊!"[2]现在看来,戈德温对化学的态度也许匪夷所思,更何况他还有一个身为化学家的挚友尼克尔森(William Nicholson)呢? 其实这种文人——主要是诗人——贬低科学的现象在浪漫主义时期并不鲜见,柯尔律治本人也不例外。在他的新康德哲学思想中,纯粹理性的那种统一化和理想化的能力要远远胜过专门科学作品的功能,前者属于"首要的"能力范畴,后者属于"次要的"能力范畴。

沙洛克(Roger Sharrock)曾戏谑地说:"凡康德的高足柯尔律治涉足之地,/华兹华斯都将心甘情愿地跟随。"[3]他们二人虽然在合作分工、诗学原则和具体创作主题上存在诸多不同的地方。但是在阅读、理解和道德评判关于18世纪末以来的启蒙思想方面,二人还是保持了高度的一致性。他们认为"建立在道德观和智力因素基础上的控制性活动"[4],才是衡量具有启蒙思想的作家和哲学家的标准,而这个标准也反复出现在《抒情歌谣集》第二版的前言之中。对科学与诗学的不同看法并未阻止华兹华斯和柯尔律治同戴维的合作交流。他们不仅对这位杰出科学家的化学成就刮目相看,更为他在诗学中的自然认知和自然科学的专业知识所折服。当《抒情歌谣集》第二版付梓在即时,他们二人都不约而同地向戴维发出了邀请,请他也能加入这部开英国浪漫主义之先河、影响英国和世界文学数百年的集与序的修复工作中来。

柯尔律治在1800年7月28日写信给戴维,率先向他发出了一个邀约:"可

---

[1] David Knight, *Humphry Davy*: *Science and Power*. Cambridge: Cambridge University Press, 1996, p. 35.

[2] Samuel Taylor Coleridge, *Collected Letters of Samuel Taylor Coleridge*. Vol. 1. Earl Leslie Griggs, Ed. Oxford: Oxford University Press, 1956, p.557.

[3] Roger Sharrock, *The Chemist and the Poet: Sir Humphry Davy and the Preface to Lyrical Ballads*". Notes and Records of the Royal Society, 17 (1962), p.57.

[4] Aidan Day, *Romanticism*. London and New York: Routeledge, 1996, p. 78.

否敬请阁下仔细检查一下《抒情歌谣集》的这些篇章？"①三天后华兹华斯给戴维发出了一封篇幅较长、语义恳切的邀请信：

> 尊敬的阁下：
>
> 虽未获面谈之荣幸，依然来函相扰，是为冒昧！敬请检阅随函所附诗歌，请修改包括标点在内的任何错误，本人感激不尽。我写信给您诚请您能在书稿第二版付梓前仔细校读为盼。日后我会给考特写信，让他将其他样稿发送给你。
>
> 柯尔律治上周三离开我了。他的夫人和哈特利也于周四离开。我希望他们都能对新环境感到满意。从柯尔律治留下的便条上得知，比格斯先生将要出版歌谣第二部。为了节省时间，我将在以后的邮寄日（每周三次）分批给你寄发诗稿，直到全部寄完为止。敬请你每修复完一部分就立即送交给比格斯先生，以保证按时出版印刷。第一部的前言将于几日后寄到。
>
> 代我向托宾问好。如能在我的寒舍一见，本人将不胜感激。

于是在接下来的将近 5 个月时间里，戴维就收到了一叠一叠的诗稿，并按照华兹华斯的意思认真仔细地修改起来。

虽然戴维仰慕华兹华斯已久，而且还是柯尔律治的好友，但是他却称不上是《抒情歌谣集》首版的忠实读者。所以当他此次有幸仔细阅读这些诗歌时，尤其是那些能引起共鸣的露西组诗或大量自然诗歌时，戴维的感受不仅是极为震撼，而且还夹杂着高度的启示和审慎之情。作为一个兼具科学家和诗人本性的人，戴维发自内心地对自然和追求独立的国人倾注了极大的热情与赞美，这种感同身受的移情表述与华兹华斯非常相像。多萝西也曾经在日记里记述了戴维与自己兄长之间的相似个性："他们两人两天来一同出入，我们几乎很少看到他们，但是我们还是非常乐见他们在一起的景象"②。因此，"在戴维严肃认真地帮华兹华斯和柯尔律治修改《抒情歌谣集》后，他的诗歌和书信里就开始出现华兹华斯

---

① Samuel Taylor Coleridge, *Collected Letters of Samuel Taylor Coleridge*. Vol. 1. Earl Leslie Griggs, Ed. Oxford：Oxford University Press，1956，p. 606.

② William, Dorothy Wordsworth, *The Early Letters of William and Dorothy Wordsworth*. Ernest de Selincourt, Ed. Oxford：Oxford University Press，1935，p. 64.

式的情感和语词表达了"①。

戴维学习华兹华斯的诗学创作之法,运用《抒情歌谣集》中的诗歌创作技艺和华兹华斯所倡导的诗学原则,并在自己的诗歌创作中进行了检验式的运用。他创作于审阅《抒情歌谣集》时期的一首反物质主义的诗歌便是一个绝佳的范例。这首诗名为《斯宾诺莎主义者》(The Spinosist)的小诗初步显示了戴维在诗歌创作的学徒阶段是如何向华兹华斯靠近的,以及与他在心灵和感知上合作,以期达到将作为诗人与自然哲学家的个人考量和谐地结合在一起的愿望。他在诗歌的中间部分写道:

> 看! 那点燃的精神将自然慷慨
> 赐予的种子撒向人间无垠大地,
> 晶莹的露珠演化为粉红的花朵
> 那污浊的灰尘觉醒、流动、苟活。

> 世间一切都在变化,古老万物
> 焕发了新颜,再度崛起获得新生,
> 太阳的光辉,风暴的怒号,
> 浩瀚苍穹永不停息地轮回转动。

> 强大的力量,永世的动力
> 恒久相连的思想孕育旋转,
> 往昔一直运转,如今不曾停歇,
> 世世代代相连,宇宙星球相伴。②

在审阅华兹华斯和出版商陆续寄来的诗稿的过程中,戴维大大加深了他对自然之美和哲学思考的追求。而作为一个对自然哲学非常感兴趣的科学家和意欲探索自然界的有机整体之美的诗人,戴维显然对斯宾诺莎(Baruch de

---

① Roger Sharrock, *The Chemist and the Poet: Sir Humphry Davy and the Preface to Lyrical Ballads*. Notes and Kecords of the Royal Soeiety, 17(1962):64.

② Humphry Davy, *The Collected Works of Sir Humphry Davy*. Vol. 2. London: Thoemmes Continuum, 1998, p. 60.

Spinoza)的哲学思想有较高的赞誉和发自内心的认同之感。斯宾诺莎是西方近代哲学史上重要的理性主义者，与笛卡儿（René Descartes）和莱布尼茨（Gottfried Wilhelm Leibniz）齐名。在哲学主张上，斯宾诺莎是一元论者或泛神论者，他的自然思想是高度的泛神主义哲学观。他认为宇宙间只有一种实体，即作为整体的宇宙本身，而上帝和宇宙就是一回事。斯宾诺莎心目中的上帝不仅仅包括物质世界，还包括精神世界。他认为人的智慧是上帝智慧的组成部分，而上帝则是每件事的"内因"，上帝通过自然法则来主宰世界，所以物质世界中发生的每一件事都有其必然性。世界上只有上帝是拥有完全自由的，而人虽可以试图去除外在的束缚，却永远无法获得彻底的自由意志。如果人们能够将事情看作是必然的，那么他们就很容易达到与上帝合为一体的理想境界。因此，斯宾诺莎提出，人们应该"在永恒的表象下"（sub specie aeternitatis）看世间万物。

斯宾诺莎曾说："无论聪慧还是愚钝，人永远都是自然的一部分。"[1]在创作《斯宾诺莎主义者》之前戴维曾经与柯尔律治一起探讨过斯宾诺莎的自然哲学思想。待戴维完成此诗后，柯尔律治还对它倾尽溢美之词，称："该诗非常连贯地将严肃的哲学真理和自然而美好的诗学语句融合在了一起。"[2]除了这些戴维自己所掌握的素材和柯尔律治的评论之外，该诗最大的特色应该是它同华兹华斯在《抒情歌谣集》中的作品的亲和，以及戴维对华兹华斯式的泛神主义思想的借用，或者说是他在创作这首诗时与华兹华斯所进行的心灵上的互动和创作上的合著。

戴维对于"阳光"（sunlight）、"落日"（setting sun）和"光辉"（light of suns）都情有独钟，这些语词在他的所有时期的诗歌创作中都曾反复出现。而戴维的这种"恋光情结"的形成和毕生坚持，与他对华兹华斯诗学主张的接受——主要是对《抒情歌谣集》——的学习和模仿是密不可分的。在戴维研习《廷腾寺》后而作的系列诗歌中，几乎都可以找到其中的华氏诗歌用语的影子。在这首《斯宾诺莎主义者》中，戴维更是直截了当地将《廷腾寺》中"落日的余晖"（the light of setting suns）照搬进来，构造了自己的那句"太阳的光晖（the light of suns），风暴的怒号"。太阳的光辉对于华兹华斯和戴维来说都代表了一种无所不在、普施终

---

[1]　Quoted in Alan Gabbey, *Spinoza's Natural Science and Methodology*. The Cambridge Companion to Spinoza. Cambridge：Cambridge University Press，1996，p. 181.

[2]　Samuel Taylor Coleridge, *Collected Letters of Samuel Taylor Coleridge*. Vol. 1. E. L. Griggs，Ed. Oxford：Oxford University Press，1956，p. 623.

生的光明和恩惠,是他们共同信仰的泛神论的一种体现。而戴维的泛神论思想在诗学中的体现与华兹华斯的泛神论诗学观念是相映成趣的,戴维在修改《抒情歌谣集》的过程中所追求的二人合作共述的理想,也是这种诗学思想同步的一种体现。

朱光潜先生曾说:"没有柏拉图和斯宾诺莎,就没有歌德、华兹华斯、雪莱诸人所表现的理想主义与泛神主义。"①而戴维如果没有加入与华兹华斯和柯尔律治一起合著《抒情歌谣集》的话,他的诗学泛神论和整体诗学价值的提升都将黯然失色。《斯宾诺莎主义者》中的泛神主义多处映射了华兹华斯诗歌中的相同表述,其中的阳光、风暴、无垠的自然、粉红的花朵、尘土、思想和灵魂等属于大自然和人类的各种因素交织在一起,永远处于变动之中,而又永远保持浑然一体的状态。这种泛神主义思想简直就是《廷腾寺》中以下几行的变体:

> 对自然⋯⋯我感到
> 仿佛有灵物,以崇高肃穆的欢愉
> 把我惊动;我还庄严地感到
> 仿佛有某种流贯深远的素质,
> 寓于落日的光辉、浑圆的碧海,
> 蓝天、大气,也寓于人类的心灵,
> 仿佛是一种动力,一种精神,
> 在宇宙万物中运行不息,推动着
> 一切思维的主体、思维的对象
> 和谐地运转。②

华兹华斯的这几句诗行表达了一种由泛神思想所引发的近乎顿悟的启示。他不但被自然赋予了神性的光晕而褪去了早期粗粝的自然观,而且不再将客观的自然视为主体存在。在后期的成长、观察和反思中,他感受到了自然的惊奇和万物的共生,从而达到对自然的虔敬,获得内心的顿悟。消除译文的出入和理解的偏差的最好方法是将原文并置对比,下表即是对两首小诗中的一些诗行的

---

① 朱光潜:《诗论》,生活·读书·新知三联书店 1984 年版,第 76 页。
② 华兹华斯、柯尔律治:《华兹华斯  柯尔律治诗选》,杨德豫译,人民文学出版社 2001 年版,第 131 页。

对比：

| The Tintern Abbey | The Spinosist |
| --- | --- |
| Whose dwelling is the **light of setting suns**, <br> And the round ocean and the living air, <br> And the **blue sky**, and in the mind of man: <br> A **motion** and a spirit, that impels <br> **All** thinking **things**, **all** objects of **all thought**, <br> And rolls through **all things**. ① | Lo! o'er the Earth the kindling spirits pour <br> The seeds of life that bounteous nature gives- <br> The liquid dew becomes the **rosy flower** <br> The sordid dust awakes &. moves &. lives. <br> **All**, **all** is change, the renovated forms <br> Of ancient **things** arise &. live again. <br> **The light of suns**, the angry breath of storms <br> The everlasting **motions** of the main <br> Are but the engines of that powerful- <br> The eternal link of **thoughts** where form revolves <br> Have ever acted &. are acting still- <br> Whilst age round age &. worlds round worlds revolves. ② |

　　华兹华斯的诗词结构和诗意构造显示了他深信不疑的万事万物之间相似性的规律。具体说来也就是诗人借助自然界充满生机活力与人的生命活力的相似性,进而认为它们同样拥有内化神灵。在自我认知和思想进化的第三阶段,华兹华斯所抓住的是人的生命之流与万物运动的相似性,以及在万物神灵的相关性中流露出个人的自然崇拜和内心深处对生生不息和相互辅成理念的坚定信仰。戴维不仅运用了这种泛神论的实质,而且在语词的运用技巧——如词语重复、修辞转换和凸显永恒之意的现在时——方面也达到了和华兹华斯同步合著的地步。

　　在研究自然、阅读自然和亲近自然的过程中,戴维也开始将自然作为投射自身激情与生命本质的对象,这与华兹华斯在《抒情歌谣集》中的自然认知是相通的。在戴维细致地审读《抒情歌谣集》第二版诗稿期间,他与文友和家人经常以书信的形式畅谈自然,表达他本人对泛神论精神的理解。1801 年他在给友人安德伍德(Thomas Underwood)的信中再提这一思想:

　　　　寓于岩石和森林之间、蔚蓝而安静的大海,以及天上的云朵和四射

---

① William Wordsworth, *The Poems*. Vol. 1. John O. Hayden, Ed. Harmondsworth: Penguin, 1977, p. 137.

② Humphry Davy, *The Collected Works of Sir Humphry Davy*. Vol. 2. London: Thoemmes Continuum, 1998, p. 69.

的阳光的万能上帝的那部分,正在大声地呼唤你:虔诚地响应他的号召吧,快到康沃尔的祭坛来和我一起祭拜上帝吧! 让我们一起赞美上帝的杰作——岩石、大海和葱茏欲滴的山脉,阿门![1]

戴维的科学理念和诗学理念在这一时期都和浪漫主义诗学原则和华兹华斯的诗学作品有着千丝万缕的联系。这封书信中的"万能上帝"与上帝寓居于一切自然形体中的思想,毫无疑问是他在冥冥中与华兹华斯创作于 1800 年的一首名为《鹿跳泉》(Hart-leap Well)的诗相通的结果。因为戴维的遣词造句和语法构成就是华兹华斯这首诗中一个诗节的散文变体而已:

> 上帝寓居于周遭的天光云影,
> 寓居于处处树林的青枝绿叶;
> 他对他所爱护的无害的生灵
> 总怀着深沉恳挚的关切。[2]

如果没有华兹华斯的此诗在先,如果没有戴维深切地拜读类似此诗的经历,如果没有华兹华斯拜托戴维对《抒情歌谣集》诗稿的修复,那么戴维的泛神论思想以及他践行该思想的诗歌的出现都是不可想象的。在自己诗歌创作的艰难历程中,戴维与华兹华斯合著的第一阶段,即他对华氏的抽象诗学思想和具象诗歌创作的吸收阶段业已形成并屡结硕果。

对于《抒情歌谣集》中所提出的对人类社会和生活个体的尊敬之理念,戴维都欣然接受。作为一个在政治上比较激进,在社会生活上具有很强同情心的诗人和科学家,戴维以向华兹华斯靠近和在自己的作品中回响着华氏的声音为初期合作之要著。他的 1800 年前后的文学作品里有很多从华兹华斯那里得来的启发和灵感。华兹华斯在《抒情歌谣集》序言中所设定的诗学目标,被戴维重新设定为自己诸多演说的主旨。他与华兹华斯一样,都认为曾经被高度特殊化的主体其实是具有良善思想的文人所应该考虑的首要目标。在科学认知世界和诗学创作领域内,戴维视华兹华斯为一个可信的中间人和媒介。他曾经提出:

---

[1]  John Paris, *The Life of Humphry Davy*. Vol. 1. London: Longman, 1831, p. 124.
[2]  华兹华斯、柯尔律治:《华兹华斯　柯尔律治诗选》,杨德豫译,人民文学出版社 2001年版,第 125 页。

未来是完全建立在过去意象之上的，是以一种全新的类比模式连接起来的，是受某个时刻的环境和情感所规定的。我们的希望是建立在我们的经验基础之上的。[①]

戴维的这种对诗学哲思的表述完全与华兹华斯的 1800 年版《抒情歌谣集》序言中的相关表述几无二致，也是他在审校该版诗稿的过程中对华兹华斯诗学思想的接受和一种未曾谋面的合作著述的表现。在论述什么是好诗的标准时，华兹华斯就对"异乎寻常的官能感受力"与诗人的"深思熟虑"进行了足以引领时代诗歌创作革新的界定，这种界定无疑是戴维在诗歌创作中所寻找和最终认同的：

因为我们的思想改变着和指导着我们的情感的不断流注，我们的思想事实上是我们以往一切情感的代表；我们思考这些代表的相互关系，我们就发现什么是人们真正重要的东西；如果我们重复和继续这种动作，我们的情感就会和重要的题材联系起来。[②]

当戴维在诗歌创作的中间阶段进抵对人类情感的阐发和良好激励机制的探求，以及真正重要的主题定位和选择时，他又一次想到了华兹华斯的启示，并在自己的诗学主张中毫不掩饰地表达了对他的认可和借鉴。华兹华斯在论及诗人要为人类心灵之某些固有而不可磨灭的品质而奋斗，要为提升人类大众的欣赏口味和审美标准而再创诗歌标准时就说：

这些原因中间影响最大的，就是日常发生的国家事件，以及城市里人口的增加。在城市里，工作的千篇一律，使人渴望非常的事件。[③]

而戴维对此话题的看法也十分相似：

---

① Humphry Davy, *A Discourse Introductory to a Course of Lectures on Chemistry*. London：J. John, 1902, p. 18.

② William Wordsworth, *Preface to Lyrical Ballads*. Lyrical Ballads, 1798—1805, George Sampson, Ed. London：1923, p. 374.

③ William Wordsworth, *Preface to Lyrical Ballads*. Lyrical Ballads, 1798—1805, George Sampson, Ed. London：1923, p. 376.

在平凡的社会里,人们愈发向大城市靠拢,他们为相同而浮华的追求目标所驱使,他们缺乏一个可资永久依赖的源泉,对他们来说,进行一些科学知识的培养或许是百利而无一害的。[①]

戴维是从一个举世闻名的科学家的视角来和他心目中最伟大的诗人进行交流和合作的。他在诗歌艺术和诗学思想等各方面向华兹华斯学习,并力图以不同方式实现他与时代文学巨擘的合作著述梦想的做法也是可以理解的。但是这种交流和合作并不是单向的一厢情愿之举。在诗学思想的形成和转变过程中,华兹华斯同样从戴维那儿受益颇多;在《抒情歌谣集》及其序言最终成稿的过程中,他和戴维在诗性哲思的互通和合作演绎方面都起到了不可或缺的作用。

1801 年 2 月中旬,已经在英国获得较高声望的戴维被伦敦皇家学会聘请担任助教,并在第二年荣升为教授。1801 年 3 月他就在学会定居下来,6 周以后便开始进行万众瞩目的讲座了。他只用了区区几次讲座,就赢得了杰出演说家的声誉。《哲学杂志》(*Philosophical Science*)就报道过他首日讲座的盛况:

> 约瑟夫·班克斯爵士(Sir Joseph Banks)、康特·拉姆福特(Count Rumfort)和其他一些知名的哲学家悉数到场。观众们一个个兴高采烈,时时爆发出雷鸣般的掌声以示他们的高度赞赏。年轻的戴维先生收放自如,表现十分得体。他的双眼释放着灼灼的智慧,他的态度和蔼可亲。毫无疑问,他的表现绝对称得上令人称奇。[②]

皇家学院的宗旨是传播知识,为尽可能多的人提供技术训练,鼓励他们使用新机器、做出新发明和更多地记述革新。戴维的演讲开了学院举行定期讲演以宣传科研成果的先河。在戴维任职期间,这种讲演进行得更为频繁。他作为一名卓越的演说家,不但推广了学院的科研成果,为学院挣得了辉煌的名声,而且成功地吸引了广大学生、科学家和科学爱好者慕名前来。于是,在很短的时间内

---

① Humphry Davy, *A Discourse Introductory to a Course of Lectures on Chemistry* . London: John, 1902, p. 25.

② Anne Treneer, *The Mercurial Chemist: A Life of Sir Humphry Davy.* London: Methuen, 1963, p. 78.

戴维就成了伦敦的名人,而且在伦敦城乃至整个英国,科学一下子变得时髦起来了,同时也使皇家学院成了英国科学研究中心和讲演科学的重要场所。戴维的系列讲座和系列技术革新理论不断推动着皇家学院的科研事业向前飞速发展。1805年戴维因为发表了一篇关于鞣革方面的论文而获得科普利奖(Copley Medal)。他的诸多成果和演说后来都刊登在皇家学会的期刊《哲学汇报》(*Philosophical Transactions*)上。

正如哈特利(Harold Hartley)所断言的那样,戴维人生的首个真正凯旋时刻来自1802年1月21日他的《演讲导引》(*Introductory Discourse*)的推出。这是一个他在皇家学会所作系列科学演讲的所有课程实录。导引的推出是戴维职业生涯一个重要的里程碑式成就。他因此而获得了贵族支持者和庇护人的认可,并使他们确信在化学和其他科学领域的发现"必将带来艺术和制造业的突飞猛进,并带来生活上极大的便利与舒适"①。戴维的咄咄雄心不但给赞助人和支持者以巨大的宽慰和自信,而且使那些正追求时尚、欲壑难填的观众们也满意而归。在这些观众中就有柯尔律治本人。因为戴维在这些演讲中提出了一些与华兹华斯和柯尔律治所秉持的关于科学和智慧观点相左的理论,所以柯尔律治本人对戴维的言论非常关心,并时常转述给他的合著伙伴华兹华斯。

在《演讲导引》中戴维就自然科学——主要是化学——的作用进行了有异于湖畔派诗学理论的论述。他认为:

> 人类的自然历史专事考察外部世界的生物和物质,主要针对它们永远不变的形式而展开的。而化学则是依据它们变化、发展的规律而对其进行仔细的研究,进而解释它们的动力和这些动力所产生的作用。②

戴维认为,化学是可以推动其他门类科学研究的,所以化学家的探究从本质上来说是积极主动的。从其个人经验和感受上来看,

---

① Anne Treneer, *The Mercurial Chemist*: *A Life of Sir Humphry Davy*. London: Methuen, 1963, p. 77.

② Humphry Davy, *A Discourse Introductory to a Course of Lectures on Chemistry*. London: J·John, 1902, p. 312.

这门科学可以赋予他那种堪称创造力的能力，这种能力足以让他能对周边的事物进行规划和改变，然后运用他的实验去向自然问询，以一个主人翁的姿态运用自己的工具去积极探寻，而不是像一个被动的学者去简单理解自然的运行而已。[①]

这种以对自然的探寻和沟通为己任的戴维自始至终未曾改变他对自然的态度。他确信基于这种能力之上的化学的科技与产业可能性是无限的，如果能在仁慈和启蒙范式的框架内进行运用，将会给人类社会的未来带来巨大效益。因此戴维的科学观依然是：它已经造福人类良久，还将继续造福于人类！同时，他对道德和社会进步领域内自然哲学家——包括诗人在内——的身份和作用也提出了新的倡导。这些声明与倡导又反过来构成了华兹华斯在 1800 年序言中对诗人身份定位的前导。在这份序言中，华兹华斯提出，诗人的作品可以对道德和社会进步做出重要的贡献。诗人运用人们的日常语言，给大众提供足以抵消由"战争、都市生活、报刊、狂妄的作品和无聊而又放肆"[②]的诗歌所带来的负面影响。天才诗人的作品可以优化读者的世界观，"如果他处在一个非常良性的联想状态之中，他就一定能在一定程度上受到启发，他的品位就会被提升，他的情感就会被感化"[③]。

像戴维一样，华兹华斯在序言中反复提及作为自然哲学家之一部分的诗人的职责和身份，并像他的科学家文友一样，竭力维护自己诗学实验在道德维护和社会进步上所起的巨大作用。华兹华斯指出，他的诗学实验

是为了激起人类永久的兴趣，并相应地在大众中产生效果，并能达到提升道德的目的。诗人是捍卫人类天性的磐石，是随处都带着友谊和爱情的支持者和保护者。不管地域和气候的差别，不管语言和习俗的不同，不管法律和习惯的各异，不管事物会从人心里悄悄消逝，不管事物会遭到强暴的破坏，诗人总以热情和知识团结着布满全球和包括

---

[①] Humphry Davy, *A Discourse Introductory to a Course of Lectures on Chemistry*. London: J. John, 1902, p. 319.

[②] William Wordsworth, *Preface to Lyrical Ballads. Lyrical Ballads*, 1798—1805, George Sampson, Ed. London: Routledge & CO., 1923, p. 179.

[③] William Wordsworth, *Preface to Lyrical Ballads. Lyrical Ballads*, 1798—1805, George Sampson, Ed. London: Routledge & CO., 1923, p. 181.

古今的人类社会的伟大王国。①

华兹华斯的这些为诗人定位、为诗歌颂扬的语词回响着诸多《演讲导引》中戴维式的表达。华兹华斯在诗学标准、诗人角色和诗歌语言等方面明显地受到了戴维的影响,序言中那些被视作为浪漫主义诗歌制定标准的观点和主张,有很多都是他受戴维演讲内容的启发而最终诉诸笔端的。可以说华兹华斯的浪漫主义诗学原则在很大程度上是与戴维合著而产生的结果。这一点还可以从他对诗人和科学家的身份和功能的比较中找到明证:

> 诗人在研究自然时会有一种快感自始至终伴随着他,激发着他,他和普遍的自然交谈着,怀着一种喜爱之情,就像科学家在长期的努力后,由于和自然的某些特殊部分(他的研究对象)交谈而发生的喜爱一样。诗人和科学家的知识都来自快感;只是诗人的知识是我们的生存所必需的东西,我们天然的不能分离的祖先遗产;而科学家的知识是自己的、个别的收获,姗姗来迟,并且不是以惯常的直接的同情把我们与我们的同胞联系起来。科学家追求真理,仿佛是在追求一位遥远的不知名的恩主;他在孤独寂寞中珍惜真理,爱护真理。诗人唱的歌儿全人类都跟他合唱,他在真理面前欢欣鼓舞,仿佛真理是我们亲眼所见的朋友,是我们时刻不离的伴侣。诗是一切知识的生命和它的高尚灵魂,它是一切科学的面貌上那热情豪放的表情。②

华兹华斯的这段论述表明了诗人和科学家工作方法的异同,但是与以往单纯颂扬诗人贬抑科学家的态度不同的是,他非常坚定地承认了"诗人与科学家的知识都是快乐的"理念。这种与戴维关于诗人和自然科学家之异同观点的合拍,也再次显示了他对戴维所提出的作为创造者——诗人与科学家——身上应具备共同素质的接纳,所以在《抒情歌谣集》再版序言中便毫无顾忌地执行起与戴维的思想共鸣和合作共述了。

---

① William Wordsworth, *Preface to Lyrical Ballads. Lyrical Ballads*, 1798—1805, George Sampson, Ed. London: Routledge & Co., 1923, p. 182.

② William Wordsworth, *Preface to Lyrical Ballads. Lyrical Ballads*, 1798—1805. George Sampson, Ed. London: Routledge & Co., 1923, pp. 167—168.

华兹华斯在序言中除了对诗人和科学家的工作方法之异同进行了详细论述外,他还像在现实创作生活中所谋求的一样,真心希望能实现与科学家戴维在文学创作上的合著,并对诗人与科学家的联手合作进行了憧憬式的描绘:

> 如果科学家也在我们的日常生活中和习惯接受的印象中造成任何直接或间接的重大变革,那么诗人无论是在当时还是在今日都会立刻振奋起来。他不仅在那些一般的间接影响中紧跟着科学家,而且将与科学家并肩携手,深入科学本身的对象中间去。化学家、植物学家、矿物学家等哪怕是最细微的发现,如果有一天为我们所熟悉,并且其与人类的关系在我们这些喜怒哀乐的人看来显然是十分重要的话,那么诗人就会把这些新发现当作与任何写诗的题材一样,把它看作合适的题材来写诗。如果有一天现在所谓科学家的东西就这样为人们所熟悉,即将具备仿佛有血有肉的躯体,到那时诗人也会将自己神圣的心灵注入其中,来帮助科学脱胎换骨,并且欢迎这个新生的生灵,就像欢迎人们家庭中亲爱的、真正的一员那样。[①]

从这些论述中可以看出,华兹华斯对自然和自然科学带给人类的福祉是深信不疑的。而他的这种信仰的最终获得和在诗学原则上的实践,离不开对戴维在科学和自然等方面的演讲和论述。戴维关于诗人与科学家的观点对华兹华斯相关理论的形成,无疑起到了说服和强化的效果。戴维曾经指出,科学家在对外部世界进行考量和研究的过程中,会将从中得来的快乐传递到内心深处。这种人类对愉悦经验和能力的追求过程,以及对情感和理性的驯化方式,将是人类心灵活动永久而健康的活动之一。[②] 戴维的外在与内在的统一观念,诗性与科学的贯通说法,以及情感和理性的和谐运行态度,都在理念与实践上给华兹华斯在歌谣序言中所提出的相关理论奠定了基础。从这个意义来讲,后者的理论,乃至诗稿中所体现的实践,都是与戴维合著的结果。

戴维终生追求用来探索自然规律和被自然所愉悦的科学研究。在他的科学

---

① William Wordsworth, *Preface to Lyrical Ballads. Lyrical Ballads*, 1798—1805, George Sampson, Ed. Lordor: 1923, pp. 168—169.

② Humphry Davy, *A Discourse Introductory to a Course of Lectures on Chemistry*. London: J. John, 1902, p. 323.

研究和诗歌创作中,自然科学不仅是驯服自然服务人类的手段,而且是与自然研究一样的人类快乐之源泉。他的自然观和科学论是有机统一和和谐共存的。他的这种有别于二元对立或贬抑科学的诗学思想,在浪漫主义诗学的发轫阶段,在华兹华斯初定自己的理想诗学主张的时期,都发挥了引领和感召的作用,并影响了《抒情歌谣集》再版序言中关键理论的订立和众多诗歌的创作。戴维与华兹华斯合作著述的另一面也因此显露无遗。

# 参 考 文 献

[1] ABRAMS M H. Structure and style in the great romantic lyric[M]// FREDERICK W, HAROD B. Sensibility to romanticism. London: Oxford University Press, 1965.

[2] ABRAMS M H. The mirror and the lamp: romantic theory and the critical tradition[M]. Oxford: Oxford University Press, 1971.

[3] ALEXANDER M. Dorothy Wordsworth: the ground of writing[J]. Women's studies, 1988, 14(2): 207-239.

[4] ALLIAN M, PIERRE S. Fantomas[M]. New York: William Morrow and company, 1986.

[5] ALTMAN A. Articles of faith[M]. London: Routledge & Kegan Paul, 1995.

[6] ASHBER Y J, JAMES S. A nest of ninnies[M]. Calais: Z Press, 1983.

[7] ASHTON R. The life of Samuel Taylor Coleridge: a critical biography [M]. Oxford: Oxford University Press, 1996.

[8] AUDEN W H, ISHERWOOD L. On the frontier[M]. New York: Random House, 1937;

[9] AUDEN W H, ISHERWOOD L. The ascent of f6[M]. New York: Random House, 1937.

[10] AUDEN W H, ISHERWOOD L. The dog beneath the skin: or, where is Francis? [M]. London: Faber and Faber, 1935.

[11] AUDEN W H, LOUIS M. Letters from island[M]. London: Faber and Faber, 1937.

[12] BAKHTIN M M. The dialogic imagination: four essays[M]. Austin: University of Texas Press, 1981.

[13] BALL P. The central self: a study in romantic and Victorian imagination

[M]. London: Bloomsbury Academic, 1968.

[14] BARTHES R. Image-music-text[M]. RICHARD H R, trans. New York: Hill & Wang, 1977.

[15] BATE W J. Criticism: The major texts[M]. New York: Harcourt Brace Jovanovich ,1952.

[16] BLACK J. The rhetoric of reaction: the martin marprelate tracts (1588-89)[J]. Sixteenth-century journal, 1997(28): 707-725.

[17] BLACKTONE W. Commentaries on the laws of England[M]. New York: Arkose Press, 2001.

[18] BLOOM H, TRILLING L. The Oxford anthology of English literature [M]. New York: Penguin, 1973.

[19] BLUNDEN E. Charles Lamb and his contemporaries[M]. Cambridge: Cambridge University Press, 1933.

[20] BROOKE F. The excursion [M]. Lexington: University Press of Kentucky, 1997.

[21] BROUMAS O, MILLER J. Black holes, black stockings [M]. Middleton: Wesleyan University Press, 1985.

[22] BBROWNSTEIN R M. The private life: Dorothy Wordsworth's journals [J]. MLQ, 2008(34): 50-71.

[23] BURNEY F. The early journals and letters of Frances Burney[M]. LARS T, ed. Montreal and Kingston: McGill-Queens University Press, 1994.

[24] BURNEY F. The witlings and the woman-hater [M]. Calgary: Broadview Press Ltd. , 2002.

[25] BURWICK F, DOUGLAS P. A selection of Hebrew melodies ancient and modern by Isaac Nathan and Lord Byron[M]. Tuscaloosa: University of Alabama Press, 1983.

[26] BYRON G G, NATHAN I. A selection of Hebrew melodies, ancient and modern, by Isaac Nathan and Lord Byron[M]. Tuscaloosa: University of Alabama Press, 1988.

[27] BYRON G G, NANTAN I. Hebrew melodies[M]. Thomas L A, ed. Austen: University of Texas Press, 1972.

[28] BYRON G G. Byron's letters and journals[M]. MARCHAND L A, ed. Cambridge: Harvard University Press, 1976.

[29] BYRON G G. Byron's Hebrew melodies[M]. ASHTON T L, ed. Austin: University of Texas, 1972.

[30] CHANDLER W F. On Current politics [J]. Champion, 1819, 17 (Januagry):12-21.

[31] COLERIDGE S T. Complete poetical works[M]. HARTLEY E, ed. Coleridge. Oxford: Clarendon Press, 1912.

[32] COLERIDGE S T. Monologue on life[J]. Fraser's magazine for town and country, 1835(12): 495-510.

[33] COLERIDGE S T. Aids to reflection[M]. JOHN B J, ed. Princeton: Princeton University Press, 1993.

[34] COLERIDGE S T. Biographia literaia[M]. ENGGELL J E, BATE J, eds. Princeton: Princeton University Press, 1983.

[35] COLERIDGE S T. Biographia Literaria, or biographical sketches of my literary life and opinion[M]. COLERIDGE H N, COLERIDGE S, eds. London: Pickering, 1847.

[36] COLERIDGE S T. Biographia literaria [M]. SHAWCROSS J, ed. Oxford: Oxford University Press, 1997.

[38] COLERIDGE S T. Collected letters of Samuel Taylor Coleridge[M]. Oxford: Oxford University Press, 1956.

[39] COLERIDGE S T. Lay sermons[M]. New York: Kessinger Publishing Company, 1998.

[40] COLERIDGE S T. Lectures 1795 on politics and religion[M]. PATTON L, MANN P, ed. Princeton: Princeton University Press, 1971.

[41] COLERIDGE S T. Samuel Taylor Coleridge: the complete poems[M]. KEACH W, ed. London: Penguin Books, 1997.

[42] CORNWALL B. Charles Lamb: a memoir[M]. London: Moxon, 1879.

[43] CURRAN S. Poetic form and British romanticism[M]. New York: Oxford University Press, 1986.

[44] CYRIL H. A fresh light on the poems of Mary Lamb[J]. Supplement to the Charles Lamb bulletin, 1972, 213(6):1-22.

[45] DAVID S T. The true meaning behind the inhibited cooperation[M]. Urbana: University of Illinois Press, 2001.

[46] DAVIS W. Presences that disturb: models of romantic identity in the literature and culture of the 1790s[M]. Cardiff: University of Wales Press, 2002.

[47] DAVY H. A discourse introductory to a course of lectures on chemistry [M]. London: J. John, 1902.

[48] DAVY H. The collected works of Sir Humphry Davy[M]. DAVY J, ed. London: Thoemmes Continuum, 1998.

[49] DAVY J. Fragmentary remains, literary and scientific of Sir Humphry Davy, with a sketch of his and selections from his correspondence[M]. London: Longman, 1858.

[50] DAVY J. Memoirs of the life of Sir Humphry Davy[M]. London: Longman, 1836.

[51] DAY A. Romanticism[M]. London and New York: Routeledge, 1996.

[52] DOBRANSKI S. Milton, authorship, and the book trade [M]. Cambridge: Cambridge University Press, 1999.

[53] DRYDEN J. Essays of John Dryden[M]. KER W P, ed. Oxford: Clarendon Press, 1900.

[54] DUFF W. An essay on original genius[M]. London: Gale Ecco, 1986.

[55] DUNCAN D. Figurative linguistic foundation in Coleridge's poetry[M]. London: Chatto & Windus, 1999.

[56] EAGLETON T. Literary theory: an introduction[M]. Beijing: Foreign Language Teaching and Research Press, 2004.

[57] EDE L, LUNDFOG A. Singular texts/plural authors: perspectives on collaborative writing[M]. Cabondale: Southern Illinois University Press, 1990.

[58] EGGERT P. Making sense of multiple authorship[J]. Text, 1995(8): 305-321.

[59] EMRSON R W. The works of Ralph Waldo Emerson vol. 1. [M]. Indiana: Indianapolis, 1976.

[60] ENFIELD W. Observations in literary property[M]. London: Gale

Ecco，2010.

[61] EZELL M. Social authorship and the advent of print[M]. Baltimore：Johns Hopkins University Press，1999.

[62] FAVERT M. Romantic correspondence[M]. Cambridge：Cambridge University Press，1993.

[63] FEATHER J. Publishers and politicians：the remarking of law of copyright in Britain，1775-1842. Part II. The rights of authors[J]. Publishing history，1989(25)：47-65.

[64] FINDAY L M F. Culler and Byron on apostrophe and lyric time[J]. Studies in romanticism，1985(24)：332-351.

[65] FITZGERALD P. The life，letters and writings of Charles Lamb[M]. London：Constable，1975.

[66] FROST R. The letters of Robert Frost，1886—1921[M]. SHEEHY D, RICHARDSON M，FAGGEN R，eds. Harvard：Harvard University Press，2014.

[67] FULLMER J Z. The poetry of Sir Humphry Davy[J]. Chymia，1960(6)：91-115.

[68] GABBEY A. Spinoza's natural science and methodology[M]// DAVID T. The Cambridge companion to Spinoza. Cambridge：Cambridge University Press，1996.

[69] GERARD A. An essay of genius [M]. London：Hard Press Publishing，2012.

[70] GREENBLATT S. Renaissance self-fashioning from More to Shakespeare [M]. Berkeley：University of California Press，1980.

[71] GREENE H E. Browning's knowledge of music[J]. PMLA，1947(62)：1089-1109.

[72] GREENE T. The light in Troy：Imitation and discovery in Renaissance poetry[M]. New Haven：Yale University Press，1982.

[73] GUILLORY J. Poetic authority：Spenser，Milton，and literary history [M]. New York：Columbia University Press，1983.

[74] HARDWICK E. Seduction and betrayal[M] New York：Vintage Books，1975.

[75] HARGRAVE F. Argument in defense of literary property[M]. London: Gale Ecco, 2010.

[76] HAZLITT W. Complete works of William Hazlitt[M]. HOWE P P, ed. London: Dent, 1934.

[77] HEALTH W. Wordsworth and Coleridge [M]. Oxford: Clarendon Press, 1970.

[78] HEINZELMAN K. Politics, memory, and the lyric: collaboration as style[J]. Studies in romanticism, 1988(27):510-527.

[79] HELENE C, CLEMENT C. The newly born woman[M]. WING B, trans. Minneapolis: University of Minnesota Press, 1986.

[80] HELGERSON R. Self-Crowned Laureates: Spenser, Jonson, Milton, and the Literary system [M]. Berkeley: University of California Press, 1983.

[81] HENZE H W. The bassarids, libretto by Auden and Chester Kallman [M]. New York: Associated Music Publishers, 1966;

[82] HERRICK R. A Selection from the lyrical poems of Robert Herrick[M]. New York: Kessinger Publishing House, 2010.

[83] HICKEY A. Coleridge, Southey, and co. : collaborative and authority [J]. Studies in romanticism, 1998(37):305-349.

[84] HICKEY A. Double bonds: Charles Lamb's romantic collaborations[J]. ELH, 1996(63):735-771.

[85] HINE R L. Charles Lamb and his Hertfordshire [M]. London: Dent, 1949.

[86] HIRST W. Byron's revisionary struggle with the bible[M]//HIRST W. Byron, the bible, and religion. Newwark: University of Delaware Press, 1991.

[87] HOGGLE S. William Wordsworth: a poet of prophecy[M]. London: Macmillian, 1992.

[88] HOLMES R. Coleridge: early visions, 1772-1804 [M]. London: Pantheon, 1999.

[89] HOLMES R. The age of wonder: how the romantic generation discovered the beauty and terror of science[M]. London: Pantheon, 2008.

［90］ HOMANS M. Women writers and poetic identity［M］. Princeton：Princeton University Press，1980.

［91］ HOUSMAN A E H. The collected poems of A. E. Housman［M］. New York：Holt，Rinehart and Winston，1965.

［92］ JANOWITZ A. Lyric and labour in the romantic tradition［M］. Cambridge：Cambridge University Press，1998.

［93］ JAY M. The atmosphere of heaven：the unnatural experiments of Dr. Beddoes and his sons of genius［M］. New Haven and London：Yale University Press，2009.

［94］ JOHNSON L. The shepheardes calender：an introduction［M］. Pennsylvania：The Pennsylvania State University Press，1990.

［95］ JOHNSON L G. Memory and truth in literary works［M］. New York：Chelsea Hoise Publishers，1998.

［96］ JOHNSON K. Wordsworth and the recluse［M］. New Haven：Yale University Press，1984.

［97］ JUSTICEU G，TINKER N. Women's writing and the circulation of ideas：manuscript publication in England，1550-1800［M］. Cambridge：Cambridge University Press，2002.

［98］ KASTAN S. Shakespeare and the book［M］. Cambridge：Cambridge University Press，2001.

［99］ KATE S. The science and literary coauthored history［M］. New York：Routledge，2013.

［100］ KEATS J. John Keats：The complete poems［M］. London：Harmondsworth，1973.

［101］ KEATS J. Selected letters of John Keats［M］. SCOTT F G，ed. Harvard：Harvard University Press，2002.

［102］ KEATS J. The letters of John Keats［M］. BUXTON H F，ed. Cambridge：Cambridge University Press，2011.

［103］ KNIGHT D. Humphry Davy：science and power［M］. Cambridge：Cambridge University Press，1996.

［104］ KOESTENBAUM W. Double talk：the erotics of male literary collaboration［M］. New York：Routledge，1990.

[105] KROEBER K. Romantic Narrative Art[M]. Chicago: The University of Chicago Press, 1960.

[106] LAHR J. Prick up your ears: the biography of Joe Orton[M]. New York: Knopf, 1975.

[107] LAMB C, LAMB M. Tales from Shakespeare[M]. AINGER A, ed. New York: Thomas Crowell, 1916.

[108] LAMB C, LAMB M. The complete letters of Charles and Mary Lamb [M]. LUCAS E V, ed. London: Methuen, 1935.

[109] LAMB C. Specimens of English dramatic poets who lived about the time of Shakespeare[M]. Philadelphia: Hazard, 1856.

[110] LAMONT-BROWN R. Humphry Davy: science and power [M]. Cambridge: Cambridge University Press, 1998.

[111] LEONARD J, WHARTON C. Authority and textuality: current views of collaborative writing[M]. West Cornwall: Locust Hill Press, 1994.

[112] LEVIN S M. Subtle fire: Dorothy Wordsworth's prose and poetry[J]. The Massachusetts review, 1980(2): 341-363.

[113] LEVINE A. Review of a selection of Hebrew melodies, ancient and modern, by Isaac Nathan and Lord Byron[J]. Keats-Shelley journal, 1990(39): 194-195.

[114] LONDON B. Writing double: women's literary partnerships[M]. Ithaca and London: Cornell University Press, 1999.

[115] LOVE H. Scribal publication in seventeenth-century England[M]. Oxford: Clarenden, 1993.

[116] LOVELACE R. To althea from prison[M]// STRACYA. The English anthology. London: Batsford, 1929.

[117] LUCAS E. V. The life of Charles Lamb[M]. London: Methuen & Co., LTD., 1921.

[118] MARCHAND L. Byron's poetry: a critical introduction[M]. London: John Murray, 1965.

[119] MAROTTI A. John Donne, coterie poet[M]. Madison: University of Wisconsin Press, 1986.

[120] MAROTTI A. Manuscript, print, and the English renaissance lyric

[M]. Ithaca：Cornell University Press，1995.

[121] MARSHALL J D，DYHPUSE C. Social tradition in Kendal and Westmorland[J]. Northern history，1976(12)：120-139.

[122] MARZZEO T J. Plagiarism and literary property in the romantic period [M]. Philadelphia：The University of Philadelphia Press，2007.

[123] MASON N. Building brand Byron：early-nineteenth-century advertising and the marketing of Childe Harold's Pilgrimage[J]. Modern language quarterly，1976(63)：419-431.

[124] MASSEY N. The psychological virtue[M]. Tuscaloosa and London：University of Albama Press，2001.

[125] MASTEN J. Textual intercourse：collaboration，authorship，and sexualities in renaissance drama[M]. Cambridge：Cambridge University Press，1997.

[126] MCFARLAND T. Romanticism and the forms of ruins[M]. Princeton：Princeton University Press，1981.

[127] MCGANN J. The textual condition [M]. Princeton：Princeton University Press，1991.

[128] MELLOR A. Mary Shelley：her life，her fiction，her monsters[M]. New York：Routledge，1988.

[129] MICHIE E. Outside the pale：cultural exclusion，gender difference，and the Victorian woman writer [M]. Ithaca：Cornell University Press，1993.

[130] MILES R. Ben Jonson：his life and work[M]. New York：Routledge & Kegan Paul，1986.

[131] MOLRS T. Literary composition in historical process [J]. Monthly review，1811(64)：102-131.

[132] MOORE T. Notes from the letters of Thomas Moore to his music publisher James Power[M]. CROKER C T，ed. New York：J. S. Redfield，1953.

[133] MOORMAN M. William Wordsworth：a biography [M]. Oxford：Oxford University Press，1957.

[134] MURRAY G. Mary Lamb[M]. London：W. H. Allen，1883.

[135] MULVIHIL J. Like a lady of far cuntree: Coleridge's "Christabel" and fear of invasion[J]. Papers on language and literature, 2008(44): 257-286.

[136] NATHAN I. Fugitive pieces and reminiscences of Lord Byron[M]. London: Wittaker, Treacher and Co. , 1829.

[137] NOEL R. Essays on poetry and poets[M]. London: Napu Press, 1886.

[138] OWEN W J. Costs, sales, and profits of Longman's edition of Wordsworth[J]. The library 5th series, 1957(12): 93-107.

[139] PARIS J. The Life of Humphry Davy[M]. London: Longman, 1831.

[140] PARK R. Hazlitt and the spirit of the age: abstraction and critical theory[M]. London: Macmillan, 1971.

[141] PAPERSON A. Reading Holinshed's chronicles [M]. Chicago: University of Chicago Press, 1994.

[142] PHILLIPS O S. Isaac Nathan, friend of Byron[M]. London: Minerva, 1940.

[143] POCOCK G A. Modes of political and historical time in early eighteenth-century England[M]//ROSBOTTOM R. Studies in eighteenth-century culture. Madison: University of Wisconsin Press, 1976.

[144] POE E A. The philosophy of composition[J]. Graham's magazine, 1846 (12): 101-132.

[145] POLO M. The travels of Marco Polo[M]. vol. 1. London: The Project of Gudenberg EBook, 2004.

[146] POLOWETZKY M. Prominent sisters: Mary Lamb, Dorothy Wordsworth, and Sarah Disrael[M]. Westport: Praeger, 1996.

[147] PONT G P. Byron and Nathan: a musical collaboration[J]. Byron journal, 1999(27):51-65.

[148] POOLE S. John Thelwall: radical romantic and acquitted Felon[M]. London: Pickering & Chatto, 2009.

[149] POPE A. An essay on criticism[M]. London: Bell Press, 1928.

[150] POPE A. The works of Alexander Pope[M]. New York: Kessinger Publishing House , 2004.

[151] PRICKETT S. Coleridge and Wordsworth: the poetry of growth[M].

Cambridge: Cambridge University Press, 1970.

[152] RIVERS I R. Books and the readers in eighteenth-century England: new essays[M]. London: Continuum, 2003.

[153] ROBINSON H C. On books and their writers [M]. London: Dent, 1938.

[154] ROUSSEAU G S. The pursuit of homosexuality in the eighteenth century[M]// ROUSSEAU G S. Mothering the mind: twelve studies of writers and their silent partners. New York: Holmes and Meier, 1984.

[155] RUSSETT M. Meter, identity, voice: un-translating "Christabel"[J]. Studies in English literature, 2003(43): 773-797.

[156] RYAN R. Poetry and poets: a collection of the choicest anecdotes relative to the poets of every age and nation[M]. New York: Nabu Press, 2010.

[157] SALTER J. Byron's Hebrew melodies[J]. Studies in philology, 1952 (49): 68-89.

[158] SCHOENFIELD M. The professional Wordsworth: law, labor & the poet's contract[M]. Georgia: University of Georgia Press, 1996.

[159] SCRIVENER M. Seditious allegories: John Thelwall and Jacobin writing[M]. Pennsylvania: Pennsylvania State University Press, 2001.

[160] SECCOMBE T. John Thelwall[M]// SECCOMBE T. Dictionary of national biography. London: Smith Elder & Co. , 1900.

[161] SHAPIN S. A social history of truth: civility and science in seventeenth-century England[M]. Chicago: University of Chicago Press, 1994.

[162] ROGER S. The chemist and the poet: Sir Humphry Davy and the preface to lyrical ballads[J]. Notes and records of the royal society, 1962(17): 51-72.

[163] SHERIDAN R. The school for scandal[M]. Oxford: Clarendon, 1973.

[164] SHERROD N. A study of literary rhetoric in romantic poetry[M]. Lexington: The University of Kentucky Press, 1998.

[165] SHILSTONE F W. The lyric collection as genre: Byron's Hebrew melodies[J]. Concerning poetry, 1979(18): 35-51.

[166] SHERWOOD W. The making of literary mutual interaction [M].

Chicago: American Library Association, 1998.

[167] SILVERMAN M. High holiday prayer book [M]. Bridgeport: The Prayer Book Press, 1951.

[168] SISKIN C. The work of writing [M]. Baltimore: Johns Hopkins University Press, 1998.

[169] SISMAN A. The friendship: Wordsworth and Coleridge [M]. New York: Penguin Group, 2007.

[170] SLATER J. Byron's Hebrew melodies [J]. Studies in philology, 1952 (49): 85-99.

[172] SOUTHE R S. Selections from the letters of Robert Southey [M]. WARTER W J, ed. London: Brown , Green and Longmans, 1956.

[172] SPIGELMAN C. Across property lines: textual ownership in writings couples [M]. Carbondale: Southern Illinois University Press, 2000.

[173] STEPHEN D. The mystery of collaborative composition [M]. Oxford: Clarendon Press, 1988.

[174] STILLINGER J. Multiple authorship and the myth of solitary genius [M]. New York: Oxford University Press, 1991.

[175] TALFOULD T N. Three speeches delivered in the house of commons in favor of an extension of copyright [M]. London: Edward Moxon, 1840.

[176] TALFOULD T N. Memoirs of Charles Lamb [M]. London: Gibbings, 1982.

[177] THELWALL H C. The life of John Thelwall: vol. 1 [M]. London: J. Macrone, 1837.

[178] THELWALL J. Poems, chiefly suggested by the scenery nature [M]. London: Woodstock Books, 1995.

[179] THELWALL J. A letter to Henry Cline [J]. Monthly magazine, 1801 (8): 8-27.

[180] THELWALL J. A pedestrian excursion through several parts of England and Wales during the summer of 1797 [J]. Monthly magazine, 1800(12):521-538.

[181] THELWALL J. An essay on human automationism [M]// THOMASS. Poetical recreations of the champion. London: The Champion

Press，1822.

[182] THELWALL J. letters of John Thelwall and Henrietta Cecil Thelwall [M]// THOMAS S. Presences that disturb: models of romantic identity in the literature and culture. Cardiff: University of Wales Press，2002.

[183] THELWALL J. Rights of nature[M]// LEWISQ. The politics of English Jacobinism: writings of John Thelwall. Pennsylvania: Pennsylvania State University Press，1995.

[184] THELWALL J. Introductory discourse on the nature and objects of elocutionary science[M]. London: Pontefract，1805.

[185] THELWALL J. Peaceful discussion，and tumultuary violence the means of redressing national grievances[M]. London: H. D. Symonds，1795.

[186] THELWALL J. Poems written while in close confinement [M]. London: Daniel Isaac Eaton，1795.

[187] THELWALL J. Poems, chiefly written in retirement[M]. London: Woodstock Books，1989.

[188] THELWALL J. Poetical recreations of the champion[M]. London: The Champion Press，1822.

[189] THELWALL J. Preface to poems written while in close confinement [M]. London: Daniel Isaac Eaton，1795.

[190] THELWALL J. The fairy of the lake[M]//LEWIS Q. Poems, chiefly written in retirement. London: Woodstock Books，1989.

[191] THELWALL J. The peripatetic[M]. THOMPSON J, ed. Detroit: Kessinger Publisher，2001.

[192] THOMAS G K. The forging of an enthusiasm: Byron and the Hebrew melodies[J]. Neophilogus，1991(75): 49-68.

[193] THOMPSON E P. The making of the English working class[M]. Pelican: London，1968.

[194] THOMPSON J. An autumnal blast, a killing frost: Coleridge's poetic conversation with John Thelwall. Studies in romanticism，1997(36): 427-456.

[195] THOMPSON J. John Thelwall: The peripatetic[M]. Wayne State:

Wayne State University Press，2001.

[196] THOMPSON D. Romantic reading habits and literary canonization[M]. London：Routledge & Kegan Paul，2001.

[197] TOMKINS C T. The bride and bachelors：five masters of the avant garde[M]. Harmondsworth：Penguin Books，1976.

[198] TRENEER A. The mercurial chemist：a life of Sir Humphry Davy[M]. London：Methuen，1963.

[199] WASSERMAN E R. The subtle language：critical readings of neoclassic and romantic poems[M]. Baltimore：The Press of John Hopkins University，1959.

[200] WELLEK R. A history of modern criticism，1750-1950[M]. Yale：Yale University Press，1955.

[201] WOODMANSEE M，JASZI P. The construction of authorship：textual appropriation in law and literature[M]. Durham：Duke University Press，1994.

[202] WOODMANSEE M. The genius and the copyright：economic and legal conditions of the emergence of author[J]. Eighteenth-century studies，1984(17)：427-451.

[203] WORDSWORTH D. Journals of Dorothy Wordsworth[M]. SELINCOURT E，ed. London：Macmillan，1959.

[204] WORDSWORTH W，WORDSWORTH D. The early letters of William and Dorothy Wordsworth[M]. SELINCOURT E，ed. Oxford：Oxford University Press，1935.

[206] WORDSWORTH W，Coleridge S T. lyrical ballads[M]. New York：Barnes and Noble，1963.

[207] WORDSWORTH W. Preface to lyrical ballads[M]//SAMPSON G. Lyrical ballads，1798-1805. London：Routledge & Co. ，1923.

[208] WORDSWORTH W. Lyrical ballads，and other poems，1797-1800[M]. BUTLER J，GREEN K，ed. Ithaca：Cornell University Press，1998.

[209] WORDSWORTH W. The poems：vol. 1[M]. Harmondsworth：Penguin，1977.

[210] WORDSWORTH W. The prelude[M]. Oxford：Oxford University

Press，1970.

[211] WORDSWORTH W. The prose works of William Wordsworth[M].
Oxford：the Clarendon Press，1974.

[212] WORTHEN J. The gang：Coleridge，the Hutchinsons，and the
Wordsworths in 1802[M]. New Haven and London：Yale University
Press，2001.

[213] YOUNG E. Conjectures on original composition[M]//HAZARD A H.
Critical theory since Plato. New York：Harcourt Brace Jovanovich，1971.

[214] 查尔斯·兰姆，玛丽·兰姆. 莎士比亚戏剧故事集[M]. 文洁若，萧乾，
编译. 北京：中国致公出版社，2013.

[215] 戴维·斯科特·卡斯顿. 莎士比亚与书[M]. 郝田虎，冯伟，译. 北京：
商务印书馆，2012.

[216] 华兹华斯. 序曲或一位诗人心灵的成长[M]. 丁宏为，译. 北京：中国对
外翻译出版公司，1999.

[217] 华兹华斯、柯尔律治. 华兹华斯 柯尔律治诗选[M]. 杨德豫，译. 北京：
人民文学出版社，2001.

[218] 济慈. 济慈诗选[M]. 屠岸，译. 北京：人民文学出版社，1997.

[219] 刘新民，选编. 诗篇中的诗人[M]. 北京：人民文学出版社，2004.

[220] M. H. 艾布拉姆斯. 镜与灯：浪漫主义文论及批评传统[M]. 郦稚牛，
译. 北京：北京大学出版社，2004.

[221] 王纪东. 论华兹华斯《丁登寺旁》的词语重复[J]. 信阳师范学院学报（哲
社版），2000(4)：78.

[222] 王佐良. 英国散文的流变[M]. 北京：商务印书馆，2011.

[223] 王佐良. 英国浪漫主义诗歌史[M]. 北京：人民文学出版社，1991.

[224] 王佐良. 英国文学名篇选注[M]. 北京：商务印书馆，1999.

[225] 伊芙·科索夫斯基·塞吉维克. 男人之间：英国文学与男性同性社会性欲
望[M]. 郭劼，译. 上海：上海三联书店，2011.

[226] 张鑫. 奥斯丁小说中的图书馆空间话语与女性阅读主题[J]. 外国文学评
论，2016(2)：97.

[227] 张鑫. 浪漫主义时期的阅读伦理与女性创作[J]. 外国文学评论，2011
(3)：143.

[228] 朱光潜. 诗论[M]. 北京：生活·读书·新知三联书店，1984.

# 后 记

本书是教育部 2014 年人文社会科学研究一般项目"英国浪漫主义时期的文学合著"(14YJA752019)的最终成果,也是作者在浪漫主义研究课题上的第三部专著。前两部著作虽然分获省政府优秀奖和校级 A 类专著称号,但是本人依然无法在研读历史悠久、相关著述浩繁的浪漫主义研究方面受得起专家学者之称。作为迄今为止国内唯一一部基于"合作著述"论点之上的浪漫主义研究成果,本人在为踏出传统浪漫主义研究的"内在化"和"影响性"研究模式的第一步感到些许欣慰之余,由衷地期望学界同仁指点谬误,弥补不足,以求共进!

莱辛曾说,一部大书,就是一桩大罪!本人暗自庆幸,能在当下研习者可接受的范围内,将预先设定的问题基本解释清了。尽管结论只有寥寥几页甚至几行而已,但是在"有理、有据、有节"的原则下,自然导向最终结论的过程,却进行得十分不易。好在有完成自认为是国内首倡的研究课题的经验,对此次全新课题结题的演进和最终推出结题成果,大有"外不愧于读者,内不愧于我心"的自信。以"合作著述"为中心的研究论述之所以未得到多少外界"非物质性"的援手和鼎力,首先,概因话题较新、论点较奇,他人难以给予有价值的点评;其次,作者本人慎思谨言的治学原则和独立自主的个性,往往使外力无法涉入。在摆脱"大罪"的过程中,虽遍尝甘苦,亦无怨无悔。

本书的出版得到了浙江师范大学外国语学院省一流学科"外国语言文学"和校社科处的大力支持。英国牛津大学的马库斯博士(Dr. John Marcus)和在爱丁堡大学访学的李立桐博士,在书籍资料方面给予了极大帮助,浙江工商大学出版社的白小平老师为本书编辑、出版付出了大量心血。本书的部分章节曾在《外国文学评论》和《外国文学研究》等刊物上发表过。在此一并致谢。

近乎个人兴趣般的文学研读,过程漫长、实利微薄。唯愿读典不止、笔耕不辍!